中国古典诗词

名家菁华赏析丛书

唐五代词赏析

王建忠　主编

商务印书馆国际有限公司

中国·北京

图书在版编目（CIP）数据

唐五代词赏析 / 王建忠主编 . — 北京 : 商务印书馆国际有限公司 , 2022.5
(中国古典诗词名家菁华赏析丛书)
ISBN 978-7-5176-0883-7

Ⅰ.①唐… Ⅱ.①王… Ⅲ.①词（文学）—诗歌欣赏—中国—唐代 ②五代词—诗歌欣赏 Ⅳ.① I207.23

中国版本图书馆 CIP 数据核字 (2022) 第 053393 号

TANG WUDAI CI SHANGXI
唐五代词赏析

主　　编	王建忠
出版发行	商务印书馆国际有限公司
地　　址	北京市朝阳区吉庆里 14 号楼 佳汇国际中心 A 座 12 层
邮　　编	100020
电　　话	010-65592876（编校部） 010-65598498（市场营销部）
网　　址	www.cpi1993.com
印　　刷	三河市紫恒印装有限公司
开　　本	710mm×1000mm 1/16
字　　数	248 千字
印　　张	15.5
版　　次	2022 年 5 月第 1 版第 1 次印刷
书　　号	ISBN 978-7-5176-0883-7
定　　价	39.80 元

总　目

说　明

一、本书选取了唐五代时期33位词人及数位无名氏的作品共92首。

二、所收作品以《全唐诗》、《唐五代词》（林大椿辑）等为底本，同时参考其他版本。

三、正文中作者的排列，大致以生年先后为序；生卒年不详者，则根据其作品存在情况做大致推断而置于适当位置。

四、作品以作者分类，原文前有作者简介，内容涉及词人的生卒年、名号、籍贯、主要仕历或人生经历、代表作品、创作特点等。

五、原文后列有对一些难解字词、生僻字、历史词、方言词、古地名、出典、重要事件等的注释。

六、每首作品都设有题解，内容包括词作类型、写作背景、思想内容以及其他需要交待的内容等。

七、每首作品都设有赏析，主要阐述词作所蕴含的文学性和思想性，一般有逐句翻译式的串讲，有名句的，大都给予点出。

八、本书使用简化字和现代汉语标点，在可能有歧义时，酌用繁体字或异体字。

九、行文中涉及的年份，一般用旧纪年，在其后括注公历纪年，“年”字从略。

十、行文中如涉及与今地名不一致的旧地名时，在旧地名后括注今地名或其归属地。

前　言

王建忠

词是中华民族优秀传统文化中所独有的一种文学形式，又称“乐府”“长短句”“诗余”“琴趣”等。词起源于隋朝，定形于中晚唐，兴盛于两宋，衰落于金、元、明，复兴于清代。

词萌芽之初，原指合乐歌唱的歌词，故亦称作“曲”或“曲子词”等。随着词的不断发展，后依照一定的乐谱声律节拍而写新词，便称之为“填词”或“倚声”。再后来，写作者依照前人作品的字数、句数、声律、韵律等而“填词”完成。此时，词才与音乐分离，成为一种句子长短不齐、如格律诗一般的独有文体。词有许多不同的词调，每种词调各有特定的名称，这就叫词牌。如《西江月》《如梦令》等。不同的词牌，其段数、句数、韵律，每句的字数、平仄等，均有各自的规格。填词时必须严格遵守。词按字数的多少，又可分为小令（58 字以内）、中调（59—90 字）和长调（91 字以上）。

可以说，词之肇始，其文脉依然源于《诗经》和《楚辞》的现实主义传统，因为词大多是表现苦难幽怨、凄凉愤懑之情的（当然也有歌功颂德、抒写淫逸享乐等其他内容的）。词萌芽之初，配合的曲调是兴起于隋、融合汉族与外来民族音乐而形成的“燕乐”。唐五代时期，词这种文学形式得以形成和发展，尤是闺怨、春愁、离情和边塞、怀古等题材的词作蔚为大观。除了民间无名氏的词作以外，李白、张志和、刘禹锡、白居易等一大批词家先后涌现，再加之以晚唐词人温庭筠为鼻祖的“花间词派”和以李璟、李煜、冯延巳为代表的“南唐词派”的推波助澜，形成了一派波澜壮阔的图景。唐五代词有力地推动了词之发展，是宋词兴盛之先声，亦为词在中国文学史上占有重要地位奠定了坚实的基础。鉴于此，我们编写了这本《唐五代词赏析》。

此书有三大特点：

一是选词的典型性。我们从民间无名氏、李白等词家及“花间词派”和“南唐词派”的代表词人中，遴选出具有代表性的词作92首。这些词作，皆是久经历史检验的佳作。

二是赏析的深刻性和新颖性。本书赏析皆紧扣原作，语言准确精美，生动形象之中又不乏诙谐幽默；见解独到，旁征博引，睿智洞察之中又不乏厚重犀利。尤是各种典籍、文章中回避或解释不清或有意滑过的问题，在本书中皆有明确的解释、观点或看法，且合情合理，极有见地，令人信服。

三是书中赏析具有极为鲜明的时代特征，既有政治方面的，又有文化方面的，极易为广大读者，尤其是青少年朋友所接受和喜爱。

总之，这是一本令人耳目一新、受益匪浅的好书。它能使你视野开阔，情感丰盈，精神充实，境界提升。

由于时间、水平所限，本书纰漏在所难免，恳请广大读者尤是方家批评指正。

目录

李 白

李白（701—762），字太白，号青莲居士。唐代伟大的浪漫主义诗人。他的诗歌想象奇特，充满浪漫色彩，在文学史上产生了巨大影响。与杜甫齐名，世称“李杜”。又有“谪仙”“诗仙”之美誉。

菩 萨 蛮①

平林漠漠烟如织②，寒山一带伤心碧③。暝色入高楼④，有人楼上愁。　　玉阶空伫立⑤，宿鸟归飞急⑥。何处是归程？长亭更短亭⑦。

注 释

① 菩萨蛮：又名《子夜歌》，唐教坊曲名，后来用作词调名，双调，八句四十四字。

② 平林：平地上的树林。漠漠：迷离广袤的样子。烟如织：形容烟雾浓密的样子。

③ 伤心碧：颜色极为碧绿，令人心生伤感。

④ 暝色：夜晚昏暗的暮色。

⑤ 玉阶：用白玉砌成或装饰的台阶。伫立：久久地站立。

⑥ 宿鸟：夜幕降临后归巢的鸟。

⑦ 亭：古代道路两旁供人休息的建筑物。十里一长亭，五里一短亭。更：连接。

题　解

这首词和《忆秦娥》（箫声咽）都署名李白，尚存疑，但其艺术成就毋庸置疑。词人通过对平林、烟霭、寒山、暝色、高楼、宿鸟、长亭、短亭等深秋之季景色的描绘，抒发了暮色苍茫之际，主人公眺远怀人的思念之情，展现了其内心丰富而复杂的感情世界。这首词可以说是唐代文人词中上乘之作。

赏　析

这首词以意兴之苍茫、气韵之雄浑而傲视千古，与《忆秦娥》（箫声咽）一起被称为“百代词曲之祖”。这首怀人之作，状写深秋的黄昏时节，思妇独立玉阶、远眺之时所生发的情思，主观色彩极为浓重。全词运用第三人称来写，上片以写景突显女主人公之形象，下片以思妇登楼望远所见景致而描写其心理活动，表现其内心离愁之深远无尽。

上片首二句“平林漠漠烟如织，寒山一带伤心碧”，词人先写景：远处，那平展的树林烟雾弥漫，好似织物一般，笼罩着天地，割扯不断；秋寒时节的山色宛如衣带，极为碧绿，望之令人顿生伤感之心。词人给这远眺之景涂上了一层浓厚的主观色彩。“漠漠”二字，突出了烟雾密布、四处弥漫之特色。“如织”又以拟人手法，把烟雾难以割扯之迷迷蒙蒙的景物状写出来，融入了观者的心绪。着一“寒”字，妙用双关，既写天气之寒，又指女主人公之心寒。这就点出了词旨——离愁别恨。“伤心碧”三字，融情于景，既有“碧山终日思无穷”（唐·杜牧《登池州九峰楼寄张祜》）的思恨无尽，又有“碧云天，黄叶地，秋色连波，波上寒烟翠”（宋·范仲淹《苏幕遮》）的景寒心亦寒。由此可见，词首两句，在写景中既点示出时间是深秋，又用冷色之“伤心碧”的景象，给人一种凄寒、愁苦、忧闷之感。

接着二句“暝色入高楼，有人楼上愁”，词人在以上远景的大背景之下，摄取了一个特写镜头：只见凄寒的暮色进入那高高的阁楼，有人正在楼上独自忧愁。这里，词人巧妙地拉近镜头，用颇为超前的手法，将女主人公的形象展现于读者面前。“暝色”二字，既点示时间，又寓含了女主人公眺望时间之长，她大概从早晨一直眺望至夜晚吧？那种“伤心”显然可见。同时，放大拉近的特写镜头，极为巧妙地由客观之大景远景过渡到融主观与客观于一体的小景近景，尤其是主观之“有人”二字，及“楼上愁”三字，使词首之“伤心碧”三字落到了实处。“楼上”二字，可以想见女主人公绝非一时三刻之短时间的站立，因为这“愁”是一时半会儿难以显示出来的。

“玉阶空伫立，宿鸟归飞急。何处是归程？长亭更短亭。”词之下片紧承上片，着重描写楼上思妇望景而情动之状。女主人公站在楼上的玉石台阶处，已经很久。当她看到回巢的鸟儿，心里也在不断地问：哪里才是我的心上人返回的路程？可眼前没有他的影子，只有那路途之上的长亭接短亭。词人着一“空”字，形象地写出了女主人公久站之时内心愈来愈焦躁、失望之神态。“宿鸟归飞急”，又是一个特写镜头。不过这显然是思妇眼中所见：“宿鸟”也知回巢，可我的心上人却久候也不见踪影！词人巧用对照、反衬，使思妇的内心情感骤然升至高潮。她极目四望，寻找心上人的身影——“何处是归程？”然而，眼中所见，只是那“长亭更短亭”！落寞、惆怅、凄苦之失望之“愁”一下子拥满心间。这一冷酷的“长亭更短亭”的特写镜头，使词作戛然而止，其味无穷。

此词最显著的特点是景中融情、情景交融。词人运用三个特写镜头：“有人楼上愁”“宿鸟归飞急”“长亭更短亭”，给读者留下了无限的想象空间。这首词不愧为“百代词曲之祖”。

忆秦娥[①]

箫声咽[②]，秦娥梦断秦楼月[③]。秦楼月，年年柳色，灞陵伤别[④]。　乐游原上清秋节[⑤]，咸阳古道音尘绝[⑥]。音尘绝，西风残照，汉家陵阙[⑦]。

注　释

① 忆秦娥：词牌名，又名《秦楼月》。双调，十句四十六字。

② 箫声咽（yè）：箫声呜咽凄切。

③ 秦娥：这里指代秦地女子。梦断：梦被（箫声）打断。

④ 灞（bà）陵：汉文帝的陵墓，附近有灞桥，古人送别一般送到这里分手。

⑤ 乐游原：汉宣帝的乐游苑，故址位于陕西西安东南郊，唐代著名的游览地。清秋节：即九九重阳节，此日有登高饮酒等风俗。

⑥ 咸阳古道：这里指代长安大道。

⑦ 阙（què）：陵墓前的牌楼。

题　解

这首词借秦地女子的口吻，描述了她思念远方爱人而不得的痛苦之情。上片主要描写正在熟睡的女子被一阵悲咽的箫声所惊醒，于是她不能再寐，望月而怀人，见柳而思别。下片描写秋天的黄昏，思妇登上乐游原，睹物伤情。这首词与《菩萨蛮》（平林漠漠烟如织）一起被誉为“百代词曲之祖”。

赏 析

词的上片，写秦娥梦醒而伤别离。

秦娥乃长安女子，居于大唐的都城之内。她当然知道父母为她取名的含义：那是春秋时期，有个名叫萧史的青年男子，极善吹箫作凤鸣之声。秦穆公得知后，心中甚喜，遂将女儿弄玉嫁萧史，并为之建凤楼（即秦楼）。有天晚上，萧史、弄玉夫妇于楼头吹箫，竟引来凤凰，将二人飞载而去。此后人们常为爱女起名“秦娥”。她的父母也不例外，叫她“秦娥”，既表爱意，又希冀她有美好未来。秦娥酣睡之中，正梦见与情郎“依依脉脉两如何，细似轻丝渺似波”（唐·吴融《情》）之时，一阵悲凄的箫声竟把她从“梦里还相送”中惊扰而醒。于是，她凭窗而望，只见秦楼之上唯有一弦明月！秦娥一瞬间由依依、脉脉之喜的顶峰坠落于凄楚、凄伤的深渊……

望着秦楼之上的明月，秦娥想起了每年桥边青青的柳色，还有那永难忘怀的灞陵桥上凄怆的离别……那情那景，如在目前：“青青杨柳陌，陌上别离人！”（唐·王维《观别者》）她的心中更加凄苦，再也难以入睡。

词的下片，写秦娥秋暮古道怅望之幽怨。

又一年重阳佳节，她登上乐游原，看到远去的咸阳古道，顿然生悲：自从心上人踏上这条古道之后，就音信断绝。词人把对历史和现实的反思融入这“古道”之中，看似古老、大气、恢宏的“咸阳古道”，衬托出“音尘绝”之现实——“大道如青天，我独不得出”（李白《行路难》）。

秦娥再一次看那眼前之景，在肃杀的西风中，夕阳空照着那汉代留下的陵墓和宫阙。她默然兀立，悲从中来，哀愁满怀。心上人音讯断绝的痛苦，令她难以自持……这样的历史消亡的场景，融入了词人内心的哀伤和对历史深沉的反思。

这首词手法高妙，意旨深厚。词人妙用托人、写己和景情反衬之手法，表达了对历史深重的反思和自己有志难伸的悲苦，手法巧妙，境界阔大，确为宏妙、浑厚之作。

刘长卿

刘长卿，生卒年不详，字文房，宣城（今属安徽）人。后迁居洛阳，河间（今属河北）为其郡望。唐代诗人。其诗多写贬谪漂泊的感慨和山水隐逸的闲情，描摹自然景物颇为传神，在当时很有诗名。各体诗皆有佳作，尤工五律，曾自诩为“五言长城”。风格含蓄温和，清雅洗练，音调谐美，气韵和畅。

谪仙怨[①]

晴川落日初低[②]，惆怅孤舟解携[③]。鸟向平芜远近[④]，人随流水东西。　　白云千里万里，明月前溪后溪。独恨长沙谪去[⑤]，江潭春草萋萋[⑥]。

注　释

① 谪仙怨：唐玄宗所创的笛曲名，后用作词牌名。六言八句四十八字。谪仙：被贬谪的仙人。

② 晴：晴朗的。川：本意是山川，这里指江水。

③ 惆怅：失意伤感的样子。解携：解开缆绳。携：挽，这里做名词，指系船用的绳索。

④ 平芜：平旷的原野。

⑤ 长沙谪去：指汉代贾谊被贬谪长沙的典故。

⑥ 萋萋：草木茂盛的样子。

题　解

这首词是唐代词人刘长卿迁谪睦州司马时所作。词人“古调”“自爱”（刘长卿《听弹琴》），选取唐明皇李隆基天宝十五年（756）马嵬事变后，因思被贬的张九龄而作《谪仙怨》的词牌，写了此词，以表“青山万里一孤舟”（刘长卿《重送裴郎中贬吉州》）之怨恨。

赏　析

词之上片，着重于借景叙事。

落笔“晴川落日初低，惆怅孤舟解携”二句，词人直写自己被贬独去的惆怅：晴朗的山川落日，渐渐地与那西山接近；我怀着无比失意的感伤，独自解开那孤舟缆绳。景中融情，在“晴川”的明朗之景中，融入了一种“夕阳无限好，只是近黄昏”（唐·李商隐《乐游原》）的感伤，把贬谪的怨恨融入景中。尤是“落日初低”四字，更见怨愤，有一种“日斜江上孤帆影”（刘长卿《别严士元》）的贬谪独去的孤寂、孤苦和孤愤。下句用“惆怅”直写心情，乃为本词的主旨。“孤舟解携”直叙其事，叙写词人解缆独去的寂寞，有一种“独行风袅袅，相去水茫茫”（刘长卿《江州留别薛六柳八二员外》）的凄凉和凄楚。

上片的后二句“鸟向平芜远近，人随流水东西”描写乘船远去之情景：只见那飞鸟在平旷的原野上忽远忽近，而我一人却随波逐流，任凭东西。这里，词人“鸟”“人”并写，以鸟之时远时近的自由自在、无拘无束的飞翔，更加映衬出自己被贬谪的痛楚，亦有一种“草色无空地，江流合远天”（刘长卿《清明后登城眺望》）的不惧贬黜、宠辱不惊的旷达。

词之下片，着重于借景抒情。

过片“白云千里万里，明月前溪后溪”二句，景中融情：孤舟而行，我只见那白云悠悠，飘向那千里万里；明月皎皎，照着那前溪后溪。这里，词人运用重叠、夸张的手法，既写出了驾舟而行、不断移位的真切感受，又将一种明月白云广被大地、河流的广博与大度融入词中，表达出“白云如有意，万里望孤舟”（刘长卿《上湖田馆南楼忆朱宴》）的渴盼和企望。这亦是词人旷达之中的一点希望。

词末“独恨长沙谪去，江潭春草萋萋”借典借景抒情：想那因遭权贵中伤而被贬为长沙王太傅的贾谊，我独独抱恨、耿耿于怀的是，自己竟然与他有着一样的遭际和命运。看那江潭边的萋萋春草，似乎也为我的孑然独去而哀哀叹息。上句，词人用贾谊被贬长沙的典故，直抒胸臆，表达心中的愤愤不平；下句，词人化用“王孙游兮不归，春草生兮萋萋”（汉·淮南小山《招隐士》）之诗意，表达忧愤难抑的黯然销魂之心情。词末的“独恨”二字，与词首的“惆怅”二字相呼应，使词旨更加明晰。

这首词有两个显著特点：一是用词准确、形象。如“东”“西”“前”“后”等方位词的运用，以及“惆怅”“独恨”两词的点题，既生动有趣，又一语中的。二是手法精妙。词人主要运用借景叙事、借景抒情、融情于景的手法，并妙将映衬、夸张、用典等手法融汇其中，使得词旨更为深刻。

张 志 和

张志和（约730—约810），初名龟龄，字子同，自号玄真子，婺（wù）州（今浙江金华）人。唐代诗人。唐肃宗时任翰林待诏，因事被贬为南浦尉，遇赦后隐居江湖，自称烟波钓徒。作品多表现隐居时的闲散生活。有《玄真子》一书传世。其词今存五首。

渔 歌 子①

西塞山前白鹭飞②，桃花流水鳜鱼肥③。青箬笠④，绿蓑衣，斜风细雨不须归⑤。

注 释

① 渔歌子：唐教坊曲名，后成为词牌名。单调，五句二十七字，一、二、四、五句押平韵。

② 西塞山：今湖北慈湖镇。

③ 鳜（guì）鱼：鱼名，身平扁，鳞细，皮呈黄绿色，是我国名贵的淡水食用鱼之一。

④ 箬（ruò）笠：用竹子编成的可以遮雨和日光的帽子。

⑤ 归：回去。

题 解

唐代宗大历八年（773）9月，颜真卿任湖州刺史。第二年，张志和前去拜谒。友人相见，高兴自不待言。当时正值暮春，河水涨溢，雨中青山，江上渔舟，天空白鹭，夹岸桃花，肥美鳜鱼。所有这些美好的景致，引得他们一唱一和，好不快哉。张志和作词五首，这是其中的一首。这首词用短短的二十七个字，形象地刻画了一位头戴箬笠、身披蓑衣，在优美的山水间悠闲自得垂钓的渔翁形象，寄托了词人热爱自由、喜欢自然的美好情怀。其中“西塞山前白鹭飞，桃花流水鳜鱼肥”一句更是千古传诵，经久不衰。

赏 析

这首词当是词人张志和被贬遇赦隐居江湖时写的。此词把词人热爱自然、追求自由的情怀，融入对秀丽的水乡风光和理想化的渔人生活的描写之中。

起笔“西塞山前白鹭飞，桃花流水鳜鱼肥”二句，词人便为读者勾勒出一幅秀美的江南风景画：西塞山前，白鹭在自由自在地飞翔，江岸边的桃花正在盛开，那江中的春水初涨，水中的鳜鱼十分肥美。“西塞山前”，点示了词人所写景致的地点。“白鹭”，是人们常称为鹭鸶的水鸟，以其腿和脖子修长为特征，给人一种美感，常成为文人、画士笔下的宠物。这首词里，“白鹭”是闲适、自在的象征。故而，词人用“白鹭飞”三字，勾画出一个渔人垂钓的恬静、优美的环境，亦衬托出渔人的悠闲、自得。“桃花流水”，既是写景，又点明了时间：此时正是江南二三月间，桃花盛开，天气和暖，雨水丰沛。几场春雨之后，江水自会上涨，那逆水而上之鱼群便多了起来。“鳜鱼肥”三字，正是对这种情景的形象描绘。而这种嘴大鳞细、味道鲜美的“鳜鱼”，也正是渔人的极爱。着一“肥”字，更加写出了鱼之肥美及令人喜爱之意。这样，“桃花”和“流水”相映成趣，“鱼”白“桃”红，写出了湖光山色之美，渲染出一个恬静、幽美的生活环境，给人一种“桃花流水窅然去，别有天地非人间”（唐·李白《山中问答》）的自然、娴适之美。

词末三句“青箬笠，绿蓑衣，斜风细雨不须归”，是渔夫风雨之中垂钓的形象描写：渔翁头戴着青色箬笠，身披那绿色的蓑衣，冒着斜风细雨，乐然悠然地垂钓，根本就用不着回家。词人用“青箬笠，绿蓑衣”六字，十分真切地描写出渔夫垂钓之时的衣着打扮。尤是“斜风细雨”四字，极形象地描写出渔翁在风雨中垂钓的泰然自若、怡然自得之神态，那种写在脸上的愉悦不难想见。再加上“不须归”三字，就把渔翁“临溪而渔，溪深而鱼肥”（宋·欧阳修《醉翁亭记》）之快心、快意写了出来。词末三句，将渔人恬淡、愉悦之心情和富有诗情画意的自然之美融为一体，描绘出一幅令人神往的艺术画面，将词人对渔人悠闲自在生活的向往之情融入其中。再联系词人的写作背景及他以“烟波钓徒”自称来看，当是词人自己回归自然、完善人生、超然物外、不染纤尘的自我写照。据说，他每每垂钓之时，不设鱼饵，像那“姜太公钓鱼——愿者上钩”一样，志不在鱼，“在乎山水之间也”（宋·欧阳修《醉翁亭记》）。他将这种恬淡、愉悦的心境一如既往地融入富有诗情画意的自然美景之中，不论是昨日的风和日丽，还是今日的“斜风细雨”。

这首词语言生动、优美，意境清新、美妙，旨意深刻。词人用动人的笔触，通过“山”“水”“桃花”“白鹭”的优美之景和“斜风细雨”中“青箬笠”“绿蓑衣”的渔人形象的描绘，把一种“出淤泥而不染”（宋·周敦颐《爱莲说》）的淡泊和清纯之心志融于词中，给读者一种美的艺术享受，从而使此词成为千古名篇。

渔歌子

雪溪湾里钓鱼翁[1]，舴艋为家西复东[2]。
江上雪，浦边风[3]，笑着荷衣不叹穷[4]。

注 释

① 霅（zhà）溪：溪水名，在浙江吴兴。钓鱼翁：这里是作者的自称。
② 舴艋：小船。
③ 浦：水边，河滩。
④ 荷衣：用荷叶制成的衣服，也用来指代隐士的衣服。叹：叹息，慨叹。

题 解

这首词是张志和自身的真实写照。词人自称“烟波钓徒”，恰好与词中的“钓鱼翁”的形象相同。词人通过直白的语言，直书其事，直抒其志。他泊船霅溪，居住在逼仄的舴艋之中，穿着用荷叶制的衣服，过着清贫的隐居生活。虽然词人的生活清贫艰难，但是却能够乐在其中，表现了他不慕荣华富贵、甘愿清贫自乐的高尚品质，显示出豁达大度的乐观态度。

赏 析

这首描写渔翁生活、表达知足常乐和乐观向上心态的词，是自称“烟波钓徒”的唐代词人张志和所创作。

“霅溪湾里钓鱼翁，舴艋为家西复东”二句，直写词人归隐垂钓的生活：终日出没于霅溪湾里的钓鱼翁，以舴艋小舟为家浮西又泛东。“霅溪”二字，明确点示词人驾舟往来之处。“钓鱼翁”是词人之自许。自从词人遇赦隐居以来，划着那船体狭小而又简陋的“舴艋”，颠簸于水波之上，穿行于风雨之中，过着以船为家的渔人生活。“西复东”三字，正写出了这种船家生活的特点和艰苦。但从词人的表述中，似乎对这种既难以遮风避雨，又不能挡雪御寒的生活，倒是有以苦为乐的愉悦之感。因为读这两句时，我们从以“钓鱼翁”自诩之口气中，能感受到一种自由自在、自得其乐的自豪；亦能从“西复东”三字里，感受到一种自食其力、自我陶醉的快意和快乐。这就反衬出词人对污秽、黑暗的官场之憎恨和厌弃。

“江上雪，浦边风，笑着荷衣不叹穷”紧承上句，词人以豁达乐观的人生态度表达自己高洁的志趣：冒着那江上纷飞的大雪，迎着那岸边刮起的狂风，我泰然自若，笑呵呵地以荷叶为衣，从不叹穷。这三句写得刚正不阿、掷地有声，把词人“谁怜流落江湖上，玉骨冰肌未肯枯”（宋·李清照《瑞鹧鸪》）之不慕荣华富贵、自甘贫贱淡泊的高尚情操凸现出来。尤是“荷衣”二字，既实实在在地写出衣着之简朴，又巧妙化用爱国诗人屈原“制芰荷以为衣兮，集芙蓉以为裳”（战国楚·屈原《离骚》）之诗意，把持贞守节的高尚情志寓于词中。

这首词最突出的特点：词旨深厚。如果说此词是词人自我生活、自我人生的真实写照，倒不如说是词人人生追求、个人志节的形象宣示，表达了“春露不染色，秋霜不改条”（晋·袁山松《菊诗》）之高洁志趣。

戴叔伦

戴叔伦（约732—约789），字幼公，润州金坛（今江苏常州）人。唐代著名诗人。曾担任过新城令、东阳令、抚州刺史等官职。他的诗作以五言七言、五律七律、古体近体为主，题材十分丰富，以那些反映社会现实和边塞生活的为最佳。语言流畅，描写细腻，感情充沛。

调笑令①

边草②，边草，边草尽来兵老③。山南山北雪晴，千里万里月明。明月，明月，胡笳一声愁绝④。

注释

① 调笑令：唐代行酒令所用的曲名，后用作词牌名。单调，八句三十二字。调笑：调弄取笑。

② 边草：边关的茅草。

③ 尽：完，没有了。老：衰老。

④ 胡笳：古代一种发音苍凉的管乐器。愁绝：忧愁达到极点。

题　解

这是一首戍边战士思归的小令。边塞诗是文人创作的一个重要内容。汉代以来，西北的少数部族不断地侵扰边关，为了应对骚扰，朝廷经常派遣军队守边。到了唐代，边塞诗达到了高峰。词人通过描写荒凉边地的景色，通过“边草”“老兵”“山”“雪”“明月”“胡笳”等荒凉的意象，把思归不得而日渐衰老的战士的悲凉之情和思乡之情酣畅淋漓地表现出来。读后令人百感交集，难以释怀。

赏　析

这首词是唐代文学家戴叔伦创作，反映了中唐边防吃紧的现实和民间以戍边为苦的社会心理。词人以酒席上之酒令《调笑令》来写边事，开了边塞词之先声。

起首“边草，边草，边草尽来兵老”，词人叠用“边草”二字，虽是词调格律的要求，但却呈现出边地的特色，并将戍卒的如“边草”一样饱经摧残的悲苦蕴含其中：边塞的野草啊，边塞的野草！边地的草枯了，戍边的兵士也已年老。词人叠用“边草”二字，把边地一望无际的草原之景呈现在人们眼前，给人一种空阔的感觉。同时，由边草的生生荣荣枯枯，渲染出一种荒寂、悲凉的气氛。然后“边草尽来兵老”一句，以“边草尽”来烘托“老兵”，点示词旨：揭露了当时的“边庭流血成海水，武皇开边意未已”（唐·杜甫《兵车行》）的社会现实，使人不难想见“老兵”们的命运是多么的凄惨，他们如边草那样不断承受着艰苦生活的煎熬，随时随地都有失去生命的危险。更让他们难以忍受的是深沉浓郁的怀乡思家之情。由此可见，词人把对统治者不顾戍卒生死的罪恶行径的严厉斥责和强烈抗议寓含其中，对戍卒的悲惨遭遇寄予了深切的同情。

中间“山南山北雪晴，千里万里月明”二句，描写此时边地的荒凉景象：

山南山北一场大雪，刚刚放晴；只见那塞外千里万里的荒漠，被那清冷的月光照得一片透明。词人运用工稳的对仗句式，写出边地的环境。上句写出冰天雪地之一片银白之景，以“山南山北”点明白雪覆盖面之广，以“晴”点出雪停，并为下句的“月明”做铺垫；下句写出白雪映衬下的月色之明亮、皎洁，以“千里万里”亦点出月亮普照之广，着一“明”字，既写实景，又把“月是故乡明”（唐·杜甫《月夜忆舍弟》）的思乡之情寓于其中，边士们“举头望明月，低头思故乡”（唐·李白《静夜思》）之情景如在目前。

词末“明月，明月，胡笳一声愁绝”三句，再写边士望月思乡之时，又闻听悲切的胡笳之声的伤悲：明亮的月啊，明亮的月！这时，远处传来胡笳那悲哀的一声骤响，令边士们肠断欲绝。这里，词人“明月，明月”的重叠，表现出戍卒望月思乡怀亲之情之深切，似乎他们的思绪已回到了家乡。这就把他们“万里归心对月明”（唐·卢纶《晚次鄂州》）的思乡之情景生动地呈现在我们眼前。接着，又用“胡笳一声”将戍卒从思乡美梦中惊醒，不难想见他们黯然泪下、愁肠寸断之凄哀。故而，词人用“愁绝”二字，点明词旨，把词人深挚的同情之心融于词中。

这首词有两大显著特点：一是以景烘托。那将尽的边地之枯草，那积满山岭之冰雪，还有那晴朗夜空之明月，更有那悲切凄凉之胡笳声，这些声色并集的景物描写，都映衬、烘托出边卒内心无限的哀惋与悲怆。二是叠句加深意境、强化情感。本词的两对叠句，虽是格律之要求，但强化背景或氛围，烘托了戍卒或空虚凄凉或思乡怀亲的强烈情感。

韦 应 物

韦应物（约 737—约 791），京兆长安（今陕西西安）人。唐代诗人。历任滁州、江州、苏州刺史等职，人称“韦江州”或“韦苏州”。擅长山水田园诗作，内容丰富，诗风恬淡，风格独特，影响深远。

调 笑 令

胡马[①]，胡马，远放燕支山下[②]。跑沙跑雪独嘶[③]，东望西望路迷。迷路，迷路，边草无穷日暮。

注 释

① 胡马：胡地出产的马，这里指代边关战士。胡：古代泛称我国西北地区。

② 燕支山：又名胭脂山，在今甘肃张掖山丹县境内。

③ 跑：通“刨”，动物用蹄子扒土。嘶：马鸣叫。

题 解

这首边塞词运用象征、白描等写作手法，看似是一幅“胡马失群图”，实际上描写的是边关战士。表面上看，词人写的是一匹失群迷路的胡马在燕支山下踟蹰不前，东张西望，悲哀地引颈嘶鸣，不知所归，似乎在寻找和等待它的同伴。实际上，词人通过对边地特有景色以及胡马的描写，表现了长期戍守边关的战士就像失群的胡马一样孤独、彷徨和无奈。

赏 析

这首边塞词采用象征的手法，通过对一匹失群之马的描绘，反映守边士卒生活的艰难和悲苦，也从一个侧面反映了当时战事频仍而残酷的社会现实。

“胡马，胡马，远放燕支山下”三句，先总写成群的骏马：胡地的马啊，胡地的马！它疾驰如飞，被成群地远远放牧于荒凉的燕支山下。乍一落墨，词人便以“胡马”起兴，把一幅颇为雄伟壮丽的图景，呈现在读者面前：那逶逶迤迤、连绵不绝的燕支山下，无边的草原之上，奔腾着一群骏马。词人用那饱蘸的墨笔，描绘出一幅气势壮观、境界阔大的画面。联系下文，我们就可知道，词人将一种“胡马依北风，越鸟巢南枝”（汉·无名氏《古诗十九首·行行重行行》）的意味寓于其中。

“跑沙跑雪独嘶，东望西望路迷”中间二句，词人特写一匹失群迷途之骏马：它用四蹄刨沙刨雪，独自奔跑嘶鸣，东张西望，不辨南北，竟把路迷了。这里，词人笔锋一转，描写了一个意外的情况：一匹骏马，因为失了群，此时正独自不安地以蹄刨着沙土和残雪，踯躅不前，并不时地引颈长嘶，东张西望，似乎在寻找和呼唤它的同伴。词人用了寥寥十二个字，极传神地将骏马迷路失群的神情姿态刻画出来，那种焦灼不安、那种急切烦躁，被词人用拟人手法，勾勒得惟妙惟肖，与词人所写的“去马嘶春草，归人立夕阳”（韦应物《答王卿送别》）有异曲同工之妙。

“迷路，迷路，边草无穷日暮”这三句，描写失群之马的“日暮”途“穷”：迷了路啊，迷了路，白草茫茫，无穷无尽，此时已到了黄昏日暮。词人以第五句句末二字的倒置，叠语连用，虽是词格要求，但词人运用得却独具匠心：既与词首的“胡马，胡马”呼应，似是离群之马对骏马大家庭撕心裂肺般的呼唤，眼中有着迷途失群的恐惧，亦有着回归大家庭的期望、期盼和期待，进一步渲染了空间的旷远，巧妙地补足了骏马迷途的环境，又点明了时间，以“夕阳西下”之景，将一种前途未卜、祸福难料的迷茫寓于之中，似有对国事、对人生“徒有排云心，何由生羽翼”（韦应物《谢栎阳令归西郊赠别诸友生》）的才不得用的忧戚蕴含其中。

这首词最突出的特点：以马为寓，寓意深长。词人借失群之骏马喻人、喻事，可喻边事之不平，北胡之难灭；亦可喻词人有志难伸，仕途不顺，孤掌之难鸣；还可喻大唐战事频繁、民不聊生、无家可归之社会现实。总之，词人把一颗“身多疾病思田里”（韦应物《寄李儋元锡》）之爱国爱民之心融于词中。确是一篇别具一格、别具匠心的佳作。

王　建

王建（765—830），字仲初，许州颍川（今河南许昌）人。唐代诗人。大历年间考中进士，历任昭应县丞、秘书郎、陕州司马等，世称“王司马”。工于乐府诗，诗作题材广泛，善于运用比兴、白描、对比等手法。今存有《王建诗集》《王司马集》等。

调笑令

团扇[①]，团扇，美人病来遮面[②]。玉颜憔悴三年[③]，谁复商量管弦[④]。弦管，弦管，春草昭阳路断[⑤]。

注　释

① 团扇：扇子的一种，古代宫中美人生病后用它来遮面。
② 病：生病。
③ 憔悴：忧愁的样子。
④ 复：再，又。管弦：用丝竹做的乐器，这里指代歌舞。
⑤ 昭阳：汉代的昭阳殿，这里指代皇帝和后妃享乐的地方。

题　解

这首词表面上写团扇，实际上描写的是手拿团扇遮面的美人。在一般人看来，团扇就是一个普通的日常用品。但是，从汉代班婕妤的《怨歌行》开始，夏用秋弃的团扇就成了始乱终弃的物象，具有一种特殊的意义。文人常常用它来描写宫怨。这首词以物开篇，以情收束，化用了班婕妤的《怨歌行》、王昌龄的《长信秋词》，运用"春草""昭阳宫""路断"等来暗示美人失宠，读后令人不由得心生同情。

赏　析

诗人王建同情百姓疾苦，创作了大量的乐府诗。同时，还创作了《宫词》一百首，虽则对封建帝王的奢靡生活多有渲染，但其中亦不乏抒写宫中妇女哀怨之词。此词即是其中一首。

此词起笔便以团扇起兴，"团扇，团扇，美人病来遮面"，描绘出一幅娇妍的宫中仕女图：圆圆的小扇啊，圆圆的小扇，宫中的美人染病之后，尚用它来挡羞遮面。词人乍一落笔，便以宫中女子入夏之后手中不离之物——团扇写起，暗扣汉代班婕妤"新裂齐纨素，皎皎如霜雪。裁为合欢扇，团团似明月"（汉·班婕妤《怨歌行》）之诗意，将"恩情中道绝"（班婕妤《怨歌行》）之悲惨结局寓含其中。接着词人又用"美人病来遮面"一句，写出它非同一般的功用：它是侍奉帝王的舞具，年轻美貌的宫女，尤是如病西施捧心蹙眉一般，出入宫禁，陪宴献艺之时，少不了要以扇遮面，这不仅不失其美妍，反而有因病成妍之妙。故而，词人着一"病"字，更为生动、传神。即就如此，病西施也罢，无病的西施也罢，都难免"红颜未老恩先断，斜倚熏笼坐到明"（唐·白居易《后宫词》）的痛苦而悲惨的结局。这样，词人就把深重的叹惋蕴含其中。

中间"玉颜憔悴三年，谁复商量管弦"二句描写宫女的痛苦、辛酸和幽怨：抱病三年，瘦损了那如花似玉般的容颜，还有谁能与她吹弄管弦？上句紧承前句的“美人病来”着墨，“玉颜”之“憔悴”的形象之变化，写出了“红颜暗与流年换”（宋·晏几道《蝶恋花》）的宫女内心之痛苦和命运之凄惨，且转折之中使词意更加深入一层。这从下句的“复”字中便可深会词人之意：“三年”前，她尚且还能与其他美人同歌同舞、同弄管弦。然而，“憔悴”的“三年”之中，“弃捐箧笥中”“凉飙夺炎热”（汉·班婕妤《怨歌行》），那种遭受病痛和冷遇双重折磨的凄楚，不言自明。从“憔悴”“谁复”等词里，不难想见病中宫女那种独自叹息、黯然神伤的苦痛情状。

词末“弦管，弦管，春草昭阳路断”三句，表达遭受双重折磨的宫女的哀惋凄绝之情：久弃的弦管啊，久弃的弦管，无情的春草把通往昭阳殿的道路阻断。这里，“弦管”叠用，虽是格律要求，但把宫女遭弃的悲苦含于其中。“昭阳路断”，巧妙化用“奉帚平明秋殿开，且将团扇共徘徊。玉颜不及寒鸦色，犹带昭阳日影来”（唐·王昌龄《长信秋词》）之诗意，点出词旨，卒章显志，令人黯然神伤。

这首词构思精妙，手法多样。全词以物开篇，用情结穴，中间又化用班婕妤和王昌龄之诗意，且以叙事及宫女形象的描写，还有词末以“春草”遮断道路的拟人手法，把宫女的深重哀怨表现了出来。

刘禹锡

刘禹锡（772—842），字梦得，洛阳人。唐代著名诗人。诗文俱佳，涉猎题材广泛，与柳宗元并称“刘柳”，与韦应物、白居易合称“三杰”。他的作品内容比较丰富，风格多样，以豪迈为主要特色，著有《陋室铭》《竹枝词》《杨柳枝词》《乌衣巷》等名篇。

忆江南①

春去也，多谢洛城人②。弱柳从风疑举袂③，丛兰裛露似沾巾④。独坐亦含颦⑤。

注 释

① 忆江南：又名《望江南》，原为唐教坊曲名，后用作词牌名。单调，五句二十七字。

② 多谢：这里是多次殷勤致意辞别的意思。洛城：洛阳。

③ 袂（mèi）：衣服的袖子。

④ 裛（yì）：沾湿，润湿。

⑤ 颦（pín）：皱眉。

题 解

这首词大约作于唐文宗开成三年（838），是应和白居易《忆江南》的一首。这首词最大的特点是一别其他伤春之词，伤春的主体不是人，而是春。词人通过拟人的手法，将春不舍人间的情感淋漓尽致地表现出来。春的多情能够引起人们强烈的共鸣。

赏 析

这首词作于唐文宗开成三年，当时白居易为太子少傅分司东都，刘禹锡为太子宾客亦分司东都，两人均在洛阳，他们时相唱和。这是词人与白居易和词的第一首。此词颇能体现词人“清新流畅、含思婉转”之艺术风格。

本词写得极具匠心，很有层次。起笔便以拟人手法，描写饱含情意的春之依依难舍之情：“春去也，多谢洛城人。”春光去时是那样的离情依依、不忍遽去，恰如与恋人或知己的分离一般，它从心底里多么感谢和留恋挚爱它的洛城人啊！词人以拟人的手法，正话反说，不说春光多么的明媚、美好，多么令人留恋，而是以“春光”的口吻出之，不仅新颖别致，令人耳目一新，而且妙将词人留恋难舍春光之意，赋予“春光”本身，让其表达“不忍离去、不愿离去又不得不去”之深挚情意，可看出词人对春之情感是多么深厚！他是实在不忍直接说出“日出江花红胜火，春来江水绿如蓝”（唐·白居易《忆江南》）的江南美景之逝去，只得借“春光”将这种不忍、不愿和不得之意说出。“去也”二字，可说将万千深情蕴含其中，比那“听得道一声去也，松了金钏，遥望见十里长亭，减了玉肌。此恨谁知”（元·王实甫《西厢记》）还要惆怅、惨痛许多。词人把万千不舍皆凝于“春去也”这无比伤感的字眼之中！幸亏是“春”之呐喊，若换为人，怎忍挪步离去？可见，词人与“诗魔”之词，“和”得天衣无缝、机杼别出，令人耳目一新，其情其意其味极深。词人借春之口吻，向爱春、惜春的“洛城人”（实则是词人自己）遥遥致意，其艺术功力可说是前无古人，后无来者！

接着，词人紧承起笔二句，以柳、兰来喻写春含泪挥别之情景："弱柳从风疑举袂，丛兰裛露似沾巾"——柔弱的柳丝随风舞动，好像举起衣袖告别离去之春；一丛丛的兰花亦被露水打湿，就好似惜春的泪水湿透了罗巾。词人再用正话反说之拟人手法，借"弱柳""兰花"表达爱春、惜春之情。这两句与"秋草不堪频送远，白云何处更相期"（唐·李益《送贾校书东归寄振上人》）有异曲同工之妙，只不过有别春与别人之不同罢了。词人以"举袂""沾巾"之描写，来表达爱春、惜春之凄伤，有一种"物亦如此，人何以堪"之伤悲。

词之末句"独坐亦含颦"，由物及人，点示此词女主人公——一位洛阳少女的情思：她是多么的爱春、惜春和伤春啊，她独坐庭院，望着那柳丝和兰花忧愁不语、愁眉紧锁。这一句，使读者恍然大悟：原来，"弱柳""丛兰"之形象及春别之情景皆为少女所见所想！词人着一"独"字，把她的孤独、寂寞和凄楚蕴含其中。可以想见美好春光曾给了她多么大的欢欣和愉悦啊，曾激励她憧憬美好的理想！然而，美好转瞬而逝，理想"亦"成泡影，只剩下百无聊赖之"独坐"、独酌、独吟、独眠等，"亦"只能颦眉蹙额、愁满心间。联系词人的生平遭际，这实则是词人屡遭贬黜之真实而形象的写照，正如词人"巴山楚水凄凉地，二十三年弃置身"（刘禹锡《酬乐天扬州初逢席上见赠》）中所写。

此词短小精悍，手法精妙，词旨深刻。全词仅仅二十八字，兼用比喻、借代和拟人等手法，巧借少女惜春、伤春之情怀，曲折地表达了词人屡遭打击、长期被贬之愤懑不平之气。

潇　湘　神①

湘水流，湘水流，九疑云物至今愁②。若问二妃何处所③，零陵芳草露中秋④。

注　释

① 潇湘神：又名《潇湘曲》，唐代流行于湖南一带的祭神曲，后为词牌名。单调，五句二十七字。
② 九疑：九疑山（也作九嶷山），在湖南宁远南，相传舜死后葬于此。
③ 二妃：舜的两个妃子娥皇、女英。
④ 零陵：地名，相传舜葬于此。

题　解

永贞元年（805），刘禹锡因为参与政治革新而被贬朗州（今湖南常德）。他深入当地民间，根据当地的民间祭神曲，写了两首《潇湘神》词，这是其中的一首。词人凭吊九疑山舜帝之陵，由此而抒发自己的感慨。据说舜帝巡视南方，最后死于苍梧之野，葬在九疑山。舜帝的两个妃子娥皇和女英前去九疑山，最后溺死于湘水。读后，联想到词人被贬的事实，由二妃不能见舜帝，不由得让人想到词人被贬未能得到帝王召见而产生的惆怅之情。

赏 析

开篇“湘水流，湘水流，九疑云物至今愁”三句，词人以景融情：湘江清清的水长流啊，湘江清清的水长流；九疑山中的云烟景物，又到了那波起叶落的令人发愁的清秋时节。词人乍一落笔，便以重叠的句式，描写出江流幽远漫长和回环曲折的苍茫景象，使人油然生发出无限浩渺的时空之感：湘江之水不仅源远流长，而且历史悠久。这就融入了一种“人世几回伤往事，山形依旧枕寒流”（刘禹锡《西塞山怀古》）之伤感情绪，由自然的永恒而想到人事，想到了朝代的兴废。可谓视通万里，思接千载！“九疑云物”既是眼前之景，又是触发词人情怀的媒介：因为它是一个自然与人文相互融合的景观。就自然而言，“九疑山，三湘水，芦花时节秋风起”（五代前蜀·李珣《渔歌子》），秀美奇谲，风光如画，天下无二；就人文而言，“九疑云杳断魂啼，相思血，都沁绿筠枝”（宋·姜夔《小重山令》）。大舜巡视南方，卒于苍梧之野，葬于九疑之阳，他的二妃——娥皇、女英闻讯而至，亦溺死于湘水。词人用“云物”二字，写出眼前景象，将慨叹之情寓于其中。尤是着一“愁”字，既有帝舜临死之前未见二妃之憾恨，又有二妃追赶不及而殉情之怅恨，更将词人以古况今、遭贬远放的悲愤之情融入词中，点明了词旨。

词末二句“若问二妃何处所，零陵芳草露中秋”一问一答，表达了词人的沉痛之情：那两个美貌的玉妃究竟在哪里呢？零陵正是露珠滴满芳草的清秋时节。词人以问而起，以景作答，将“今逢四海为家日，故垒萧萧芦荻秋”（刘禹锡《西塞山怀古》）之悲伤、怨恨之情蕴含其中。同时，词人又巧妙化用“袅袅兮秋风，洞庭波兮木叶下”（战国楚·屈原《九歌·湘夫人》）之诗意，把被贬远放的无比惆怅之情融汇之中。

这首词语短情深，旨意深厚。全词仅有五句二十七字，却借用凭吊九疑山舜陵来抒写内心遭贬远黜的怨愤之情：那长流不息的“湘水流”之重叠，那“九疑云物至今愁”的怀古之拟人手法，还有那“若问二妃何处所”之设问，更有那“零陵芳草露中秋”的化用和以景融情，做到了景真、史真和情真。正所谓：“真者，精诚之至也；不精不诚，不能动人。”（《庄子·渔父》）

白居易

白居易（772—846），字乐天，号香山居士，祖籍山西太原，生于河南新郑。唐代伟大的现实主义诗人。他前期的诗作能够针砭时弊，反映民众的疾苦，现实性较强；后期诗作以自抒情怀为主。他的诗语言通俗易懂，流传甚广，有“诗王”“诗魔”之称。

忆江南

江南好，风景旧曾谙①。日出江花红胜火②，春来江水绿如蓝。能不忆江南③？

注释

① 谙（ān）：明白，熟悉。
② 胜：超过。
③ 能不：怎么能不。

题解

这是一首写景抒情词。早年，白居易曾在杭州、苏州做官，那里如画的风景给他留下了深刻的印象。晚年，他回到洛阳居住，回忆江南风景时写下了三首词。这是第一首。在这首词中，词人通过对“江南”“风景”“日出”“江花”“春”“江水”等意象的描绘，使得一幅生机勃勃、色彩鲜艳的江南春景图展现在读者面前，读后，不由得使人也对江南产生了无限怀念的美好情感。

赏 析

《忆江南》词共有三首，这是其中的第一首。此词总写江南春景（二、三两首分咏杭州、苏州胜景）。

词之起笔二句“江南好，风景旧曾谙”直抒胸臆，表达作者对江南的无限依恋和赞美之情：江南多么美好啊，我对江南的美丽风景曾经是多么熟悉啊！那风光、那景物是多么让人眷恋啊！作者乍一下笔，就难以抑制激动不已的心情，将脱口而出的赞美之词“江南好”三字写于纸上，简单直截的语言最能表达情感。作者紧接着用“风景旧曾谙”五字，道出缘由：自己绝非人云亦云，亦不是一般的了解、熟悉，而是有亲身体验、十分熟悉（“旧曾谙”），且是深有体会、心领神会的。

词中二句“日出江花红胜火，春来江水绿如蓝”，作者以特征鲜明、最具神韵的形象展现出江南之美景：朝阳初升，霞光万道，将江边的鲜花映得比火还红；春风吹来，江中绿波粼粼，清澈如蓝。这里，作者描写出“日出”“春来”的江南绚丽之春天美景，可说紧紧抓住了江南美之精髓，充满了绚丽夺目、醉人心魄的诗情画意。那朝阳映照下红得耀眼之“江花”，那和煦春风中碧绿如蓝之“江水”，互为背景，互相映衬，使得色彩更为鲜明，真是美不胜收！非大手笔，是难以做到光色交错、出神入化的。

词末一句“能不忆江南”是作者发自肺腑的声音：如此美好的景色，怎能不叫人深深地回忆起江南呢？作者采用绕回之法，以一个反问句式，表达出对江南最真挚的热爱、留恋之情，既与首句相照应，构成一个十分圆合的结构，又进一步强化了江南春景之美：唯有“好”之极甚，方才“忆”之不休。这样，就具有了一种“余音绕梁欐，三日不绝”（《列子·汤问》）之艺术魅力。

这首词构思独具匠心。作者把对江南的无限赞叹、怀念和热爱之情融于词中，且用首尾圆合的结构一意贯注；篇首以浅明的“江南好”三字开篇，以一个“好”字总括全篇，又自然引起以下之“忆”；接着用“风景旧曾谙”一句，点明是自己的切身体验、亲身感受；然后用互文手法描写“好”之江南春景，且同色相互烘托、异色相互映衬，以千古名句写出江南春之绝佳之景；篇末又以一个反问句式，再次强化赞叹、怀念和热爱之情感，又与词首相呼应，使全词有了一种悠远而深长的韵味。读之，让人心旌摇摇，荡气回肠。

忆 江 南

江南忆，最忆是杭州[①]。山寺月中寻桂子[②]，郡亭枕上看潮头[③]。何日更重游[④]？

注 释

① 最忆：表示回忆的程度最深。
② 寻：寻找。桂子：桂花。
③ 郡亭：杭州城东楼。潮头：指杭州钱塘江八月中旬的钱塘潮。
④ 更：再，又。

题 解

如果说第一首《江南好》是整体上对江南美景回忆的话，那么这首就是对江南一地——杭州的详细描写。词人一开始就承接《忆江南》的“能不忆江南”而来，具体来描写杭州的美景。杭州的春景在上一首中已经浓墨重彩地描绘过。这首主要描写杭州的秋景，通过对秋天山寺看桂花、中秋观潮头这两件美事的回忆，表现了词人希望重游杭州的美好愿望。

赏 析

这首词是白居易《忆江南》三首词中的第二首，着重描绘的是杭州之美。作者通过山寺寻桂之恬美和钱塘观潮之壮观的描写，表达了他对杭州的无限忆念和热爱之情。

此词与第一首总写江南之景色美的侧重点有所不同，着重描写和赞美的是杭州的风物“山寺月中寻桂子”“郡亭枕上看潮头”之美。

开头两句“江南忆，最忆是杭州”，紧承第一首词末“忆江南”三字，以浅易直白的语言来表达作者对杭州的一往情深：回忆起江南风情，最能唤起追思的是杭州。“最忆”二字，突出了作者最喜爱的一个江南城市——杭州。因为作者与杭州有不解之缘：他不仅年轻时漫游江南，到了长庆二年（822）至四年（824）又任杭州刺史，在杭州整整住了三年。三年之中，他不仅留下了不少脍炙人口的不朽之作，而且创建了辉煌的业绩：曾率官民疏浚六井，筑堤蓄水，亲自投身到西湖景区的改造和建设之中，造福于民。故而，他对杭州怀有一种特殊的情感，以至阔别多年，仍然心挂情牵，难以忘怀。

中间二句“山寺月中寻桂子，郡亭枕上看潮头”，作者特意选取秋景（因第一首已写了春景）来写：我曾夜宿天竺寺、灵隐寺之中，在寺院寻觅那传说中的月中桂子；也曾登上郡亭，昼卧亭中，在枕上观赏那汹涌壮观的钱塘江大潮。这里作者精心选取了两个极富秋天特色的景致：一是山寺赏月寻桂，一是登亭枕上观赏钱塘江潮。前者极有情致：可以推想，在那“三五之夜，明月半墙，桂影斑驳，风移影动”（明・归有光《项脊轩志》）之中秋时节，明月当空，桂树飘香，在恬静之中探访古寺，听那寺中白须僧人讲说月中坠落桂子的奇闻，该是何等的愉悦啊！后者颇含意趣：想想在那观潮之日（农历八月十八），在那凤凰山的郡亭之内，设一卧榻，再邀上朋友数名，把酒听歌，卧观那飞浪溅雪之钱塘秋潮，又该是何等的享受啊！这两句，作者精心选材，选取了“夜”与“昼”中极具特色、极有代表性的两个场景，可说既摄尽了杭州如梦似幻的秋之韵，又再现了名郡太守、一代大文豪的风流逸兴，人、景两现，如在目前。这正印证了作者“东南山水，余杭郡为最；就郡言，灵隐寺为尤”（白居易《冷泉亭记》）之观点，及“大凡人之感于事，则必动于情；然后兴于嗟叹，发于吟咏，而形于歌诗”（白居易《策林四》）的创作经验和美学追求。正因为杭州的秋韵如此迷人，当年的情事是如此历历在目、难以忘怀，作者才写得如此精彩、动人。

词末一句“何日更重游”是作者直言心声：什么时候，我才能旧梦重温、故地重游？这里，作者以设问句表达了自己的强烈愿望，将魂牵梦萦的思念之情托付与未来的悠悠岁月，可说是言虽止而意无穷。

这首词短小精悍，极有特点。一是剪裁极见功夫。江南地大物博，可观可赏、令人留恋的胜景数不胜数，但作者只选取了“杭州”之“山寺”和“郡亭”两个点，仅写了“月中寻桂子”和“枕上看潮头”两件“夜”“昼”之事，真正达到了“天机云锦用在我，剪裁妙处非刀尺”（宋·陆游《九月一日夜读诗稿有感走笔作歌》）之创作佳境。二是完美地体现了作者的“感人心者，莫先乎情，莫始乎言，莫切乎声，莫深乎义。诗者，根情，苗言，华声，实义”（白居易《与元九书》）之创作观点。

忆 江 南

江南忆，其次忆吴宫[①]。吴酒一杯春竹叶[②]，吴娃双舞醉芙蓉[③]。早晚复相逢[④]？

注 释

① 其次：相承第二首“最忆”而来。吴宫：这里指吴王夫差为西施所建的宫殿，故址在今江苏苏州。

② 春竹叶：酒名，这里借代美酒。

③ 吴娃：吴地的美女，这里泛指美女。醉芙蓉：美女的舞姿让芙蓉花都沉醉其中，泛指舞女的舞姿优美。

④ 早晚：这里指什么时候。复：再，又。

题 解

这是三首中的最后一首，回忆的是苏州之美。苏州曾是吴国的国都，有夫差为西施修建的馆娃宫等风景名胜。如果说前两首主要描写的是春景和秋景，那么这首最大的特点是写人。词人一边观看吴娃优美的舞姿，一边畅饮醇美的竹叶春酒。正是因为江南的景美、酒美、人美，才不由得让身在洛阳的词人产生了“早晚复相逢”、再次游历吴地的向往。

赏 析

这首词是白居易创作的《忆江南》三首词中的第三首，着重歌咏苏州。作者选取竹叶春酒和吴娃醉舞两件物、事，勾勒出苏州所特有的旖旎风情，把作者对苏州的忆念与向往之情融于词中。

此词与第一首所描绘的江南景色之美和第二首所赞美的杭州风物之美不同，是侧重于描写女性之美的。这三首词从景、物、人三个方面描绘了江南之美，相对独立又互为补充，以奇妙的意境和极强的艺术概括力，给我们展现了祖国的江南之美。

词之开篇二句“江南忆，其次忆吴宫”，紧承第二首词的内容，抚今追昔：江南的回忆，接下来值得回忆的是苏州的吴宫。人常说：“上有天堂，下有苏杭。”（元·奥敦周卿《双调·蟾宫曲》）作者写了江南的景色之美和杭州的风物之美之后，又把眼光聚焦于苏州的人物（女性）之美上。故而由吴王夫差为四大美人之首的西施所建的“吴宫”起笔，巧妙地将“美人”隐含其中，为下文的叙写做了很好的铺垫和衬托。

中间二句“吴酒一杯春竹叶，吴娃双舞醉芙蓉”，以苏州所特有的美酒和美人来叙写苏州之美：请你品尝品尝那吴宫的美酒春竹叶，请你瞧瞧再瞧瞧吴宫歌女起舞的倩影，她们双双对对犹如那朵朵迷人的芙蓉。这里，作者选取了最有代表性的美酒和美人，来以“酒”衬“人”，写出了“芙蓉如面柳如眉”（白居易《长恨歌》）的歌女之美。并且，以“竹叶”与“芙蓉”相对，描写出文人雅士一边饮着美酒、一边观赏曼妙舞姿的情景。作者巧用“馆娃宫”（吴王夫差专为西施所建）的典故，更加衬托出舞女的靓丽和舞姿的柔美。当然，这与作者的兴趣爱好是分不开的：他一生寄情山水以愉情志，感事抒情以作诗词，结友聚乐以和悦身心，听歌、垂钓以排忧解愁。故而，他的诗词歌赋无不通俗晓畅、雅俗共赏。这首精短的小词，亦不例外。

词末一句“早晚复相逢”，作者以企盼的口吻，写出心中的希望：什么时候，我能再次与那人、那酒相逢啊？这里，作者仍然用设问句表达心中之强烈愿望，完成了从今忆往，从江南到苏杭的忆想和怀念，以浅易明了的语言表达了对曾经的过往的深情念想。

这首词的思想性和艺术性虽不及第一首和第二首词，但亦有两大特点：一是语言浅易、通俗，不乏情感和色彩。如“其次忆吴宫”之不假修饰，真实真切，“早晚复相逢”之期望期盼。二是以典寄情。作者用“吴酒”和“吴娃”的典故来抒写雅士的饮酒之乐和歌女的靓丽及舞姿的曼妙，为后句的抒情做了很好的铺垫。

长 相 思[①]

汴水流[②]，泗水流[③]，流到瓜洲古渡头[④]，吴山点点愁[⑤]。　　思悠悠[⑥]，恨悠悠，恨到归时方始休[⑦]，月明人倚楼[⑧]。

注 释

① 长相思：原为唐教坊曲名，后用作词牌名。双调，八句三十六字，上下片各三平韵一叠韵。

② 汴（biàn）水：又称汴渠、汴河，西通洛河，南入淮河。

③ 泗（sì）水：泗河，发源于山东泗水县的东蒙山，途经徐州，入淮河后汇入长江。

④ 瓜洲：古渡口名，在今江苏邗江南，与镇江隔江相望，是南北水上交通枢纽。

⑤ 吴山：吴地的山，泛指江南一带的山。

⑥ 悠悠：漫长幽深的样子。

⑦ 归时：这里指丈夫回家的时候。方始休：才开始停止。

⑧ 倚：倚靠。

题 解

这是一首思妇思夫的小令。词人构思巧妙，运用一连串独特的意象“汴水”“泗水”“瓜洲”“渡口”“吴山”“明月”“高楼”，最后一句是这首词的落脚点，点明了倚楼之“人”，不由得让人深思：月明之夜，“人”为什么要倚楼呢？难道她是来欣赏月光的吗？根据“瓜洲”“渡口”“愁”“思”“恨”等词语，可以看出，她之所以在月明之夜，独自登楼，不是为了欣赏月色，而是因为思念丈夫不能入眠，至此她的忧愁和情思不言自明。

赏 析

"诗魔"白居易的词作虽留传不多，但此词是怀人词，也是抒写闺怨的名篇，亦是中唐时期较为正规、成熟的词作。此词言简意丰，语浅味深。通过一位闺中少妇月夜倚楼眺望情景的描写，表达了她对丈夫深切的思念之情。

这首词在写法上颇为别致，有机杼独出之妙：先状写闺妇眼见之景及心怀之情，词末才点出闺妇这一人物主体。故而，全词皆是以闺中少妇的角度来写的。

词之上片，明是写景，实则把少妇无尽的思念之情寓含其中。

开篇三句"汴水流，泗水流，流到瓜洲古渡头"，思妇把思念之情赋予流水之中：汴水日夜不息地流啊，泗水日夜不息地流，一直流到那瓜洲古老的渡口。这三句，看似写流水，实则以"水"寄情、以"水"喻人：既说自己的丈夫随着汴水、泗水流动的方向而外出南行，去了那遥远的他乡，又将少妇之心亦如那流水一般，追随丈夫而远去之意喻含之中，表现出她"思君如流水，何有穷已时"（三国魏·徐幹《室思》）的无限的思念丈夫之情。由此可见，这三句是借景写情、寓情于景：用"流水"这一意象，既是暗喻，又含象征，既喻指如流水一般远去的丈夫，又象征少妇对丈夫的思念如流水一样悠长，还含有"水带离声入梦流"（唐·罗隐《绵谷回寄蔡氏昆仲》）之伤感。

上片末句"吴山点点愁"是用拟人的手法来写的：江南的群山，点点都似愁恨凝聚而成。这一句是写少妇眼中之群山，似乎亦懂得少妇的思念之苦，满含忧愁，默默同情。可见，这一句是以景融情，"吴山点点"是少妇眼中之景，山亦通人情，亦含有"山将别恨和心断"（唐·罗隐《绵谷回寄蔡氏昆仲》）之怨恨。而着一"愁"字，就直接点明了词旨，亦点醒了读者：这"山"确也通人性，它那重重叠叠、高高低低不都是衔"愁"含"恨"吗？由此可见，上片的四句，句句写景，句句含"愁"。

词之下片，直抒胸臆，景外的少妇直接站出来，表达对丈夫长期离家不归的怨恨之情。

换片处的三句"思悠悠，恨悠悠，恨到归时方始休"，直写闺妇心中之思念和怨恨：思情悠悠啊，怨恨悠悠，哪儿是尽头啊！丈夫啊，除非你回到我的身边，我的思念、怨恨才会休止。这里，作者紧承上片，由“愁”字生发开来，写了“愁”之表现——两个“悠悠”，“思”“恨”交加，不仅富有音乐美，而且把“思”“恨”之绵延不断、无有尽，极形象地表达出来，且与上片中的“汴水”“泗水”之日夜不息地流淌联系起来；“愁”之内涵——即“思”“恨”二字，“思君如陇水，长闻呜咽声”（唐·雍裕之《自君之出矣》），“恨无兮羽翼，高飞兮相追”（汉·徐淑《答秦嘉诗》）；“愁”之终结——“思”也罢，“恨”也罢，只要丈夫归来一切皆可顷刻一扫而光、灰飞烟灭！这正是少妇真情柔肠之流露，足可见出她明事理、识大体，对爱情忠贞不渝又温柔体贴，乃性情中人也。

词末一句“月明人倚楼”，既是现时情景的描写，又是少妇的美好憧憬：人、月同圆之时，我倚楼望月是多么的幸福啊！一切的思念、怨恨皆会化为乌有！那时，自然是“雨后却斜阳”（唐·温庭筠《菩萨蛮》）、“花外早莺啼歇”（宋·魏夫人《好事近》）了！可是现在，仍是望月思人，“思”“恨”无尽呀！因此，在遥遥无期、难以预测的企盼之中，闺妇在月明之夜独倚高楼的情形还将延续下去。

这首词手法精妙，意旨深厚。全词运用寓情于景、以景写情和直接抒情的手法，言浅意丰，词旨委婉而深厚，把少妇对丈夫的深切思念和深重的怨恨之情写得真实、真切而感人，极有人情味，确如前人所说：“乐天此调，非后世作者所能及。”（《删补唐诗选脉笺释会通评林》）

长相思

深画眉①，浅画眉，蝉鬓鬅鬙云满衣②，阳台行雨回③。　　巫山高④，巫山低。暮雨潇潇郎不归⑤，空房独守时。

注　释

① 画眉：古代妇女用黛青色涂抹眉毛。

② 蝉鬓：唐代流行的一种发式，其特点是轻而薄，望之缥缈如蝉翼。鬅鬙（péngsēng）：头发蓬松的样子。云：这里形容头发蓬松就像云彩一样。

③ 阳台行雨：取自宋玉《高唐赋》中楚怀王与巫山神女幽会的典故，这里指夫妻相欢。

④ 巫山：在四川、湖北交界，长江穿流其中，三峡奇观位于此。

⑤ 潇潇：形容风雨急骤洒落的样子。

⑥ 独守：独自一人。

题　解

这是一首闺怨词。通过思妇梦中回忆与夫君的恩爱相欢以及梦醒后潇潇暮雨、独守空房的强烈对比，表现了思妇内心哀婉欲绝的痛苦。上片先写妇人的妆饰，以及梦境中曾经美好的爱情生活。一个“回”字点明了梦醒时思妇的失落，引起下片。下片描写思妇梦醒后的情状。思妇从缱绻万般的爱恋中回到春雨潇潇而情郎不归、独守空房的冷酷现实中。感人至深，怎能不叫人哀痛欲绝？

赏　析

这首闺怨词大约作于白居易任左拾遗及左赞善大夫的元和年间（806—820）。作者所写的两首闺怨词，皆哀婉凄切，飘洒疏狂。读之，让人顿生孤寂酸楚之感。

词之上片，着重抒写梦和梦醒之情状。

起首三句“深画眉，浅画眉，蝉鬓鬅鬙云满衣”，描写梦中情景：她深一笔地画眉，又浅一笔地画眉，情态娇昵万分；而她那时兴的梳得薄如蝉翼的发式，散乱、蓬松如云般地披满在绣衣之上。乍一落笔，作者就为我们展现了闺妇梦中之夫妻恩爱、伉俪情深的画面：她精心梳妆，深一笔又浅一笔地画着眉，俨然是一幅“妆罢低声问夫婿，画眉深浅入时无？”（唐·朱庆馀《近试上张籍水部》）的真实写照。这与其说是闺妇之梦中之境，倒不如说是她对曾经美好爱情生活的回忆。因为“日有所思，夜有所梦”啊！这里，作者用超前的蒙太奇手法（镜头组接），给我们展现了“梳妆”“画眉”两个镜头，把梦中甜蜜、美好和温馨的氛围传达出来，暗示了女主人公在梦中的甜美、幸福。而“蝉鬓鬅鬙云满衣”的镜头，又展示了她梳妆入时、穿着自若之美，这亦印证了她之前曾经有过的幸福和美好。

上片末句“阳台行雨回”，描写女主人公梦醒之情形：一梦醒来，那阳台欢会的梦境，已杳不可追。这里，作者又用“楚王梦游高唐”之典故（见战国楚·宋玉《高唐赋》），化用“旦为朝云，暮为行雨。朝朝暮暮，阳台之下”之意，以“阳台行雨”四字，写出女主人公在梦中与丈夫欢会之情景。着一“回”字，点示梦醒，可以想见她从“梦”之欢乐的峰顶，一下子坠落到现实之冰冷、严酷的深渊。作者运用梦境与现实反衬的手法，闺妇那“悲莫悲兮生别离”（战国楚·屈原《九歌·少司命》）、“寤寐无为，涕泗滂沱”（《诗经·陈风·泽陂》）的悲戚情景读者亦不难想见。

词之下片，着重抒写梦醒之后的情形。

过片两句“巫山高，巫山低”，紧承上片的“阳台行雨”之梦境，描写思妇幽梦虽醒，但梦中情形历历如在目前：那欢会中的巫山，一峰高高耸立，一峰低低平卧。这两句，写出了闺妇梦醒之时、梦境犹在眼前之情景。这就把她“梦回愁对一灯昏”（宋·陆游《枕上偶成》）之独守空房、无比凄凉之情景写了出来：她仍然沉浸在“欢会”的美梦之中，那情那景依稀犹在眼前，难以忘却。作者以“巫山”之“高”“低”相比相衬，更见出她于梦境中久留不去之深挚的依恋之情，更加映衬了她的凄伤和凄苦。

词末“暮雨潇潇郎不归，空房独守时”二句，点明闺妇梦醒的时间及天气情况：此时已是傍晚时分，暮雨潇潇，不见夫君归来。她转眼环看，空空的闺房之中，只有自己一人独独守着。这里，作者虽然没有告知我们闺妇入梦的时间，但我们不难想见思妇日日夜夜昏昏欲睡、食不饱腹、寝不安枕之情形。尤是方才还在欢愉无比的温馨之梦中，一时之间又回到了飞鸟投林、牛羊回圈、农夫收工归家之暮雨潇潇的冷酷现实之中，那种悲恻、悲苦和悲哀，岂是“愁”“恨”二字了得！此种哀惋欲绝、柔肠寸断之凄惨不难想见，无怪乎清人陈廷焯《云韶集》中曾说“下半阕胜读（苏蕙）回文织锦诗！”

这首词最显著的特点：情意深挚，手法高妙。作者采用梦境与现实相互对比、映衬的手法，把闺妇日思夜想、寝食难安的思念之凄楚生动而形象地表达出来，尤是“暮雨潇潇”之场景与梦中“阳台行雨”之欢会的无情对比，把闺妇的思念之悲苦推到那无以复加的地步。

窦 弘 余

窦弘余，生卒年不详，扶风平陵（今陕西咸阳西）人，一作京兆金城人。唐武宗会昌元年（841）为黄州刺史。所作《广谪仙怨》，开创了用词的形式反映重大历史事件——安史之乱中“马嵬事变”的先河，深得刘长卿推崇。

广 谪 仙 怨

胡尘犯阙冲关①，金辂提携玉颜②。云雨此时萧散③，君王何日归还？　　伤心朝恨暮恨，回首千山万山。独望天边初月④，蛾眉犹自弯弯⑤。

注 释

① 胡尘：胡人侵犯边关扬起的尘土，这里指代安禄山率领的叛军。犯阙冲关：这里指安禄山进犯朝廷。

② 金辂（lù）：指代皇帝乘坐的金銮驾。提携：携带，带着。玉颜：这里指代杨贵妃。

③ 萧散：消散。

④ 独望：这里指杨玉环被赐自尽后，唐明皇孤单守望。

⑤ 蛾眉：女子长而美的眉毛，这里用来指代貌美的杨贵妃。

题 解

用词的形式来反映重大历史事件——安史之乱中的“马嵬事变”，这首开了先河，就历史意义而言，有人把这首词和白居易的《长恨歌》相提并论。上片是叙事，叙述了安史之乱爆发后，唐明皇不得不仓皇逃窜，途中被迫赐死“玉颜”杨玉环，从此阴阳两隔，思恨绵绵。下片写唐明皇赐死杨玉环后的无限遗恨。总之，这首词用简洁的语言叙述了安史之乱的始末，以及安史之乱后的唐明皇因为杨玉环被赐死的孤单凄惨。

赏 析

这首词反映了重大历史事件“马嵬事变”，是唐代词人窦弘余仅存的一首词。此词短小精悍（共四十八字），却容纳了“诗魔”白居易八百四十字的长诗《长恨歌》之内容，尽管叙写远不如“诗魔”之名作，但就唐玄宗对杨贵妃之“天长地久有时尽，此恨绵绵无绝期”（唐·白居易《长恨歌》）之无尽思念这一点上，则如出一辙。

词之上片，重在叙事。

“胡尘犯阙冲关，金辂提携玉颜”，开门见山、直截了当叙写“马嵬事变”：安禄山起兵叛乱，胡骑尘土飞扬一路夺关破隘直犯朝廷，避乱的天子唐明皇带着杨贵妃驱马驾车日夜兼行。乍一落墨，词人便以“胡尘”二字，代指叛军安禄山；以“犯阙冲关”四字，代指“安史之乱”爆发。言简意赅，简明扼要，亦不乏形象、生动，且省去了很多笔墨，直入正题，不事铺垫。同时，又把事出突然、猝不及防之意蕴含其中。此与“诗魔”之“九重城阙烟尘生”之意相同。下句用车马携载美人遽然而去的叙写，概括了当时唐玄宗带着杨贵妃仓皇西逃入蜀之史实。此与“诗魔”之《长恨歌》的“千乘万骑西南行”之意相同。“玉颜”二字，点示出杨贵妃倾城倾国之美貌，亦暗示其之所以得宠和遇变“提携”之原因。此与《长恨歌》之“回眸一笑百媚生，六宫粉黛无颜色”之意相同。

上片后二句“云雨此时萧散，君王何日归还”，分写杨贵妃与唐玄宗之命运：巫山的云欢雨合就此消散，堂堂的天子何日才能御驾归还？“云雨”一句，巧妙用典，既点示出避祸于川蜀之意，又巧用楚王与巫山神女之遇合的典故喻指李、杨恋情，且以“萧散”隐寓“马嵬事变”之李、杨始合终离和贵妃自缢的史实。这比《长恨歌》“宛转蛾眉马前死”要含蓄蕴藉许多。“君王”一句显然是以巫山神女之口吻道出，有一种从此相见无期的不尽怅惘之意蕴含其中，且以设问寓含深意，把唐玄宗晚年昏庸，不肯接受张九龄等劝谏，却交军事大权于胡将安禄山之手而导致安史之乱之意含于其中，又有一种“上穷碧落下黄泉，两处茫茫皆不见”（唐·白居易《长恨歌》）的叹恨。

词之下片，重在抒情。

过片二句“伤心朝恨暮恨，回首千山万山”，描写唐玄宗见景而伤心：唐明皇心中万分悲痛，他朝也怨恨，暮也怨恨，不断回看那起伏连绵的千山万山。“伤心”二字，总写爱美人不爱江山而误国的唐玄宗在蜀中深重的忧怨之情。而这“伤心”“回首”“朝恨暮恨”之中，既有身为君王却最终不能保全心爱的贵妃之深痛，又有悔恨当初不听张九龄等忠臣的进谏将叛将安禄山处死的自责。而所见“千山万山”之景，更将唐玄宗离京避难之狼狈无奈及往事无法追回之万般懊丧暗含其中。这过片二句，以叠用的“山”字和“恨”字，写出了唐玄宗的心魄摇曳、伤痛欲绝之情状。与《长恨歌》之“蜀江水碧蜀山青，圣主朝朝暮暮情”有异曲同工之妙。

词末二句“独望天边初月，蛾眉犹自弯弯”，是唐玄宗望月而生发的联想：夜晚他独自遥望天边升起的初月，仿佛又看到昔日杨贵妃那秀丽的、弯弯的蛾眉和那美丽的容颜。词人运用见景生情之法，把唐玄宗凄然顾念旧情之神情毕现于读者面前，令人想到杨贵妃被赐自尽的无穷哀怨的凄惨景象——“君王掩面救不得，回看血泪相和流”（白居易《长恨歌》）。

这首词最突出的特点：容量大，情感深。词人用四十八字的小词，概括容纳了“诗魔”八百四十字的《长恨歌》之主要内容和情节，这得力于词人的高度浓缩能力和词作功力，且不乏情节和细节及深挚、动人的情感，确实“是中唐文人尝试运用新兴曲子词来咏‘当代史’的成功例子”（刘扬忠《刘扬忠学术论文集》）。

皇甫松

皇甫松，生卒年不详，字子奇，睦州新安（今浙江淳安）人。唐代诗人。他是宰相牛僧孺的外甥。以诗词见长，其词今存二十余首，收录于《花间集》《唐五代词》，深得后人推崇。

天仙子①

晴野鹭鸶飞一只②，水荭花发秋江碧③。刘郎此日别天仙④，登绮席⑤，泪珠滴，十二晚峰青历历⑥。

注释

① 天仙子：唐教坊曲名，后用作词牌名。单调，六句三十四字，五仄韵。
② 鹭鸶：水鸟名称，善于捕鱼。
③ 水荭（hóng）：荭菜，可以食用，花有白色和粉红两种。
④ 刘郎：这里指汉明帝时的刘晨，相传他入山采药将死，后被仙女所救。天仙：指刘晨所遇的仙女。
⑤ 绮席：指仙女送别刘晨而设的筵席。
⑥ 十二晚峰：借用宋玉《高唐赋》中巫山神女的典故，巫山上有十二座高峰。历历：分明可数的样子。

题　解

这是一首人神分别的饯行词。开篇就是一个辽阔、悠远的景物描写，给刘郎和仙女的分别奠定了悲凉的基调。筵席上的刘郎和仙女相对无语，泪眼迷离；席终人散，只留下江边苍茫的十二座高峰壁立无言。意境凄迷，怅惘悲凉。篇幅虽短，却颇有意致。语言清丽，情感深挚，颇为感人。

赏　析

这首词借用刘晨、阮肇入天台山采药遇仙女之故事（见南朝宋刘义庆《幽明录》），托意仙缘，借题发挥，实写现实社会的人间恋情。

开头二句“晴野鹭鸶飞一只，水荭花发秋江碧”，描绘郊野江边的景色：晴朗的原野上，飞起一只白色的鹭鸶，红红白白的荭菜花开满了秋水清澈的江边。乍一落笔，词人便给我们展现了一幅寥廓、高远且富有色彩、极有情趣的秋景。尤是“鹭鸶飞一只”的动感画面，有一种“白鹭行时散飞去，又如雪点青山云”（唐·李白《泾溪东亭寄郑少府谔》）之亮丽和生趣，似乎隐含着某种暗示和情味。再加上红白相兼的荭菜花的映衬，又丰富了画面的色彩层次，与碧绿的“秋江”和“晴野”，构成一幅江天相互映衬的色彩鲜美、境界阔远清疏的画面，这就为情侣送别之情景做了很好的铺垫。

中间三句“刘郎此日别天仙，登绮席，泪珠滴”，词人借用神话传说，叙写情侣相别情景：这天刘郎要与美貌的仙女告别，刚刚来到那饯行的席间，不禁落下眼泪。“刘郎”二字，词人巧借《幽明录》所载汉代刘晨入山采药巧遇仙女的故事，实写人间情人之离别。“天仙”二字，明托传说中的仙女，实指人间别离女子貌如天仙之闭月羞花之容。着一“别”字，就把“别日何易会日难，山川悠远路漫漫”（三国魏·曹丕《燕歌行二首》其二）之不忍别离、依依难舍之情蕴含其中，故而“登绮席，泪珠滴”！这三句妙用传说，巧合无痕，将别离场景写得真切动人。

词末一句“十二晚峰青历历”，写别后独行所见之景：那令人迷恋的巫山十二座青色高峰，在暮色中还历历可见。这里词人用“十二晚峰”暗引宋玉《高唐赋》中巫山神女之典故，以神女与楚王遇合的传说，暗喻男女欢会之意，更见出“刘郎”对往日欢愉之依恋难舍之情。以“巫山峨峨高插天，危峰十二凌紫烟”（唐·戴叔伦《巫山高》）之景来衬托离情，亦含有对以往情事之难以忘怀、往事如在目前之意。同时，“峰青”二字，又巧妙化用“曲终人不见，江上数峰青”（唐·钱起《省试湘灵鼓瑟》）之诗意，将宴散情人离去之后的无限空寂和惆怅之情融于其中。由此可见，词末这一句虽则寥寥七字，既是别离之景，又是用典和化用，以凄凉透骨的意境写出了深挚、真切的别离之情。

这首词最显著的特点：手法精妙。词人借用人仙相恋相别的神话传说，来抒写人间凄楚、悱恻的情人惜别之情，语意真切，情意深挚，做到了景为情生、情景交融。

采　莲　子①

船动湖光滟滟秋（举棹）②，贪看年少信船流（年少）③。无端隔水抛莲子（举棹）④，遥被人知半日羞（年少）⑤。

注　释

① 采莲子：唐教坊曲名，后用作词牌名。单调，四句二十八字。

② 滟滟（yànyàn）：水波荡漾的样子。（举棹）：和下文括号里的“年少”都是和声。棹（zhào）：船桨。

③ 信：任凭。

④ 无端：没有理由。

⑤ 遥：远。羞：害羞。

题　解

这首词采用了江南民歌中特有的明快色彩，通过简洁的语言，描写了在景色迷人的莲塘中，一个情窦初开的少女，在采莲的劳作中，大胆追求自己喜欢的男子的故事。词人运用明快的笔触，写出了天真的少女追求心上人的整个过程。读后，活泼大胆的少女形象呼之欲出，非常富有情趣，从一个侧面展示了普通百姓丰富多彩的生活。况周颐评之为“匪夷所思，是何笔妙乃尔”。

赏 析

这首词由皇甫松所作，描写采莲女子向心上人示爱时怀疑被人觉察而十分娇羞的情景。此词语言生动、明快而有情趣，描写细腻入微，刻画了一位情窦初开、性格活泼的采莲少女的形象，是一幅颇有民歌风味的江南水乡风物人情画。

词之首句“船动湖光滟滟秋（举棹）”，给读者展现了一幅江南秋日湖中采莲图：湖光秋色，景色宜人，水波摇荡之中，一位少女划着小船来采莲。她荡船举着船桨的样子真是美极了。短短一句，词人便给我们勾勒出一幅别有特色、极富诗情画意的场景：波光潋滟、莲香四溢的湖塘里，一位稚气未脱、天真烂漫的美少女荡桨划船来采莲。尤是“湖光滟滟”四字，以景衬人，以人衬景，景美人更美。这场景，不禁令人想到汉乐府民歌中的“江南可采莲，莲叶何田田。鱼戏莲叶间，鱼戏莲叶东，鱼戏莲叶西，鱼戏莲叶南，鱼戏莲叶北”（汉乐府《江南》）的欢快情景。

次句“贪看年少信船流（年少）”，描写美少女之怀春：她听凭小船随波漂流，原来是因为她眼怔怔地望着另只船上的美少年。这一句描写了一个引人注目的细节：当人们的视线追随少女的小船移动之时，惊异地发现她的眼光竟被一个英俊少年紧紧地吸引过去，她的小船也只能随波逐流、任意东西。词人着一“贪”字，把她望之出神、犹如被磁石吸引一般的神情动态刻画了出来，就如一个特写镜头一样。词人以大胆无邪的目光和“信船流”的痴情憨态之描写，刻画出采莲少女纯洁纯真、大胆热情、热烈渴求爱情之个性鲜明的形象。实在是手法高超精妙。

“无端隔水抛莲子（举棹）”，描写采莲美少女大胆、直率的动作：她看着看着，极突然地抓起一把莲子，隔着湖水向她盯看的那少年抛去。这一句，以出乎读者意料的举动，以集戏谑、挑逗和爱慕于一体的抛掷莲子的动作，更加活灵活现地表现出江南水乡少女大胆、热情、泼辣和真率的性格。而“抛莲子”三字，又极有意味和情味：因为“莲”与“怜”谐音，有爱恋之意；“子”在古汉语中，是“你”的代称。采莲美少女向一见钟情的美少年“抛莲子”，不就是

“我爱你”的意思吗！

词末句“遥被人知半日羞（年少）”，描写采莲美少女忘情的动作之后的情态：她猛然间觉得自己抛莲子的动作，被人远远地看到了，因此脸红害羞了半天。词人这里着一“遥”字，颇有意趣：可见其他人距她较远，有无“知”晓、有无笑她仅仅是她之猜测而已，或许人们根本就未看到这一幕，而她定然以为心事被人窥破而娇羞满面、赧颜不已。词人着一“人”字，亦耐人寻味：此到底何人？不难猜想，一是与她同来采莲的女伴，一是被她所“抛莲子”的少年，可能还有无意之中窥见的其他人。若是同伴，或许是一串嗔笑，一个羞笑的动作；若是少年，或许是深情的一瞥，抑或是一个羞涩的动作或表情；若是其他人，或许一笑，或许并不在意，等等。不论他人反应如何，总之这大胆而直率的“抛莲子”的举动，在采莲美少女的心湖里荡起了难以平息之“爱”的波澜。

这首词有一个突出的特点：细节传神。全词用“贪看年少信船流”和“无端隔水抛莲子”两个极有情趣和意趣的细节描写，成功地刻画出一个纯洁可爱、热烈追求美好爱情的采莲美少女的形象。正如前人所赞：“匪夷所思，是何笔妙乃尔！”（况周颐《餐樱庑词话》）

梦 江 南[①]

兰烬落[②]，屏上暗红蕉[③]。闲梦江南梅熟日[④]，夜船吹笛雨萧萧[⑤]。人语驿边桥[⑥]。

注 释

① 梦江南：词牌名，同“忆江南”。

② 兰烬（jìn）落：蜡烛结成的兰花落了。因为蜡烛燃烧完结成的灯花，形状像兰花，所以这样说。

③ 屏：画屏。红蕉：红色的美人蕉，这里指深红色。

④ 江南梅熟日：这里指江南的农历四月。

⑤ 萧萧：同“潇潇”，形容梅雨急骤洒落的样子。

⑥ 驿：驿站。

题 解

这是一首移居北方的江南之人梦中回忆南方家乡的词。通过词人对室内陈设的描写，可以看出天色已晚，床边的灯花、画屏上的美人蕉以及周围的一切都变得暗淡起来，这为主人公进入梦乡营造了一个昏暗、幽静的氛围。后面三句由一个“闲”字引入梦境。梅子、小船、笛子等江南特有的典型意象出现在梦中人的脑海中，把江南梅雨季节的水乡风光淋漓尽致地展现出来，同时，使得做梦之人思乡之情更加浓郁。全篇都是景语，一切景语都是为了最后一句“人语驿边桥”情语而来，难怪陈廷焯认为此词可与温庭筠的词相媲美。

赏　析

皇甫松的这首词被近代大学者王国维誉为“情味深长，在乐天、梦得（指白居易、刘禹锡）上”（《人间词话·附录》）。全篇巧妙地通过一个恬美轻柔的梦境抒写，呈现了江南初夏迷人的景致，将浓浓的思乡之情融汇其中。

开篇“兰烬落，屏上暗红蕉”，词人直接铺写室内陈设：床边的蜡烛结成的兰花落了，画屏上那艳丽的美人蕉也已色彩暗淡。乍一落笔，词人便以“兰烬落”之灯花残落之景，表明夜深人静，时已更晚。“屏上暗红蕉”之画屏描写，表明环境幽暗。由此可见，此时夜已深沉，室内的一切都笼罩在夜色之中。词人实写室内景物及烛光微弱的情景，为下面室内之人的入梦营造了一个幽静的氛围，做了很好的铺垫。

后三句“闲梦江南梅熟日，夜船吹笛雨萧萧。人语驿边桥”，由一“闲”字导入梦境，描写梦中景象：我昏昏欲睡，朦朦胧胧之中进入了梦乡，梦见了我久别的江南——此时正是江南的梅熟季节，傍晚时分又风雨交加，潇潇作响。在这温暖湿润的夜空中，停泊的小船上不知是谁吹起了悠扬的笛声，而桥边的驿站前，还隐隐约约地传来行人说话的声音，操着那久违的乡音，诉说着难忘的故事……词人将江南梅雨季节的水乡风光，极其鲜明而生动地呈现出来，并且视听兼有，以声为主，就如可视之音响。尤是“夜船”二句，曾被前人誉为“中晚唐警语”，其意境之清爽、疏旷，令人情思难禁。如若对“人语”展开进一步的想象，就更有情趣、意趣，升华了词旨：词人在梦中与家人、友人甚至恋人相语相别，那么全词所抒发的情感就不仅仅是乡情，而有了亲情、友情和爱情。因为，在词人的心中，“江南佳丽地，金陵帝王州”（南朝齐·谢朓《入朝曲》）之魂牵梦萦、日夜思念的故乡，是自己的生命之根，是最美好的神圣之地！

这首词最为突出的特点：完美地做到了“一切景语皆情语”。全词皆由景语组成，梦外是景——烛光微弱（“兰烬落”），环境幽暗（“屏上暗红蕉”），梦中仍是景——“江南梅熟日”，“夜船”“吹笛”“雨萧萧”，“人语驿边桥”。词人视觉、听觉兼用，绘色绘声，动静结合，融情入景，以景传情，不着痕迹，却使人倍感情味深长、意味隽永，具有“状难写之景如在目前，含不尽之意见于言外”（宋·欧阳修《六一诗话》）之艺术魅力。

温 庭 筠

温庭筠（约812—约867），本名岐，字飞卿，太原祁（今山西祁县）人。晚唐诗人。诗负盛名，与李商隐并称“温李”。其诗以艳丽精巧见长，题材窄小，往往流于绮靡。词起源于隋唐之际，中唐文人如白居易、刘禹锡在诗歌创作之余也有模仿之作，晚唐温庭筠则是第一个大力写词的诗人。他使词从民间走向文人，并确立了词以写艳情为主的传统。

菩 萨 蛮

小山重叠金明灭①，鬓云欲度香腮雪②。懒起画蛾眉③，弄妆梳洗迟④。　照花前后镜⑤，花面交相映⑥。新贴绣罗襦⑦，双双金鹧鸪⑧。

注 释

① 小山：这里指床榻围屏上的景色。金明灭：围屏画面上的金色涂料在日光照耀下发出闪烁不定的光芒。

② 鬓云：头发散开就像云彩一样。香腮雪：这里指像雪一样白的脸颊。

③ 蛾眉：蚕蛾的触须细长而弯曲，以此比喻女子美丽的眉毛。

④ 弄妆：这里指化妆修饰仪容。

⑤ 照花前后镜：用两面镜子一前一后照头上的簪花是否簪好。

⑥ 花面：指头上的花和美人的面。

⑦ 贴：把剪好的彩色绸缎图案绣在衣服上。罗襦：用丝绸做的短袄。

⑧ 金鹧鸪：用金线绣的鹧鸪鸟。

题 解

温庭筠是“花间派”的鼻祖，他的《菩萨蛮》一共有十四首，是公认的代表作。这首词被推为代表作之首，大约作于唐宣宗大中年间（847—859）的后期。这首词构思精致，语言精美，词人通过细腻的笔法，生动地刻画了一个深闺女子起床妆扮的全过程。词人通过“晨卧未醒”“夜妆已残”“懒起妆扮”“妆成照镜”“穿上罗襦”这几个典型的画面，把女子起床前后的动作、服饰描写得活灵活现，从而衬托女子思春的闺怨之情。

赏 析

这首词是温庭筠十四首《菩萨蛮》代表作之冠。此词语言精美，构思精巧，通过闺中少妇起床梳洗之时娇慵姿态及妆后情态之描写，刻画了一位典型环境中的女性形象。此词曾谱曲成为电视连续剧《甄嬛传》的插曲。

词之上片，着重描写闺房环境和闺妇之梳妆打扮。

起首二句“小山重叠金明灭，鬓云欲度香腮雪”，描写闺中环境及闺妇初醒之情景：画屏上那重叠的小山风景，在晨光下时明时灭；她那轻盈柔美的鬓发，像那春云一般，将要掠过那莹白如雪的脸庞。上句写出画屏掩映之中的闺房之华美富丽、别有特色，不是一般人家的人物、花鸟画，在屏风之上却是金碧辉煌的山水景色，在晨光的照耀下一闪一闪地有着明暗的变化。词人虽未写其他物什，但以此推想，说明闺中陈设定然是非常精美讲究。同时，又用晨光照在画屏上的明灭变化，暗示了朝日已高，晨起的时间早已过了。下句转而写人，闺中思妇初醒而未起床。用“鬓云”写出她的秀发之美，就如一片春云一般。用“香腮雪”喻指她的脸颊香润如雪。用“欲度”二字，写出思妇似动未动、似起未起的一个瞬间状态：那如春云般的秀发将要飘过她那雪白香润的双颊。词人用两个比喻和一个将起未起的瞬间状态的描写，使一位娇懒困慵的闺中少妇形象，宛然在目。

上片后二句“懒起画蛾眉，弄妆梳洗迟”，描写闺妇起床后的动作行态：她懒懒地起身后，慢腾腾地描画双眉，梳洗和化妆都已延缓推迟。这里，词人以“画蛾眉”之细节描写为重点，写了思妇起床、画眉、梳洗和化妆等诸事。词人用一“懒”一“迟”二字，承上启下，彼此呼应，把思妇习以为常的漫不经心、例行公事般的梳洗、打扮等诸事写了出来。虽未写妇人的心理活动，但其内心的孤寂、凄冷（丈夫长期不在身边，无人欣赏，亦无人督促）显然可见一斑。

词之下片，着重描写闺妇打扮、照镜的情形。

过片二句“照花前后镜，花面交相映”，描绘她照镜相看的情景：她手持双镜把簪花前后映照，花容人貌彼此交相辉映，显出无限的娇艳和妩媚。这两句，紧承上片，仍是“弄妆”之继续，她花了不少时间梳洗、画眉及涂脂抹粉之后，又在头上插了簪花，并双手各持一镜，前后照映，仔仔细细地端详着化妆之效果。镜中映出了花和人面交相生辉的佳美形象。她在顾盼欣赏之间，心中定然是异常满意、十分自得的。那种慵懒起床后的漫不经心、内心之孤寂和凄冷，大概在得意扬扬之中暂时地忘却了。

然而，就在她持镜自我欣赏、自我满足之时，镜中的“新贴绣罗襦，双双金鹧鸪”图案，出现在她眼前：那新贴了图案的绣花短袄之上，分明有成双成对的鹧鸪鸟在比翼而飞。词末这两句，打破了闺妇自我欣赏、自我满足的平静心湖，顿然而起了波澜：她触景生情，幽怨之意油然而起——那鸟儿尚且能成双成对、相伴相守，而自己却孤身一人，长处深闺之中，“兰闺久寂寞”（金·董解元《西厢记诸宫调》），心上之人不见回还……想到这里，她难以自持，潸然泪下……词人写到这里，戛然而止，给读者留下了无尽的空白，任由人们去填充。

这首词最突出的特点：机杼独出，构思精妙。词人之所以由闺妇初醒开篇，继之以“懒起”“梳”“迟”，再至照“镜”“花面交相映”之自我欣赏，皆是由末二句所含意蕴所致。由此观之，此词章法之绵密，层次之井然，手法之高超（重重衬托），构思之精妙，确实叹为观止。

菩 萨 蛮

水精帘里颇黎枕[①]，暖香惹梦鸳鸯锦[②]。江上柳如烟，雁飞残月天。　　藕丝秋色浅[③]，人胜参差剪[④]。双鬓隔香红[⑤]，玉钗头上风[⑥]。

注 释

① 水精：水晶，无色透明。颇黎：玻璃。
② 鸳鸯锦：用锦缎做的绣有鸳鸯图案的被子。
③ 藕丝：藕的丝是白色，所以说“秋色浅”。秋色浅：省略了主语衣服。
④ 人胜：人形首饰，人日贴在屏风或戴在头上。参差：这里指人胜上下不齐。
⑤ 香红：这里指代花。
⑥ 玉钗头上风：指头戴人胜，走路首饰摇晃，就像有风一样。

题 解

这首女子思春之词由温庭筠所作。词人通过对水晶帘、玻璃枕、鸳鸯、大江、杨柳、大雁、残月、天空、藕色衣、人胜、双鬓、香红、玉钗等意象的描写，组成了一幅幅丰富多彩的生动画面，这些画面越丰富越精美，就越能反衬出女主人的孤单，使得她的忧思之情显得更加绵长而深远。

赏 析

词之上片，着重抒写闺中少妇入梦情景。

开头二句“水精帘里颇黎枕，暖香惹梦鸳鸯锦”，描写少妇的闺房环境、氛围及少妇沉睡的情形：美人正在沉睡，只见她躺在那挂有精美的水晶帘子的闺房之中，枕着那雅洁、高档的玻璃枕，盖着那熏香温馨而华美的鸳鸯锦被；在这香炉上焚着香的暖暖的闺房之中，怎能不惹起她带有温柔、绮丽色彩的春梦呢？！乍一开篇，词人就描写出一个香暖温馨、催人入梦的闺房氛围和环境。首句写了“水精帘”和“颇黎枕”两件物品，足可见出闺中少妇房间陈设的精致、讲究和高端，亦可见出其身份的不同一般。次句写了闺妇所盖之“鸳鸯锦”，暗引“文彩双鸳鸯，裁为合欢被”“以胶投漆中，谁能别离此”（汉·无名氏《古诗十九首·客从远方来》）之诗意，蕴含了思妇与丈夫情深意重、挚爱之深，这就为入梦做了很好的铺垫，“惹梦”也就顺理成章了。

上片后二句“江上柳如烟，雁飞残月天”，描写思妇之梦境：江上那岸柳绵长而细软的柳丝，刚刚萌发新芽，看上去朦朦胧胧，犹如笼罩在一片迷迷离离的云烟之中；春天来了，大雁北飞，那排成一字的雁阵正飞过残月孤照的霜天。这里，词人给我们描绘了一幅有声（雁有叫声）有色之凄清迷离的画面，蕴意颇深：冬天已去，春天归来，因避寒而飞往南方的大雁，已知道在“残月”之夜不知疲倦地飞返家乡。唯独闺中的少妇，所思之人却无音讯！这怎能不让她牵肠挂肚、伤心欲绝！我们说，梦乃是现实生活的反照，想那思妇，定然是日日“独倚望江楼，过尽千帆皆不是，斜晖脉脉水悠悠，肠断白蘋洲”（温庭筠《忆江南》）啊！故而，词人以景托情，极为含蓄委婉地暗示出闺中少妇的生活情状和思念之凄苦。

词之下片，着重通过细节勾勒闺妇之形貌，表现她内心深重的思念。

过片二句“藕丝秋色浅，人胜参差剪”，词人正面刻画女主人公之衣着形貌：只见她身上的藕丝衣，透出那淡淡的秋色；她手中那人形的彩饰，剪得精巧错杂、大小合适。上句描写闺妇之穿着。“藕丝”二字，正与上片的“暖”字相照应，描写出她身着藕色衣之形象，虽身在温馨的“暖”房之中，但内心却是凄冷的。下句描写她剪刻的“人胜”。“人胜”是一种用彩纸或金箔剪成的人形饰物，常于人日（正月初七）戴在头上。“参差”二字，描写出女主人公之心灵手巧。可见，这一句既点明了节令，又暗写了思妇的兴致和性情，且与上片的“雁飞”相吻合，把思念、盼归之意蕴含其中。因为心上人要归来，所以闺妇要剪出最美的“人胜”戴于头上。

词末二句“双鬓隔香红，玉钗头上风”，描写女主人公的面容和头饰：只见她两鬓的簪花隔脸相映，色香正浓，面容姣好；她的头上插着鲜美的玉钗花，在春风中颤巍巍地轻轻摇曳摆动。这两句通过闺妇之精心妆饰，表现出她仪态之娴美。这里虽未直接描写她的形貌，但词人巧用借物衬托之法，就如前两句以衣着和手巧来描写一样，末两句以头饰来描写她，可以想见女主人公外形与心灵之美好和可爱。

这首词最为显著的特点：以众多精美物象的排列组合，来表现闺妇深重的思念。如上片中的“水精帘”“颇黎枕”“鸳鸯锦”“江”“柳”“烟”“雁”“残月”“天”等，下片中的“藕”“色”“人胜”“双鬓”“香红”“玉钗”等，一味地渲染物之精美和人之美丽，这就使她孤苦的处境更加令人可叹、可悲和同情，把深厚的词旨蕴含其中。

菩 萨 蛮

玉楼明月长相忆[①]，柳丝袅娜春无力[②]。门外草萋萋[③]，送君闻马嘶。　画罗金翡翠[④]，香烛销成泪[⑤]。花落子规啼[⑥]，绿窗残梦迷[⑦]。

注 释

① 玉楼：对楼的美称，华美的楼阁。

② 袅娜：形容柳丝细长柔美的样子。春无力：没有力气，不仅写春风无力，而且写思妇思夫也无力。

③ 萋萋：草木茂盛的样子。

④ 画罗：绣有图案的罗帷。

⑤ 香烛：加有香料的蜡烛。销成泪：这里把蜡烛燃烧后垂下的蜡滴比成眼泪。

⑥ 子规：杜鹃鸟，经常彻夜鸣叫，声音好似“不如归去”。

⑦ 绿窗：绿纱窗，代指闺房。迷：迷茫，迷失。

题 解

这是温庭筠《菩萨蛮》十四首中的第六首，描写的是思妇在玉楼上因为思念远方的心上人心切而进入梦境，在梦中和心上人相会的情景。首句在点出时间（月圆之夜）和地点（玉楼）的同时，暗含着女主人公的身份，为全词起到了提纲挈领的作用。接着写思妇梦中回忆送心上人出门。闺房内的景致“金翡翠”“香烛泪”与闺房外的“明月”“柳丝”一样，都是意象非常明显的景物。词人移情于物，以物见情，更加衬托出思妇的孤独无依，使得思妇的幽怨之情溢于言表，把思妇复杂难言的情态表现得淋漓尽致。

赏　析

这首以女性口吻来写的送别词，大约写于唐宣宗大中后期，是温庭筠写后由相国令狐绹进献于唐宣宗。此词抒写一位女子送别情人之后，在玉楼苦思忆想之情景。语言清丽，意象精美，融深情于景物之中，获得了情景交融、含蓄隽永之艺术效果。

词之上片，以回忆往昔为重。

起首二句“玉楼明月长相忆，柳丝袅娜春无力”，直接描写女子所在的环境：明亮的月亮照彻那玉楼，我在玉楼中想念着远在千里的心上人；这时候，只见那柔美、细长的柳丝，在那和煦的春风中，娇柔地轻舞着。词人用“玉楼明月”，直入正题，点明时间、地点：女主人公正在那玉楼之上、明月之下。“柳丝”和“春无力”，是以女主人公之感受来写她所见的景色，将春风之和煦、柳枝之柔美写了出来。“长相忆”三字，既点明词旨，又是全词的词眼。因为整个内容皆是围绕这三字展开的。尤是“明月”这一意象，最易引人相思，再加以“柳丝”本就寓含别离之意（因“柳”与“留”谐音，“丝”与“思”谐音，古人有折柳相别之习俗），以“春无力”三字，将“柳丝”轻拂之柔媚之态形象而传神地描写出来。这样，就巧以反衬之法，把女主人公思念之深切、凄苦暗示了出来。这就不难让读者明白：这是女主人公在离人去后的“明月”之夜、伫立于“玉楼”之上的所思所想。

上片后二句“门外草萋萋，送君闻马嘶”，是女主人公对送别情景的回想：门外那繁茂的青草，它怎能知道我内心的离情之苦；我送他远别，直到他的马嘶声消逝在那天际。“萋萋”二字，词人巧用反衬之法，以草之茂盛来衬托女主人公内心的孤寂和凄凉。正如古诗所写：“萋萋总是无情物，吹绿春风又一年。”（唐·唐彦谦《春草》）“送君”二字，直陈其事，点明送别情事，亦有凄楚之意蕴含其中。“闻马嘶”三字，以声写忆，是女主人公对离人远去情景的忆想。离人虽去，可那“马嘶”之声似乎仍在耳边回响，挥之不去。而离人却早已远走他乡，至今未归。这两句，紧承上句，把女主人公对心上人之日思夜想，甚或是她入睡后的梦中情境也蕴含其中。很显然，有一种“梦为远别啼难唤”（唐·李商隐《无题四首》其一）之凄苦。

词之下片，以描写眼前情景为重。

过片二句“画罗金翡翠，香烛销成泪”，描写女主人公在玉楼中长夜思念之凄苦：如今长夜漫漫，与我相伴的只有那金色画屏之上的翡翠鸟；我常常看着那香烛的滴滴烛泪，就情不自禁地思念心上人而泪流潸潸。这两句，实则是两个细节描写：一是独伴“金翡翠”。如果“金翡翠”是笼中之活鸟，或许会慰藉女主人公孤寂、孤苦的相思之心，在鸟儿的鸣叫声中也许还能得到些许的安慰，不至于那么寂寞和凄伤。可这翡翠鸟却是画中之物，没有灵性，不能消愁反而添愁，这就令她愁上生愁。二是泪眼看烛泪。这里，词人巧妙化用“蜡烛有泪还惜别，替人垂泪到天明”（唐·杜牧《赠别二首》其二）之诗意，描写出女子长夜思念、难以入睡的情景。着一“销”字和“泪”字，运用拟人手法，把女主人公独守之苦、思念之悲以及眼泪与烛泪同滴的悲苦之境况极为动人地描写了出来。

最后“花落子规啼，绿窗残梦迷”二句，描写女主人公梦醒之情景：落花时节，她愁听那子规鸟的声声哀啼；当晨曦映亮绿窗纱之时，她那残乱的梦却已模糊迷离。这里，词人又用了两个细节描写：落花听鸟啼和晨曦梦迷离。前者用“花落”的凄切之景和“子规啼”的凄哀之声，正衬女主人公内心之凄苦；后者用“绿窗”之丽景，与“残梦迷”之凄楚相映衬，使“绿窗”之下的悲更悲、哀更哀、凄更凄。这样的反衬手法，把女主人公的思人之悲愁推向了极致。

这首词最突出的特点：构思精妙，细节传神。全词以“长相忆”为中心、以“梦”为线索结构全篇：首二句写入梦，三、四句写梦中；换头二句插叙长夜难眠（即无梦）之情景，词末二句写梦醒，成为浑然一体的圆合结构。且又将独伴“金翡翠”、泪眼看烛泪、落花听鸟啼和晨曦梦迷离这四个传神的细节描写融汇其中，把“梦魂纵有也成虚，那堪和梦无”（宋·晏几道《阮郎归》）的深挚的相思之情表达了出来。

更 漏 子[①]

柳丝长，春雨细，花外漏声迢递[②]。惊塞雁[③]，起城乌[④]，画屏金鹧鸪[⑤]。　香雾薄[⑥]，透帘幕，惆怅谢家池阁[⑦]。红烛背[⑧]，绣帘垂，梦长君不知。

注　释

① 更漏子：词牌名，相传温庭筠最早使用。双调，十二句四十六字。更漏：古代按刻漏计时报更，所以称更漏。
② 漏声：这里指报更声。迢递：十分遥远的样子。
③ 惊塞雁：惊动了从北边飞来的大雁。
④ 起城乌：使城头上的乌鸦飞起。
⑤ 画屏：有装饰图案的屏风。金鹧鸪：用金线绣的鹧鸪鸟。
⑥ 薄：轻淡，稀薄。
⑦ 惆怅：失意伤感的样子。谢家池阁：谢娘所住楼阁，这里指女主人居住的豪华宅院。
⑧ 红烛背：用物遮挡光线，以免直射。

题　解

《更漏子》是温庭筠最擅长写的词调，主要内容都是描写由更漏声引起的闺思。这是一首雨夜闺怨词，描写了一位女子在柳长花飞、细雨迷蒙的夜晚，孤独难耐，形之于梦，梦醒之后思念远人而不得的寂寞心境。上片描写了室外的柳丝、春雨、更漏，这些意象都能引起思妇的闺情。“画屏金鹧鸪”由室外转入室内，引出下片思妇的惆怅之情。

赏 析

这首词抒写闺妇长夜之中闻更漏之声而触发的相思、惆怅之情。全词将闺妇夜雨思远之情以及她的孤寂境遇，皆通过具体的物象来反映，取得了含蓄蕴藉的艺术效果。

词之上片，着重描写室外之景。

起笔“柳丝长，春雨细，花外漏声迢递”三句，词人描写室外的自然之景：长长的柳丝轻拂低垂，迷蒙的春雨淅淅沥沥，拂晓的更漏声从花丛外远远地响起。词人乍一下笔，便从室外春雨润物、柳长花开之景写起。“柳丝长”三字，巧妙点示季节，说明此时春已渐深。“春雨细”三字，描写出春雨“润物细无声”（唐·杜甫《春夜喜雨》）之特点，暗示环境之幽静。这样，方能听见花外从遥远之处传来的更漏之声，而且声音是那样的清晰和响亮。这三句就把一个春夜寂寂、细雨淅淅、漏声悠远入耳的情形描写出来。而这种感触，词人虽未明示，但读者自然明白，这都是闺中思妇的感觉。独处空闺之中，她对外界的感触是极为敏感的。外界之物是最易触动她心绪的，尤是在这万籁俱寂的春雨之夜，那淅淅沥沥的雨声，更有那从远处传来的更漏声，亦是那样的声声入耳，令她心神不安、难以入眠。这就把她孤苦、凄凉的心境暗示出来。同时，“柳丝”“春雨”本是秾丽之景，在这里显然有了衬托、对比的作用和效果。

上片的后三句“惊塞雁，起城乌，画屏金鹧鸪”，紧承上句，进一步渲染思妇孤凄的心境：那响亮的雨声，那刺耳的更漏之声，恐怕早已惊动了边塞的雁群，催起了城上栖宿的乌鸦，甚至连那画屏之上的鹧鸪也会闻声而惊起，不安地抖动它的翅翼，想要飞走。这几句，词人通过移情于物的手法，以思妇的想象来强化“漏声”在她心中所引起的强烈反响。这就把思妇“遥夜复遥夜，遥夜忧未歇”（南朝梁·宗夬《遥夜吟》）的万般凄苦蕴含其中。尤是“画屏金鹧鸪”受惊而蠢蠢欲动、振翅欲飞的想象、夸张，更写出了思妇忧思，愁怨之深重，已使她处于一种神志恍惚、迷离的状态。可以说是神来之笔。

词之下片，着重描写室内情形。

过片处三句“香雾薄，透帘幕，惆怅谢家池阁”，描写室内环境及思妇的心情：熏香轻烟袅袅，薄如晨雾，透入帘幕之中，在这恍如精巧的谢家池阁之内，浸透了她的惆怅和孤独。这里，词人先描绘出淡淡的焚香幽幽地透进帘幕、四下弥漫开去的迷蒙之景，将思妇深深的幽怨暗含之中。“谢家池阁”四字，化用典故，点明地点、场所，说明此为华堂美室，亦可见出闺妇的身份不同平常，当为贵妇人。同时，还隐含了思妇在这里曾有过的欢乐和幸福。可如今物是人去，空闺独守，那种“惆怅”，令她寝食难安、心神不宁。“惆怅”二字，点明词旨，更加重了思妇内心的凄楚、凄伤和凄苦。

词末三句“红烛背，绣帘垂，梦长君不知”，进一步描绘在孤寂无伴之夜，百无聊赖的女主人公为了摆脱困境之情状：她遮挡红烛，垂下那华美的绣帘，慢慢地进入那情愫幽幽却难为夫君所知的悠悠梦乡。词人用“红烛背”“绣帘垂”之动作描写，写出了她寂寞之难耐和百无聊赖的心境。在百般无奈之下，她昏昏欲睡，恍惚入梦。然而，她的深切相思、寝食不安乃至长梦，夫君根本就不知情，这就写出她的幽怨深重之可悲可叹，蕴藉极为深厚，有一种“偏讶思君无限极，欲罢欲忘还复忆”（隋·薛道衡《豫章行》）之凄苦惋切。

这首词成功地运用了物象暗示的手法。不论是“柳丝”“春雨”，还是“花外漏声”；再不论是想象“惊”“起”之“塞雁”“城乌”，还是“画屏”之中的“金鹧鸪”；又不论是“香雾”“帘幕”，还是“谢家池阁”；更不论是“背”“红烛”、“垂”“绣帘”，还是“梦长君不知”，都把思妇孤寂、凄凉、悲苦的心境暗示出来，充分显示出“沿情而动兴，因物而多怀”（唐·骆宾王《萤火赋》）的艺术魅力。

更漏子

相见稀，相忆久，眉浅淡烟如柳[①]。垂翠幕[②]，结同心[③]，待郎熏绣衾[④]。　城上月，白如雪，蝉鬓美人愁绝[⑤]。宫树暗[⑥]，鹊桥横[⑦]，玉签初报明[⑧]。

注　释

① 眉浅淡烟如柳：指眉毛的颜色就像淡淡烟雾中的柳叶。淡：颜色浅，色彩不浓。

② 翠幕：指翠色的帘幕。

③ 结同心：一种打结的样式，古人多用来表示男女之间永结同心的恩爱。

④ 熏绣衾（qīn）：用香炉熏绣了花的被子。

⑤ 蝉鬓：一种缥缈像蝉翼的发式。愁绝：忧愁到了极点。

⑥ 宫树：宫苑中的树木。

⑦ 鹊桥横：这里指银河横斜，天快亮了。鹊桥：这里指代银河。

⑧ 玉签：古代对报更用的竹签的美称。报明：指天明，天亮。

题　解

这首词运用简洁的语言，描写了一位闺中女子整夜无眠，为的是等待与心上人相会，结果一直等到天明，都没有等到心上人后悲伤绝望的情景。上片通过描写女子画眉、放帘、结同心、熏锦被等动作，把她的兴奋、激动，以及对心上人的一往情深淋漓尽致地表现出来。下片写事与愿违，她从月上城墙一直等到“玉签初报明”，都没有等到所盼望的人。由此可以想见女子的绝望。

赏 析

此词语言直白，状景凄清，言情真切凄惋，颇为完整地描写了闺中女子彻夜等待情人到来而终至绝望的情景。

词之上片，重在描写相思相忆、精心准备的情景。

开篇二句“相见稀，相忆久”，词人开门见山，抒写女主人公的心情：相见的机会总是那样的稀少，相忆的时间却是那样的久长。词人以口语入词，浅直明白，在看似平淡无奇之中，细细品味却见出感慨之深长：思念之久长，皆是由见面的时间太少造成的。此外，这两句又总领全词，以下的抒写，皆由此生发。

“眉浅淡烟如柳”这一句由后面“待郎”二字而来：听说心上人晚上可能要来，闺中的美人着实忙碌了一番，她对镜画眉，十分用心，精心地勾画出眉色淡淡如轻烟笼着的细眉。这一句，词人虽只写了画眉，但不难想见她整个化妆打扮过程中的用心不苟、孜孜以求。这里用了以点代面的手法，以形写情，可见出女主人公以最美的仪容迎接心上人之良苦用心。

上片末三句“垂翠幕，结同心，待郎熏绣衾”，描写闺中女子等待心上人到来之时的一连串动作：她轻轻地放下翠色的帷幕，又细细地将锦带的同心结打好，再用香炉把绣被熏得暖暖的，只等郎君的到来。我们从这一连串的、蕴满温情的动作之中，不难感受女主人公内心兴奋、激动和愉悦的情感，那种对郎君的关心体贴、一往情深和掏心掏肺可见一斑。

词之下片，重在抒写候郎不至的愁极之情状。

过片三句“城上月，白如雪，蝉鬓美人愁绝”，描写女主人公等郎不至的愁苦情形：她一切准备停当后，一直等待着郎君的到来，直到时已深夜，城上高高升起一轮明月，把四周照得一片洁白如雪。眼看早已过了郎君应来的时刻，梳着蝉翼般轻盈发式的美人，兀然枯坐，哀愁欲绝。这里，词人先景后情，以景衬情，描写出一个令女主人公失望之至、柔肠寸断和惨痛欲绝的场景。“蝉鬓”一句，描写了一个定格的凄艳画面，与那“过尽千帆皆不是，斜晖脉脉水悠悠，肠断白蘋洲”（温庭筠《忆江南》）之场景，有异曲同工之妙。

最后三句“宫树暗，鹊桥横，玉签初报明”，状写拂晓之晨景：宫苑中的树木渐渐暗了，天上的鹊桥（即天河）也已横斜，报更玉签的掷地声传报着又一个黎明的到来。这里，词人从地面之宫树暗淡、天空之斗转星移的变化和报时“玉签”的声响三个方面，写出一个相见化为泡影的残忍结局。此比“梧桐树，三更雨，不道离情正苦。一叶叶，一声声，空阶滴到明”（温庭筠《更漏子》）更为残酷。不仅如此，像这样彻夜不眠、苦等切盼之情形，对于独守空阁的女主人公来说，又岂能是仅仅的这一次！

这首词最突出的特点：手法精妙。那“相见稀，相忆久”之心情抒写，那“眉浅淡烟如柳”之细节描写，还有那“垂翠幕，结同心，待郎熏绣衾”之动作刻画，“宫树暗，鹊桥横，玉签初报明”之情景交融，更有那“蝉鬓美人愁绝”之定格凄艳画面，刻画了一个情深意切、愁怨深重的闺妇形象，韵味悠长，意旨深刻。

更 漏 子

玉炉香①，红蜡泪，偏照画堂秋思②。眉翠薄③，鬓云残④，夜长衾枕寒⑤。　　梧桐树，三更雨，不道离情正苦⑥。一叶叶，一声声，空阶滴到明⑦。

注 释

① 玉炉：对香炉的美称。
② 画堂：装饰华丽的厅堂。
③ 眉翠：翠眉，青黛色的画眉。薄：指眉毛细长浅淡。
④ 鬓云：云鬓，缥缈轻盈的头发。
⑤ 衾枕：被子和枕头。
⑥ 不道：不予理会。
⑦ 空阶：空荡荡的台阶。

题 解

这首离别词为温庭筠所写。词人通过描写女主人公室内之独寝和室外之雨景，表达了她深深的离情别恨。此词在写作时角度多变，手法多样。室内和室外相间，视觉与听觉相顾，虚实结合，有疏有密，有浓有淡。词旨深刻，确为上乘佳作，“独绝千古”（清 · 陈廷焯《白雨斋词话》）。

赏析

词之上片，着重写室内的物象。

起首三句“玉炉香，红蜡泪，偏照画堂秋思”，词人开门见山，直截了当地描写室内之景：只见那玉炉里正散发着袅袅的香烟，红色的蜡烛正滴着烛泪，在摇曳的光影映照之下的是画堂主人之愁思。词人乍一起笔，便用“玉炉香”三字，摄取了一个香烟缭绕的特写镜头，使室内蒙上一层迷离之色。接着，又用与首句相对应的“红蜡泪”三字，描写出一个“红烛滴泪”的特写镜头。词人着一“泪”字，显然融进了女主人公的情感。一“红”一“泪”，红艳夺目之色极易撩拨人之情思，使得闺情便已隐隐透露出来，自然有了一种“红烛自怜无好计，夜寒空替人垂泪”（宋·宴几道《蝶恋花》）之意味。“偏照画堂秋思”这一句，点示题旨，妙用拟人手法，化抽象为形象，让“烛光”这一实景，“照”那“画堂”中女主人公心里的“秋思”这一抽象的意象，使得女主人公的“秋思”也显得可感可触。点示出词之关键，乃是使女主人公生发“秋思”之“画堂”。因为画堂里曾有女主人公和心上人之过往种种，那情那景那人大概至今仍历历在目，使她一旦进得画堂，便愁思顿生、愁肠百结了！与那“记当日、门掩梨花，剪灯深夜语”（宋·史达祖《绮罗香》）的情景多么相似啊！

接着，词人用“眉翠薄，鬓云残，夜长衾枕寒”三句，来具体描写女主人公的形象及内心感受：她的蛾眉颜色已褪，鬓发也已零乱，漫漫长夜使得她实在无法安眠，只觉得那枕、被一片寒凉。此处着一“薄”一“残”，寥寥数语便写出了女主人公因相思而容颜憔悴。“长”“寒”二字，更把她辗转难眠的凄楚之情景写了出来。

词之下片，着重写女主人公在室内听到室外雨声时的心情。

“梧桐树，三更雨，不道离情正苦”，过片三句，描写女主人公感受三更冷雨的情形：窗外的梧桐树，正淋着那三更的冷雨，也不管不顾、不理会屋内的她正为别离而万分伤心。这里，词人采用拟人手法，与上片的“偏照画堂秋思”相呼应，用“不道离情正苦”来点题，表现了女主人公的思念之苦。“不道”二字，妙用怨语恨词，以拟人手法把思妇的愁思之情表现得真切而感人。

“一叶叶，一声声，空阶滴到明”，词末三句，描写夜雨之无情：室外那一滴一滴的雨点，正凄厉地敲打着一叶一叶的梧桐，滴落在无人的台阶上，一直滴到天明。此三句看似写雨，实则写人：女主人公被愁思困扰得一夜未曾安眠。那滴滴的雨点，不是“滴”在梧桐叶上，也不是“滴”在“空阶”上，而是点点滴滴皆“滴”在女主人公的心上！“这次第，怎一个愁字了得！”（宋·李清照《声声慢》）

这首词最为显著的特点，就是拟人手法融汇、贯通全词。上片怨“泪”、怨“夜”、怨“衾”、怨“枕”，下片怨“雨”、怨“叶”、怨“声”、怨“台阶”，这一切的“怨”，都把词旨极为生动、形象地表现出来。

酒泉子[①]

花映柳条[②]，闲向绿萍池上[③]。凭栏干[④]，窥细浪[⑤]，雨潇潇[⑥]。　近来音信两疏索[⑦]，洞房空寂寞[⑧]。掩银屏[⑨]，垂翠箔[⑩]，度春宵。

注　释

① 酒泉子：唐教坊曲名，后用作词牌名。双调，十句四十字。酒泉：即酒泉郡，治所在今甘肃酒泉。
② 花映柳条：花儿和柳条相映。
③ 萍：浮萍，生长在水面的水草。
④ 凭：倚。栏干：栏杆。
⑤ 窥：从缝隙间看。
⑥ 潇潇：指小雨连绵不绝的样子。
⑦ 疏索：稀疏冷落。
⑧ 洞房：幽深的闺房。
⑨ 银屏：用银子作为装饰的屏风。
⑩ 翠箔：翠绿色的门帘、窗帘。

题　解

这是温庭筠创作的一首闺怨词。此词通过闺中女子凭栏望远及对深闺寂寞的抒写，反映出女子内心无限的惆怅。这与词人的人生遭际不无关系：词人虽少时文思敏捷，精通音律，而被时人誉称“温八叉”，但他“士行尘杂，不修边幅”，致使累年不第，仕途坎坷。故而只能在秦楼楚馆里消磨时间，在烟花柳巷之中流连忘返。这些经历加上他非凡的艺术才情，便有了大量描写女子相思别怨之词。此词用语浅白而不乏工丽，不事雕饰却别有味道。

赏 析

词之上片，着重写女主人公凭栏闲望。

起首二句“花映柳条，闲向绿萍池上”，写景中叙事：在这花红柳绿的春天，“我”闲游于绿萍池边。乍一开篇，词人便用“花映柳条”的明艳之景，来衬托女主人公此时的心境和情绪。着一“闲”字，可见她对眼前的“花映柳条”之景并不觉得赏心悦目，亦不投去过多的目光，“绿萍”也不怎么让她上心和感兴趣。

“凭栏干，窥细浪，雨潇潇”，上片末三句，描写女主人公凭栏而望的情景：“我”倚身于栏杆之上，凝视着那池上的层层涟漪，此时，那潇潇细雨如愁思一般落在“我”的身上。着一“窥”字，可见她心中亦如“细浪”一般，并不怎么平静。这就把相思愁情隐含其中，寓示了词旨。“雨潇潇”三字，便以雨景渲染了这种愁思情绪。

词之下片，着重写女主人公深闺的寂寞之情。

“近来音信两疏索，洞房空寂寞”，过片这两句，点明女主人公的心情及原因：近来他的书信稀疏难见，“我”更加难忍空空的洞房之中那无边的寂寞。着一“空”字，写出了她“寂寞”、没有好心情的真正原因：相爱之人别她而去，音信渐疏，这导致她万分惆怅。

“掩银屏，垂翠箔，度春宵”最后三句，以动作描写来表现女主人公内心之苦悲：“我”打开银屏，放下竹帘，苦熬这漫长的春夜，只怕又是愁思缠身，辗转反侧。在这里，词人运用以外显内之手法，用女主人公的“掩”“垂”之动作，来显示她“度春宵”的空虚、寂寞之情，将万千愁苦皆含于“度春宵”三字之中，有一种“春宵睡重，梦里还相送”（宋·辛弃疾《清平乐》）之凄苦。

这首词用字精妙，匠心独具。全词上、下两片以“闲”字和“空”字相勾连，且相互照应。“闲”字不闲，百无聊赖的女主人公，见那绿意盎然的池水，亦毫无半点喜悦之感；“空”字不空，“洞房”空，“音信”空，“春宵”空，一切皆空，唯有女主人公的心内不“空”，是那“空庭春欲晚”（唐·刘方平《春怨》）之满满的“寂寞”！

南 歌 子①

倭堕低梳髻②，连娟细扫眉③。终日两相思。为君憔悴尽，百花时。

注 释

① 南歌子：唐教坊曲名，后用作词牌名。单调，五句二十三字，三平韵。

② 倭堕（wōduò）：倭堕髻，古代妇女的一种发式。

③ 连娟：形容女子的眉毛细而弯曲的样子。扫眉：画眉，古代妇女用黛青色涂抹眉毛。

题 解

这首描写女子春日相思之情、读之令人“低回欲绝”（清·陈廷焯《词则·闲情集》）的词，为温庭筠所作。此词语言精短，但意旨深厚。词人运用浓墨重彩刻画思妇美艳之形象，并把她因相思而致使美艳尽失的悲酸抒写出来。这样，就率真而强烈地表现出女子痛彻心扉的相思之情。这首词与温庭筠“含蓄温婉”的词风显然不同，可说是别有特色，别具一格。

赏 析

开篇二句“倭堕低梳髻，连娟细扫眉”，描摹闺中女子的妆饰容貌：她信手挽起的发髻，低低地垂着；她描出的两道又细又长的蛾眉，弯弯地伸向额际。乍一落笔，词人巧用以点代面的手法，通过她梳鬓挽髻、描眉画黛，来突出其形象之美。使读者不由得想到“头上倭堕髻，耳中明月珠”（汉乐府民歌《陌上桑》）的秦罗敷，想到“眉联娟以蛾扬兮，朱唇的其若丹”（战国楚·宋玉《神女赋》）的神女。

接着，词人用“终日两相思”，转写女子的内心世界：她终日思念着她的心上人。这一句，既写女子内心之情感，又点示了词旨。她的心上人与她相别时日已久，常常思念，“寤寐无为，涕泗滂沱”（《诗经·陈风·泽陂》），可以看出她的情挚意深。这寥寥五字，既是首二句的延伸和补充，她之所以漫不经心地“低梳髻”“细扫眉”，皆是因为心上人不在身边，无人赏看，又为词末二句做了铺垫。

词末二句“为君憔悴尽，百花时”，进一步突出她在特有的时节及环境中的相思之苦：待到那百花争艳的春天，她已为思念心上人而憔悴不堪。词人抓住“春女思”（汉·刘安《淮南子·缪称训》）之典型环境中的典型心理，以“憔悴尽”三字出之，并非词人客观的叙写，而应看作是女子郁积已久的心中呐喊、表白和诉苦。如此长久的时日，不见心上人回还，“我”已“为你（伊）消得人憔悴”（宋·柳永《凤栖梧》）！万千思念的凄楚之情，皆蕴含其中。这与“闺中少妇不知愁，春日凝妆上翠楼。忽见陌头杨柳色，悔教夫婿觅封侯”（唐·王昌龄《闺怨》）有异曲同工之妙。

这首词语言精短，手法大气而精妙。全词区区二十三字却手法多样。既有浓墨重彩的思妇形象之描摹，又有简练而富含真情的心理刻画，更有“百花时”、她被“终日两相思”折磨得“尽”“憔悴”的衬托描写，写出了她无尽的凄伤、凄怨和凄怆。

女冠子[①]

含娇含笑[②]，宿翠残红窈窕[③]。鬓如蝉[④]，寒玉簪秋水，轻纱卷碧烟[⑤]。　雪胸鸾镜里[⑥]，琪树凤楼前[⑦]。寄语青娥伴[⑧]，早求仙。

注　释

① 女冠子：唐教坊曲名，后用作词牌名。双调，九句四十一字。女冠子即女道士。
② 含娇含笑：指女子含着娇媚，带着微笑。
③ 窈窕：形容女子貌美姣好的样子。
④ 鬓如蝉：头发像蝉翼那样轻薄。
⑤ 轻纱卷碧烟：身上穿的纱衣就像若有若无的青烟一样。
⑥ 雪胸：胸脯像雪一样白。鸾镜：梳妆镜的美称。
⑦ 琪树：传说中昆仑山上的仙树。凤楼：原指宫中的楼阁，这里借指道观中的楼阁。
⑧ 寄语：传信，传话。青娥：指面容姣好的少女。

题　解

温庭筠的这首词，选取一个颇为特殊的题材，通过女道士出家前后的描写，反映一个令人深思的社会现象——美女出家，以免遭情爱牵缠之苦。这在一定程度上，反映了当时社会黑暗、民不聊生的现实。此词语言清秀绮丽，善于用超前的手法写人叙事，具有极强的艺术魅力。

赏 析

词之上片，着重抒写女道士出家之前的妆容和仪态。

“含娇含笑，宿翠残红窈窕”，词人乍一落笔，就给我们展现了一幅女道士佳美的形象：她带着娇羞，含着微笑，虽是昨夜残妆，翠眉已薄，胭脂已淡，但仍是那样的丰姿窈窕，美丽漂亮。这里，词人以超前的蒙太奇手法，把女道士形象的特写镜头展现于读者眼前：即使是昨夜残妆，亦是那样的窈窕无比，更不要说她含笑娇羞之动人！我们可命之曰“窈窕娇笑图”。

接着，词人再用“鬓如蝉”三字，写女道士之柔美：她的鬓云一缕，如蝉丝一般轻轻而飘。这里，词人又抓住“鬓”发，用“如蝉”的比喻手法，描写了她的鬓发之美，从而说明“鬓美人更美”！我们可命之为“鬓如蝉丝图”。

上片的末二句“寒玉簪秋水，轻纱卷碧烟”，着重描写女道士的发饰和穿着：她用玉簪绾住浓发，清凉如秋水一般；她的衣裙飘动，仿佛碧烟缭绕。词人用了两个极有动感的比喻，描写出她的发饰和衣着之美。着一“寒”字，把一种“玉颜自古为身累”（宋・欧阳修《唐崇徽公主手痕和韩内翰》）的自怨自艾之情蕴含其中。这幅图，我们可命之曰“玉簪轻纱图”。

词之下片，着重抒写女子出家为女道士的装束及心态。

过片二句“雪胸鸾镜里，琪树凤楼前”，是对女道士容貌神韵的描写：她出家之后，美丽亦不减当年，在那饰有鸾鸟图案的妆镜里，微露雪白之肤，亭亭玉立犹如凤楼之前的那棵仙树！词人用恰切的比喻，从肤色和身姿两个方面写出了女道士之美。且把她的形象置于别有深意的“鸾镜”之中，可见她虽入道而尘缘情缘并未了结。这幅图，我们可命之曰“鸾镜琪树图”。

词末二句“寄语青娥伴，早求仙”，是女道士对女伴的寄语：请传信给我那些美丽可爱的女伴们，愿你们早日地成仙脱俗，入观为道，免却那情爱牵缠之痛苦。这二句，可说是点题之笔，说明尘世让她不堪其情、不堪其苦，她亦在情感的世界里遭受过沉重打击，让她有了元遗山一般的“问世间情是何物，直教生死相许”（金・元好问《摸鱼儿・雁丘词》）之疑问，而绝了尘缘情缘。由此看来，此词反映了在动乱社会，男女青年为免遭情爱之苦而出家为道的现实，其词旨是极为深刻的。这亦可看作一幅图，我们可命之曰“寄语求仙图”。

这首词有两个最显著的特点：一是手法超前。词人运用蒙太奇手法，用五幅极有特点、极有深意的图，来表现词旨，意旨深刻。二是抑扬法的成功运用。词之上片及词之下片前半，极尽笔墨，从多个角度描写女道士“皆佳于目”（汉·王充《论衡·自纪篇》）之貌若天仙之美（前四幅图），此是“扬”。词末以女道士“寄语”（后一幅图）卒章显志，此为“抑”。全词“扬”至极致，又“抑”至极致，词旨明矣！当然，这是词人在社会战乱不断、人民痛苦不堪的背景之下所写的词，我们今人是无须效仿的。

玉 蝴 蝶[①]

秋风凄切伤离，行客未归时[②]。塞外草先衰[③]，江南雁到迟[④]。 芙蓉凋嫩脸[⑤]，杨柳堕新眉[⑥]。摇落使人悲[⑦]，断肠谁得知[⑧]？

注 释

① 玉蝴蝶：唐代曲名，后用作词牌名。双调，八句四十一字。除了首句六字外，其他都为五字。

② 行客：指远行、客居他乡之人。

③ 塞外：边塞之外，泛指中国北部地区。

④ 雁：双关，这里指代书信。

⑤ 芙蓉：荷花的别称。凋：凋落，凋零。

⑥ 堕：掉落，这里指画的眉毛失去了色彩。

⑦ 摇落：凋零飘落。

⑧ 断肠：因极度思念或悲痛而使肠子断裂，形容思念之深。

题 解

此词由温庭筠所作，描写女主人公在秋风萧瑟之中对塞外征夫的相思之情。此词别有特色，不仅语言精美，极尽炼字之功力，而且手法多样、恰切，蕴意深刻，呈现出一种质朴而清峻的风格。

赏 析

词之上片，重在写景，景中融情。

“秋风凄切伤离，行客未归时”，起首二句，直入词旨，直陈其事：秋风吹起，凄凄切切，天气已经转凉，可那出征塞外的人还没有归来，怎能不让人牵肠挂肚。乍一落笔，词人便用“伤离”二字，点明题旨，领起全篇。“秋风凄切”四字，既突出秋景之萧瑟，又烘托出女主人公凄凉无比的心境，把那种“秋风吹不尽，总是玉关情”（唐·李白《子夜吴歌·秋歌》）之深意融入景中。“行客未归时”一句，承前句点明“伤离”之原因。“伤离”“未归”四字，看似平淡，实则是此词之“魂”，贯串全词，是女主人公凄楚、凄怨和凄伤的根本原因。

上片末二句“塞外草先衰，江南雁到迟”，是女主人公对远在边塞的丈夫的深情挂念：现在的塞外该是衰草遍野、满目枯黄吧？而那飞往江南的北雁，却迟迟未到，不见踪影！这里，词人托物寓情，以“草先衰”“雁到迟”之凄凉、凄冷，衬托出女主人公“伤离”之“凄切”情怀。同时，“雁到迟”三字，一语双关，亦将丈夫音书迟迟未到之意蕴含其中。人“未归”，书信也不来，令女主人公陷入孤寂无盼的凄苦的深渊。

词之下片，重在抒情，抒写伤别之情。

过片二句“芙蓉凋嫩脸，杨柳堕新眉”，着力描写女主人公愁苦不堪的形象：她那粉嫩的脸，如今已经变得衰老不堪，如芙蓉般凋谢；她那新眉亦像那杨柳的叶子失去了春天的颜色。这里，词人运用今昔对比的手法，脸庞原本白里透红、娇嫩如花，而今像凋败的荷花，秀眉原本弯曲细长，而今像枯萎的柳叶，以此来表现她内心的无比凄苦：思念令她形容憔悴；丈夫“未归”，更令她无心妆扮。这真个是“别离滋味浓于酒，著人瘦”（宋·张耒《秋蕊香》）啊！

“摇落使人悲，断肠谁得知”总揽全词，纵笔言情：她目睹秋天里那众芳摇落之凄厉的情景，心中充满了无尽的凄伤，可是那柔肠寸断的离愁别怨，又有谁知道呢？这里，词人以“摇落”二字与词首的“秋风凄切”相照应，以“悲”和“断肠”三字与词首的“伤离”相呼应，强化了这种凄寒的环境，景情融合，字字落泪，句句伤悲。尤是“谁得知”三字，把女主人公“悲莫悲兮生别离”（战国楚·屈原《九歌·少司命》）的万千悲哀蕴含其中，真可谓“怎一个‘悲’字了得”！

此词在词人的作品中别具一格。既有以“凄切”之“秋风”、“先衰”之“塞外草”的景物描写，又有妙用双关的“江南雁到迟”之借景抒情，还有女主人公黯淡憔悴、愁苦不堪的肖像刻画，更有“行客未归”和“断肠”“使人悲”的卒章显志，使得此词在短小的篇幅之中，容纳了精巧的艺术手法，且读之自然、质朴，毫无脂粉之气。尤是“塞外草先衰，江南雁到迟”十字，炼字精美，对仗极工，蕴意深厚，真可谓神来之笔！确如古人所评：“‘塞外’十字，抵多少《秋声赋》。”（清·陈廷焯《词则·大雅集》）

清平乐[①]

上阳春晚[②]，宫女愁蛾浅[③]。新岁清平思同辇[④]，争奈长安路远[⑤]。　　凤帐鸳被徒熏[⑥]，寂寞花锁千门[⑦]。竞把黄金买赋[⑧]，为妾将上明君[⑨]。

注　释

① 清平乐：唐教坊曲名，后用作词牌名。双调，八句四十六字。
② 上阳：唐代上阳宫，旧址在河南洛阳。
③ 愁蛾：带愁之眉。浅：颜色淡。
④ 新岁：这里指新年。清平：世道太平无事。辇：这里指代帝、后乘的车。
⑤ 争奈：怎奈，无奈。长安：唐代的京城。
⑥ 凤帐：织有凤凰花饰的帐子。鸳被：绣有鸳鸯的锦被。徒：白白地。熏：用香炉的烟熏制衣被。
⑦ 锁：锁住。千门：泛指，这里指宫殿多。
⑧ 黄金买赋：指汉武帝陈皇后的典故，她失宠后用百斤黄金买了司马相如的一首赋，复得宠。
⑨ 上：呈上，献上。明君：圣明的君王。

题　解

这是温庭筠极有胆识、极有人民性的一首词作。此词以大胆的笔触、犀利的眼光和独特的角度，抒写了深居皇宫之中的女子的愁怨。在封建社会中，许多年轻有姿色的女子被禁锢在皇宫。而她们的处境大多悲惨：“宫中积珍宝，狗马实外厩，美人充下陈。”（《战国策·齐四》）她们只是统治者玩乐的工具。稍有不慎，就会遭受横祸，就有性命之忧。她们唯一的希望，就是见君王一面而改变其寂寞愁苦的人生。于是便产生描写宫怨的作品。此词正是为宫女而代言。

赏 析

词的上片，着重抒写宫女的愁怨。

开篇二句“上阳春晚，宫女愁蛾浅”，交代时节，直写宫女之愁苦：上阳宫里的春色已渐渐晚去，已是暮春之时，宫女的蛾眉在愁绪里日日暗淡。乍一落笔，词人便秉笔直书“上阳”二字，明确指出此为皇宫。这就为全词营造了一种“上阳秋晚萧萧雨，洛水寒来夜夜声”（唐·韦应物《赠王侍御》）之悲凉的气氛。“春晚”二字，一语双关，既明示时令，又暗喻宫女的美好青春在这牢狱一般的深宫之中，已消磨殆尽，留下的只有那蛾眉上越挽越深的“愁”！于是，词人便以“愁蛾浅”三字形象而又明确出之。既写出宫女愁眉难展之形象，又以比喻兼夸张的手法，写出宫女幽怨之深切。

上片末二句“新岁清平思同辇，争奈长安路远”，直写宫女的心理活动：太平新年的时候，她们多么渴望能与君王同车而行，可谁能想到，近在咫尺的皇上，竟比那去往长安的路途还要遥远！上句直写她们在特殊时节“新岁”的殷殷希望；下句写结果：一次次满满的希望，皆化为泡影！真的是“君门以九重，道远河无津”（三国魏·曹植《当墙欲高行》）啊！对比鲜明，蕴意深刻。

词的下片，着重描写宫女所处的囚笼一般的环境。

过片二句“凤帐鸳被徒熏，寂寞花锁千门”，直写宫女内心无比深重的悲苦：她们一次又一次地空熏绣有凤凰的帐帘和那刺有鸳鸯的锦被，可还是被千丛花锁锁住了一道道门，亦将那深重的寂寞锁在了宫门里。这里，词人直接代愁怨深重的宫女呼吁、呐喊，抒写出她们“舞殿冷袖，风雨凄凄”（唐·杜牧《阿房宫赋》）那无以言说、难以排遣之凄苦。着一“徒”字，暗含期盼君王宠幸皆化为泡影的凄哀，终而使她们成痴成傻、成癫成疯，命运惨绝。着一“锁”字，以拟人、比喻兼用的手法，写出了宫女的身体和精神皆遭受沉重的打击和戕害。

“竟把黄金买赋，为妾将上明君”，词人巧用典故，进一步抒写宫女的希望和挣扎：陈皇后黄金买赋呈送给君王，在长门里渴盼能与君王相见。这里，词人以典言事抒情，揭示出宫女们身陷囹圄、身心备受伤害的悲剧结局，对最高统治者——“明君”圣主，这个葬送无数无辜女子青春、爱情以至生命的罪魁祸首，以及整个封建社会，予以无情的揭露和谴责！

这首词手法精妙，意旨深刻。词人运用比喻、拟人、夸张、双关、对比及用典等多种手法，以独特的角度再现了“一肌一容，尽态极妍，缦立远视，而望幸焉。有不见者，三十六年”（唐·杜牧《阿房宫赋》）的凄惨情景。那“上阳春晚”和“宫女愁蛾浅”之景情相衬，那“新岁清平思同辇”与“长安路远”之对比反衬，还有那“凤帐鸳被徒熏”而“寂寞花锁千门”之以生活场景寓苦情，更有那“黄金买赋”“上明君”以求宠幸的情节之凄咽无奈，可真的是字字泣血、句句流泪！五十字小词，胜过百千字大作。

梦　江　南①

千万恨，恨极在天涯。山月不知心里事，水风空落眼前花②。摇曳碧云斜③。

注　释

① 梦江南：词牌名，同“忆江南”。
② 水风：水上之风。
③ 摇曳：飘荡摇晃的样子。

题　解

这首“低回宛转”“情韵无穷”（清·陈廷焯《词则·别调集》）之词，乃是晚唐词人温庭筠的作品。此词描写思妇在孤寂的月光下独自思念的情景，表现出无限的悲戚和哀伤。此词语言浅易通俗，但极见炼字功力。平平常常的“山”“水”“花”“月”“云”“天”，皆衔“恨”含怨。这首词可说是“平字见新”的极好范例。

赏 析

起首二句“千万恨，恨极在天涯”，词人以顶针手法，极写心中之恨及其缘由：“我”的心中之恨意有千千万万，如丝如缕难以断绝；“我”最恨的人，在那望之不及、去之难达的天边。一开篇，词人连用两个“恨”字，抒写闺中思妇郁积已久的满腔怨恨。怨恨所指，用“天涯”二字示之，丈夫一去不归，杳无音信。日复一日，年复一年，苦盼苦熬，受尽煎熬！故而，闺中思妇以双重的“恨”和“极”来述说心中那挥之不去的“千万”之“恨”！这样，就更加深刻地揭示了词旨。

“山月不知心里事，水风空落眼前花”二句，是思妇万般无奈之下，“恨极”无处诉，只能诉之于眼前所见之景：“我”心里的怨恨，高挂于山头之上的明月是难以知晓的，它怎能知道，“我”心中的怨恨就如那风掠过水面时漾起的一层又一层涟漪，就如那花儿随风落去时的缭乱纷飞。这里，词人运用丰富的想象，把抽象的“恨”化为可触可感的“水”“花”“月”，把“如芳草，萋萋刬尽还生”之“恨”（宋·秦观《八六子》）极为形象地状写出来。

词末一句“摇曳碧云斜”，在叙事中写景：在思妇恨意悠悠、思念绵绵之中，那无情的明月，在不知不觉中摇荡、挪移，已斜移到那青云之外了。月移云走，可见夜已深矣！可我们的女主人公却仍在痴痴生“恨”，难以入睡。“恨旧愁新，有泪无言对晚春。”（宋·淮上女《减字木兰花》）

此词构思独出机杼。全词以“恨”贯串全篇。篇首连用两个“恨”字，且以“千万”和“极”言其深，并顺势点出“恨”之原因——所“恨”之人远“在天涯”。用笔极为简括，点出词旨。篇末三句，以景写情，把抽象之“恨”化为可触可感的“风”掠“水”面而荡起的层层涟漪、“花”随风而落时的缭乱缤纷和“碧云”在天空“摇曳”时的飘忽迷离，形象感极强。尤为精妙的是，此景皆为思妇眼中之物，“景语皆情语”，把她内心焦苦不安、百无聊赖和无穷的凄怨凄伤表现出来，亦是对词首“恨极”的诠释。全篇文气贯通，富有韵味。

河　　传①

湖上②，闲望，雨萧萧③。烟浦花桥路遥④。谢娘翠蛾愁不销⑤，终朝⑥，梦魂迷晚潮。　　荡子天涯归棹远⑦，春已晚，莺语空肠断。若耶溪⑧，溪水西，柳堤，不闻郎马嘶。

注　释

① 河传：又名《水调河传》，隋代曲名，后用作词牌名。双调，十四句五十五字。

② 湖：这里指浙江会稽的镜湖，发源于若耶山。

③ 萧萧：同“潇潇”，形容雨洒落的样子。

④ 烟浦：雾气弥漫的水边。

⑤ 谢娘：泛指思妇。翠蛾：指黛眉。

⑥ 终朝：整个上午，这里指一整天。

⑦ 荡子：指外出闯荡的男子，泛指远离家乡的游子。归棹（zhào）：归船，这里用棹代船。

⑧ 若耶溪：水名，今浙江绍兴若耶山下，传说西施曾在此浣纱，这里指代思妇居住的地方。

题　解

温庭筠的这首思妇怀人之词，语言精美。既有音节错杂之美，读之朗朗上口，具有“大珠小珠落玉盘”（唐·白居易《琵琶行》）的抑扬顿挫之情致；又有词意曲折婉转之美，“烟浦花桥”与“谢娘翠蛾”，对仗中有深意，“若耶溪，溪水西”，顶针转换之间，意味蕴藉。尤是“梦魂迷晚潮”，“五字警绝”（清·陈廷焯《词则·大雅集》），深得后人的喜爱。

赏 析

词之上片，以写景为重。

“湖上，闲望，雨萧萧。烟浦花桥路遥。”一落笔，词人就给读者展现了一幅思妇“闲望”的图景：她闲望湖上，只见雨丝凄凄迷迷，那长堤花桥，远远地隐入烟浦雾里。“湖上”二字，点明地点。可见思妇情思难抑，只能来到人迹较少的湖岸，以望怀人归否。“闲望”二字，既点示全篇内容皆为“闲望”所得，又暗写思妇之情——当然不是以“闲情逸致”而观景（大概在别人眼里是这样），而是寂寥难耐的思念之苦所致。看似“望”，其实她的心中五味杂陈，凄楚无比。“萧萧”之“雨”更加衬托出她的这种心情。“烟浦花桥”曾是她同心上人游赏宴乐之处，然而此时望去，亦是迷迷蒙蒙，仿佛很遥远。词人这样来写，就把思妇心事重重、愁牵怨萦的形象树立在我们面前。

“谢娘翠蛾愁不销，终朝，梦魂迷晚潮”，描写思妇“闲望”之中的心情：她苦苦思念心上人，愁思、愁怨凝聚在她的翠眉之间；她终日盼望着爱人归来，常常在梦里听见那雨中晚潮阵阵，似乎在传递他的消息。这里，词人以“翠蛾愁”来写她无法驱遣的愁思，着一“迷”字，把她“思君如流水，何有穷已时”（三国魏 · 徐幹《室思》）的悲楚心情完全表现了出来。

词之下片，以抒情为重。

“荡子天涯归棹远，春已晚，莺语空肠断”，过片三句，是思妇“望”中所生发的深重的怨恨：浪子他的归舟啊远隔着万千里，遥遥无期，眼看那春光又将逝去，听莺语声声，那是让我肠断的声音啊！词人用“荡子”一句点明事体。心上人漂泊天涯，音讯断绝，故而以“荡子”二字斥之，将思妇“荡子行不归，空床难独守”（汉 · 无名氏《古诗十九首 · 青青河畔草》）的悲苦蕴含其中。又用“春”“晚”“莺语”来衬托思妇内心年年增长、几欲“肠断”的思念之苦情。

“若耶溪，溪水西，柳堤，不闻郎马嘶”，最后四句，是思妇见景而起的盼望、期望甚至绝望的心情：若耶溪啊相思的溪，溪水西岸那浣纱女曾经还能盼到心上人，可我天天看溪水空流，日日在堤岸寻觅，怎么总也听不见我的郎君归来的马嘶声呢！这里，词人借用“西施浣纱”的典故，表达思妇心中无限的苦楚。尤是“郎马嘶”三字，将思妇之思绪拉入郎君离去的情景之中，真个是“只见郎马去，不见郎马归”啊！无尽的悲苦和哀怨皆含之中。

此词构思精妙，匠心独运。词人以“闲望”二字领起全篇。那“萧萧”之“雨”有“雨落不上天，水覆难再收”（唐·李白《妾薄命》）之夫妻再难相见之悲；那曾经的夫妻二人游宴之“烟浦花桥”隐约可见，可心上人却再也未见。故而她愁聚眉间，憔悴不堪，终日盼夫归来。梦里晚潮阵阵似在传递他的信息，可“浪子”一般的丈夫之“归棹”（归舟）遥遥无期；眼前之“春”又将逝去，“望”中又闻“肠断”之“莺语”；那令她相思相念的“若耶溪”，日日见那溪水由西东去，天天却盼不来“郎马”归来的“马嘶”之声。这哪里是“闲望”？分明是痴情之“望”、痴迷之“望”、痴心之“望”！更是凄怨之“望”、迷梦之“望”、“肠断”之“望”！由此可见，别具匠心，“闲望”不闲！

蕃女怨[①]

碛南沙上惊雁起[②]，飞雪千里。玉连环[③]，金镞箭[④]，年年征战。画楼离恨锦屏空[⑤]，杏花红。

注 释

① 蕃女怨：词牌名，温庭筠创制，因为咏叹蕃女的怨愁别恨而名。单调，七句三十一字。
② 碛（qì）：本义是浅水中的沙石，这里引申为沙漠。起：飞起。
③ 玉连环：相互连贯的玉环，装饰物。
④ 金镞（zú）：用金属制作或饰有金属的箭头。镞：箭头。
⑤ 锦屏：绘有彩画的屏风。

题 解

这首抒写思妇离愁别恨之词，是温庭筠所作。词人妙用写对方与写自己相兼的艺术手法，表达了思妇对出征边地丈夫的思念情怀，抒写出深重的离愁别恨。此词语言浅显，却蕴含深意。在看似客观的景物描写中，留下了令人想象之“空白”，而这“空白”却引人联想，激起情感的波澜，具有浅而不露、短而意深的特点。

赏 析

起首二句“碛南沙上惊雁起，飞雪千里”，笔势有力，直写边塞环境和气候之恶劣：南沙上的烽火，一次次地把栖息的雁群惊飞而起；大雪纷飞，千里的边塞荒漠之地一片茫茫。词人着一“惊”字，形象地写出边塞烽火不断、战事迭起之情景，连“雁”亦不能安然栖息。写景之中言事蕴情。“飞雪千里”四字，给我们勾画出一个“雪暗天山道，冰塞交河源”（隋·虞世基《出塞》）的冰雪覆盖的壮阔之景。这是思妇对丈夫所在边地的环境及气候的想象，把“千里”相思的悲苦蕴于其中。词人说出者少，而蕴意却多。

“玉连环，金镞箭，年年征战”紧承上句，是思妇的进一步想象，想象丈夫征战情形：他骑着战马，穿着战袍，身背装有金属箭头的箭袋，飞马持弩而射，箭镞纷飞如雨，年年征战不休。这里，是思妇想象“箭飞如疾雨，城崩似坏云”（北周·庾信《同卢记室从军诗》）的战争场景，把思念、担心和怨恨之情皆融其中。

词末二句“画楼离恨锦屏空，杏花红”，抒写思妇的愁恨：画楼中的她，也恨这战火中的别离，她愁苦地看着红红的杏花，孤独地坐在锦屏之前。词人用“离恨”“空”来点示词旨，并用“画楼”“杏花”之美艳与思妇内心的悲苦相衬，描写出思妇因战事而独守空房的魂离肠断。这二句把思妇的愁恨推向了极处。

这首词构思独特，词旨深刻。词之前五句，以思妇之想象，极写丈夫征戍之地的凄寒和凄苦。那“碛南沙上”之烽火，一次次地“惊雁起”，“雁飞高兮邈难寻，空断肠兮思愔愔”（汉·蔡琰《胡笳十八拍》之五）；那“千里”“飞雪”漫卷戈壁，凄寒何能忍？更有那年年征战“箭”如雨、“边庭流血成海水”（唐·杜甫《兵车行》）的惨烈景象，便使思妇之愁思倍增。词末二句，以思妇独守空房、“画楼”冷落、“锦屏”寂寥和“杏花”红艳撩人之场景，突出了思妇“肠已断，泪难收”（宋·辛弃疾《鹧鸪天》）之悲苦！读后泪流肠断之人如在目前。

韦　庄

韦庄（836—910），字端己，京兆杜陵（今陕西西安）人。晚唐诗人、词人。其诗词生前由其弟韦蔼编成《浣花集》，世称“韦浣花”。韦庄尤善词，与温庭筠齐名，世称“温韦”，为“花间派”代表词人。存词五十多首，清简劲直而不浅露，笔直而情曲，辞达而感郁。

浣溪沙[①]

惆怅梦余山月斜[②]，孤灯照壁背窗纱[③]，小楼高阁谢娘家[④]。　暗想玉容何所似，一枝春雪冻梅花，满身香雾簇朝霞[⑤]。

注　释

① 浣溪沙：原为唐教坊曲名，后用作词牌名。双调，六句四十二字。
② 惆怅：失意伤感的样子。
③ 背：暗，即灯光暗淡。
④ 谢娘：这里指代意中人。
⑤ 簇：聚拢。朝霞：早晨的云霞，这里比喻形象亮丽，光彩照人。

题 解

这是一首描写主人公思念意中人的词，与其他词最大的不同是，这首词的主人公是一位男性。上片以“惆怅”开头，引出主人公的相思之情，以下的“孤灯”“小楼”“高阁”“谢娘”等意象都是由惆怅生发出来的。下片通过拟人的手法，用“一枝春雪冻梅花”来形容意中人“玉容”的俏丽可爱。把意中人描写得越美丽动人，越能显示出主人公的失意、惆怅和伤感之情。此词语言清新自然，不事雕饰却别有意趣，充分体现了词人“寓浓于淡，以清丽见长”的风格。

赏 析

这首词通过想象心目中美人之形象，表达了主人公对曾经的恋人的思念和追忆之情。

词之上片，重在回忆。

起首“惆怅梦余山月斜”一句，直写梦醒时所见之景：梦醒了，心中却还留着梦中的惆怅，抬头看那窗外，只见一轮山月低斜。词人乍一落墨，便把“惆怅”二字置于词首，给全词定下了一个感情基调，寓含了梦境之凄切和伤悲。“山月斜”，既点明梦醒的时间（当是下半夜或已将拂晓），又显示出梦中怀人之意。

上片后二句“孤灯照壁背窗纱，小楼高阁谢娘家”，是主人公回忆梦中情形：照壁的孤灯将她的背影投映在纱窗之上，那精美的小楼高阁，正是梦中那才貌出众的姑娘的家。“孤灯”一句，写出梦中的主人公在朦胧的月色中所见之景。与词首之“惆怅”二字关合，有渲染、烘托之作用。“小楼”一句，既点示地点——此是意中人所在之处，“谢娘”也是梦幻之中的绝代佳人，是心中的憧憬和追求，又为引发下片的想象做了很好的铺垫。

词之下片，重在想象。

过片“暗想玉容何所似”一句紧承上片，是对梦中“谢娘”之推想：“我”在心里暗暗揣想，她的美丽容颜究竟是什么样？“暗想”二字，把主人公梦醒之时兀然而坐、回想梦境之神情动态刻画了出来。

词末二句“一枝春雪冻梅花，满身香雾簇朝霞”，紧扣上句概括女子姣美的“玉容”二字，展开具体的想象：她恰似一枝亭亭玉立于春雪之中的梅花，满身香气缭绕，像簇拥着的朝霞一样明艳。词人用生花妙笔传神地写出了理想中的佳人：她的容貌如雪一般洁白无瑕，像梅一样疏淡馨香；她的衣着如香雾一般飘逸芬芳，像朝霞一样鲜艳亮丽。这就把佳人之俏丽可人、鲜亮夺目描写了出来。尤是以花喻人，与“诗魔”的“梨花一枝春带雨”（唐·白居易《长恨歌》）有异曲同工之妙。但更为可贵的是，此词不仅绘形，而且赋神，能给人以丰富的联想，想到人之高尚的情操、高洁的精神境界等形象之外的寓意。

这首词想象丰富，意旨深刻。全词看似追忆、想象梦中“情人”，实则把词人的人生之体验、感受和追求融入词中。那雪中一枝梅之孤独、凄寒与篇首的“惆怅”暗相呼应，把词人之忧伤情怀暗寓其中。

菩 萨 蛮

人人尽说江南好[①]，游人只合江南老[②]。春水碧于天[③]，画船听雨眠[④]。　垆边人似月[⑤]，皓腕凝霜雪[⑥]。未老莫还乡[⑦]，还乡须断肠[⑧]。

注 释

① 尽：全部，都。
② 只合：只应。
③ 碧于天：江南碧绿的景色胜过天色。
④ 画船：对游船的美称。
⑤ 垆边：典出司马相如卖酒，文君当垆。这里指酒家。
⑥ 皓腕：洁白的手腕。凝霜雪：像霜雪凝聚一样洁白。
⑦ 未老：没有到老年。
⑧ 须：应该。

题 解

这首词由韦庄所作，与白居易的《忆江南》一样，描写的是江南美丽的山光水色和美人，言辞之间对江南的风物人情充满了赞美之情。但是，与白居易的《忆江南》不同之处在于，词人更多地抒发了他漂泊异乡不得回家的忧愁之苦。即使如此，词人看似对家乡“未老莫还乡，还乡须断肠”的反常态度，从另一个方面也印证了江南的人美景美，是值得留恋驻足一生的地方。这又比白居易的“能不忆江南”更进了一步。

赏 析

这首词脍炙人口、极负盛名。语言直白之中不乏深婉，既描写了江南水乡之景美、人美、生活美，表现了词人对江南水乡的深深依恋之情，又抒写出词人漂泊难归的愁苦之情，充分体现了词人“似直而纡，似达而郁”（清·陈廷焯语）之词作风格。

词之上片，赞美江南水乡之美，表达深切的依恋之情。

“人人尽说江南好，游人只合江南老”，词人以直白且含抒情之语，表达对江南之热爱、依恋：人人都说江南好，那么在此游赏之人，应一直待到老才好。乍一开篇，词人便以人们的认知为由头，暗引古往今来人们对江南之赞誉，如“江南佳丽地，金陵帝王州”（南朝齐·谢朓《隋王鼓吹曲·入朝曲》），“江南好”、“日出江花红胜火，春来江水绿如蓝”（唐·白居易《忆江南词三首》其一）。至于是否认同，当见仁见智。但就本词的写作背景和词人之遭际来看，词人出生于长安杜陵（今陕西西安），在他赴长安应举之时，正值黄巢攻破长安，抱负难以实现，又饱受战乱之苦，只得流寓于江南。如今的家乡“内库烧为锦绣灰，天街踏尽公卿骨”（韦庄《秦妇吟》），一旦思念起家乡，亦是“终日惊忧心胆碎”（韦庄《秦妇吟》）！故而，词人只能把对故乡的深切思念压于心底，暂且认同人们的劝说了。词人用似直而曲之手法，道出苦衷。

上片后二句“春水碧于天，画船听雨眠”，是词人对“江南好”的具体描写：春天的江水清澈碧绿，比那晴朗的天空还要碧蓝明净；游人可卧于画船之中，听着那潇潇的雨声而入眠。这里，词人运用白描的手法，有声有色而又形象生动地写出江南的风景和生活之美。当然，这与战乱中的家乡相比，是何等的悠然自得、闲适自在啊！这真的是“游人只合江南老”啊！

词之下片，描写江南人物之美，表达对故乡欲归不得的郁结之情。

过片二句“垆边人似月，皓腕凝霜雪”，紧承上片，描写江南的人物之美：江南酒家卖酒的女子长得太美了，就如那明月一般；她卖酒之时，露出的手腕洁白如雪。这里，词人化用典故，用《史记·司马相如列传》中，司马相如在成都“买一酒舍酤酒，而令（卓）文君当垆”卖酒的故事，来借喻江南女子的光彩照人。至此，词人就从风景美、生活美和人物美三个方面，圆满地写出了“江南好”“游人只合江南老”之具体内容。可说“扬”到了极致。

“未老莫还乡，还乡须断肠”，词人采用“抑”之手法，表达了他有家难归之苦衷：人啊，年老未衰之时，千万莫要回乡，如果硬要回到家乡，那必定会悲痛至极。词人着一“莫”字，用叮嘱之口吻来表达，可见出情真意切，写出了那种有家却不能、不敢、不愿回的无奈，极为深婉而又沉痛之至的情结蕴含其中。此与陆放翁之“山盟虽在，锦书难托。莫！莫！莫！”（宋·陆游《钗头凤》）有异曲同工之妙，甚或还要痛苦、悲伤几分！因为家乡乃是一个人的根啊！本当叶落归根，却难以回返，岂不痛哉？！故而，词人着上“未老”二字，以表达对家乡坚定不移的挚爱。“还乡须断肠”一句，正映照出词作的写作背景和词人的悲苦遭际。

这首词言少意丰，写法精妙。一是语言极有特色。用语浅明通俗，不事雕饰，明白如话却又饶有韵致，语意明了却又蕴意婉转。二是构思匠心独具，手法多样。本词首尾四句皆为抒情，直抒胸臆；中间四句巧用白描、用典等手法，绘景写人，从而形成一个首尾圆合的结构，十分精妙。

归国遥[①]

春欲晚[②]，戏蝶游蜂花烂熳[③]。日落谢家池馆[④]，柳丝金缕断[⑤]。　睡觉绿鬟风乱[⑥]，画屏云雨散[⑦]。闲倚博山长叹[⑧]，泪流沾皓腕[⑨]。

注　释

① 归国遥：唐教坊曲名，后用作词牌名。双调，八句四十三字（另有四十二字），句句仄韵。

② 春欲晚：春天将要过去。

③ 戏蝶游蜂花烂熳：描写春光烂漫的景象。

④ 谢家池馆：即谢娘所住楼阁，这里指女子的居所。

⑤ 柳丝：古人送别，一般折柳相赠。

⑥ 绿鬟（huán）：乌黑发亮的发髻。风乱：像被风吹乱似的。

⑦ 画屏：屏风。云雨：典出宋玉《高唐赋》中楚王与巫山神女相会之事，这里指男女欢合。散：结束。

⑧ 博山：指表面雕刻有重叠山形的香炉。

⑨ 皓腕：洁白的手腕。

题　解

这是一首闺思词，词中的主人公是位女性。起二句写景，开门见山点明了时间是暮春，百花烂漫，花香引得蝶戏蜂游。接二句写日落时候，谢家池馆前折柳送别的情事。下片写人，女主人公醒来后，秀发凌乱，想到昨夜的欢聚，再看到意中人不在，不由得让她长吁短叹，泪流满面。整首词表现了女主人公的凄苦和悲戚之情。

赏　析

词之上片，重在写离别。

落墨二句“春欲晚，戏蝶游蜂花烂熳”，描写离别的时间和景色：在春天即将过去的时候，他要走了；只见那粉蝶和蜜蜂在烂漫的花草丛中嬉戏、飞舞。“戏蝶”一句，明写“蜂”“蝶”飞舞、戏游于花丛之中，实则暗含花花世界、心上人难免招蜂引蝶之担忧。词人妙用语意双关的手法，把女主人公之“莫学蜂蝶儿（原句是‘蜜蜂儿’），等闲悠飏飞”（宋·晏殊《菩萨蛮》）的担心、劝告之意含于其中。

上片后二句“日落谢家池馆，柳丝金缕断”，抒写离别的地点、时刻及送别的情景：在落日的余晖洒满了谢家池馆之时，他就要别我而去；我在柳树下，送他相别。“日落”是送别的时刻。“谢家池馆”是送别的地点。“柳丝金缕断”是送别的景色。由此可知佳人的居处是华美的，但心上人“留”（与“柳”谐音）意已“断”，故而她格外伤悲。词人以景融情，表达了女主人公别离的伤悲。

词之下片，重在写别后伤心。

过片二句“睡觉绿鬟风乱，画屏云雨散”，描写女主人公早起的神态：她一觉醒来，晚风吹乱了她乌黑的发髻，她一想到画屏间的云雨之欢早已烟消雾散，不禁悲伤涌上心头。词人以“绿鬟风乱”之神态，写出了别后女主人公无心梳妆、百无聊赖的情形。“云雨”二字，化用巫山神女“旦为朝云，暮为行雨”（战国楚·宋玉《高唐赋》）的典故，以回忆更加重了女主人公内心之伤悲。“闲倚博山长叹，泪流沾皓腕”为结尾部分，描写闺中之女主人公无比伤悲的情状：她闲来倚着博山炉长吁短叹，那滴滴泪珠沾湿了洁白如玉的手腕。

这首词有一个显著的特点：以画面写情。全词精心描绘出“戏蝶游蜂花烂熳”“日落谢家池馆”“柳丝金缕断”“睡觉绿鬟风乱”和“闲倚博山长叹，泪流沾皓腕”等五幅画面，把女主人公别时及别后的“魂已断”“没人知”（韦庄《女冠子》）的无限伤悲和痛苦蕴含其中。

荷 叶 杯[1]

绝代佳人难得[2]，倾国[3]，花下见无期。一双愁黛远山眉[4]，不忍更思惟[5]。　闲掩翠屏金凤[6]，残梦，罗幕画堂空。碧天无路信难通，惆怅旧房栊[7]。

注 释

① 荷叶杯：唐教坊曲名，后用作词牌名。初为单调，后为双调，十句五十字。
② 绝代佳人：当世独一无二的美人，这里指当年花下相见的女子。
③ 倾国：典出汉李延年“北方有佳人，绝世而独立。一顾倾人城，再顾倾人国”，这里形容女子貌美，使国人为之倾倒。
④ 愁黛：带愁绪的眉毛。黛：古人用黛色画眉，所以代指眉毛。
⑤ 思惟：相思。
⑥ 翠屏：用翠玉装饰的屏风。
⑦ 房栊（lóng）：房子里的窗户。

题 解

这是一首状写男子相思愁绪的词，据说是韦庄写给他已亡的宠姬的。上片描写宠姬之美艳，“绝代”“佳人”“倾国”“远山眉”，这些词语都是对宠姬美貌的描绘。可是，这样的美人却离他而去，“不忍更思惟”引出下片的思念之苦。下片写他的梦中相思之苦。因为思念之深而形诸于梦，梦醒人去楼空，更加惆怅。徘徊在以前所居之处，不由得睹物怀人，碧天苍茫，无路可达。读到此处，让人黯然魂销，伤心欲绝。

赏 析

词之上片，着重描写花下怀旧之情形。

“绝代佳人难得，倾国，花下见无期”，直入正题，描写男主人公深重的思念之情：举世无双的美人啊真是难得，容貌能倾倒全国，没有想到偶然在花下遇到之后，现在却再不能相见。乍一落笔，词人便以“绝代”写出“佳人”之美貌绝伦，巧妙化用“北方有佳人，绝世而独立。一顾倾人城，再顾倾人国。宁不知倾城与倾国，佳人难再得”（汉·李延年《歌一首》）之诗意。“难得”二字，更言“佳人”之珍贵和可爱，“见无期”之怅恨、凄绝显然可见。“花下”二字，点出环境，既是当时相见之地，又是如今不见之处。花丛依旧，而“佳人”却无有踪影，其痛楚之情，溢于言表。

上片后二句“一双愁黛远山眉，不忍更思惟”，描写男子的思念之苦：她那青黛色的双眉微微而蹙，望如远山，我真的不忍再去多加思念。这里，词人以“眉”写其容貌，既应合词首之“佳人”，又以“眉”状“愁”，下启“不忍”二字，把男、女主人公“凄然欲绝”之“肠断”（清·陈廷焯《白雨斋词评》）写了出来。

词之下片，着重抒写室内相思之情景。

换头处三句“闲掩翠屏金凤，残梦，罗幕画堂空”，描写男子思念成梦、梦醒堂空之伤感：他随意掩了画有金凤的翠色屏风，那梦中与她相见的情景续续断断；此时，那空空的厅堂之中罗幕垂掩。“闲掩”二字，“闲”字不闲：无所事事、无精打采之思念苦况显然可见。再加之梦魂之残破、画堂之空寂，似乎皆在默默地诉说着佳人去后的无尽悲哀。

“碧天无路信难通，惆怅旧房栊”，最后再写梦后之惆怅：那日的欢快已一去不返，青天茫茫无法互通音信，旧日的闺房令人惆怅、伤感。男主人公徘徊于旧居之中，睹物怀人，此境此情，念昔思今，怎能不情伤心碎、黯然魂销！词末以“旧房栊”三字与词首之“见无期”相呼应，更见出男主人公思深意长、凄惋难言之情状。

这首词最突出的特点：情真辞巧。词人通过忆昔思今、睹物怀人、思念成梦等情景及境况之描写，把男主人公的真情真意蕴含其中，尤是“难得”“倾国”“不忍”“惆怅”等词语，将一颗倾慕、思念之真心袒露无遗。

清平乐

野花芳草，寂寞关山道①。柳吐金丝莺语早②，惆怅香闺暗老③。　罗带悔结同心④，独凭朱栏思深⑤。梦觉半床斜月，小窗风触鸣琴⑥。

注 释

① 寂寞：清寂，寂静。关山道：指代艰难坎坷的山路。

② 柳吐金丝：用金丝比喻柳树刚吐的新芽。

③ 惆怅：失意伤感的样子。香闺：指女子的闺房。暗老：时光流逝，美人不知不觉已衰老。

④ 罗带：缝制精美的丝织带，古人多用作赠别或定情之物。

⑤ 凭：靠着。

⑥ 风触鸣琴：微风拂过琴弦发出声音。

题 解

这是一首闺情词。通篇运用白描的手法，描写了思妇怀人而成梦，最后梦醒不得而伤情。上片抒写思妇怀人，但是并没有直接写出来，而是描写思妇的想象，想象所怀之人正在远行的路上。所有的景物描写都是为了反衬思妇“惆怅香闺暗老”的悠悠相思之情，读后不由得让人黯然神伤。下片描写思妇的内心活动，思念过深而行诸于梦中，梦醒之后，“半床斜月”，一片清冷，使得思妇的内心更加悲伤痛苦。

赏 析

这首闺怨词当写于词人韦庄仕蜀时期的晚年，抒写了一位蜀地女子的伤春怀人之情，勾画出她妩媚动人的绰约风姿。

词之上片，重在写闺妇凭栏之所思。

起笔二句“野花芳草，寂寞关山道”，词人直入正题，描写闺妇独自凭栏之想象：争奇斗艳的野花伴着那青青的芳草，铺满那通往边关远山的寂寞、清静的小道。词人先从闺妇想象之中的远处写起，想象丈夫在远行道上的荒凉、“寂寞”及形单影只。虽有“野花芳草”，但毕竟荒僻无比，蜿蜒的山间小道上，她的心上人在踽踽独行。“寂寞”二字，明写“关山道”，实写闺妇无所靠依之孤凄。

上片后二句“柳吐金丝莺语早，惆怅香闺暗老”，实写眼前之近景：楼前的柳树吐出长长的金丝，黄莺儿叫得格外早，惹得香闺之中的她心中万分惆怅，自叹虚度时光，不知不觉之中变得苍老。这里，词人用垂金之柳丝、婉转之莺啼，暗示物换星移、时光流逝，年复一年，日日盼归，却无踪影，那种空抛青春的伤感令她黯然销魂！反衬的手法使闺妇的愁思更加深重。“惆怅”一句可说是全词之“魂”。

词之下片，重在写闺妇思深成梦。

过片二句“罗带悔结同心，独凭朱栏思深”，紧承上片，描写闺妇倚栏而望时的心理活动：她真后悔当时用罗带打了同心结，如今独自倚着朱栏，愁思是多么深沉难解。这里，表面看来是思妇的悔恨，实则是爱之深才恨之切。词人着一“深”字，把思妇“寸心千里目”（韦庄《谒金门》）、“悠扬逐君去”（唐·包融《送国子张主簿》）之真情挚意含于之中。

“梦觉半床斜月，小窗风触鸣琴”，最后两句描写闺妇思深而成梦、梦后见景而伤情：她从梦境中醒来，只见那斜斜的月光照着半个空床；透过小窗的风儿，竟把那琴弦触动得哀鸣作响。词人以景写情，以“斜月”“半床”写出思妇梦后之孤寂、哀惋和凄切。再以“风触鸣琴”的特有哀切之声，把思妇的悲愁、悲苦和悲切推至极致，真的是“冷冷清清，凄凄惨惨戚戚”“这次第，怎一个愁字了得”（宋·李清照《声声慢》）！

这首词匠心独具，手法精妙。全词由凭栏思深和思深成梦构成，采用白描手法，尤是词末二句，将“寂寞”“惆怅”“悔结”“思深”等皆融汇其中，且以景语出之，实在与空灵兼而有之，“设色隽美”“声情绵邈”（李冰若《栩庄漫记》），确为词中之胜境。

望 远 行[①]

欲别无言倚画屏[②]，含恨暗伤情。谢家庭树锦鸡鸣[③]，残月落边城。　　人欲别，马频嘶[④]，绿槐千里长堤。出门芳草路萋萋[⑤]，云雨别来易东西。不忍别君后，却入旧香闺[⑥]。

注 释

① 望远行：唐教坊曲名，后用作词牌名。双调，十一句六十字（另有多种变体）。

② 倚：靠。画屏：屏风。

③ 谢家：谢娘家，这里指代女子的居所。庭树：庭院的树上。锦鸡：公鸡。

④ 频：频繁。嘶：嘶鸣。

⑤ 萋萋：草木茂盛的样子。

⑥ 却入：又进入。香闺：古代对女子闺房的美称。

题 解

这首闺情词由韦庄所作。描写了女子与良人离别的情景以及别后独自凄凉惆怅的落寞之情。上片点明了时间（夜晚）和地点（谢家）。女子和自己的良人分别之前的短暂相聚，虽然没有一字写别，但别却融入浓浓的景色描写中。下片写良人上路，女子送行。马儿嘶鸣，催促良人上路。一想到就此一别，不知何时再能相聚，不由得让她黯然销魂，悲痛欲绝。

赏 析

词之上片，重在描写别时情状。

“欲别无言倚画屏，含恨暗伤情”，开篇从屋内情景写起：临到别时，他们身倚画屏，无言相对，只是深含怨恨，暗暗伤情心碎。“欲别”二字，点明事由，且把不忍相别之恋恋不舍之意含于其中。“无言”二字，写出了那种“执手相看泪眼，竟无语凝噎”（宋·柳永《雨霖铃》）之情态，把那种别语太多一时又不知从何说起的复杂情形，极生动地刻画了出来。“含恨”一句直抒胸臆，更融入了“黯然销魂者，唯别而已矣”（南朝梁·江淹《别赋》）之哀伤、凄惋的情感，不难想见男女双方的凄楚、悲愁之神情动态。

上片后二句“谢家庭树锦鸡鸣，残月落边城”，描写别时之景：此时此刻，雄鸡已在谢家庭院的树下声声啼鸣，城头的一轮晓月也已渐渐坠沉。这里，以“谢家庭树”之典借指女子的居所，点明别时的地点。“锦鸡鸣”既表明了时已拂晓，又含有别时已到、不忍遽去的伤悲。因为，“别语缠绵不成句，已断离肠能几许”（宋·黄大临《青玉案》），况且，男女双方卿卿我我，已“无言倚画屏”。

词之下片，重在抒写别后景况。

换头三句“人欲别，马频嘶，绿槐千里长堤”，是分手别时之情景：两人就要分别，男子的马儿频频长嘶，那晨雾弥漫在绿槐夹道的万里长堤。“马频嘶”，写出两人将离未离时刻最令人心碎的场面，可见男子已上马将行，却不忍执辔而去，马亦连连嘶鸣，似在为人之别离而伤悲，又似在提醒行人登程即行。这就渲染出“棹容与而讵前，马寒鸣而不息”（南朝梁·江淹《别赋》）之悲凉氛围。而“绿槐”一句，是别去之路径。“千里”二字，蕴含别离之万千凄楚。

“出门芳草路萋萋，云雨别来易东西”是女子眼见之景：她看到出门的路上长满了青青的芳草，长天之上离散的云雨踪影不定，四处飘浮。前句以景寓别情，令人入目心伤。后句以“云雨”化典（战国楚·宋玉《高唐赋》），指代往日之欢乐情境，寓恋恋不舍之意。“易东西”更暗含了女子内心之隐忧与担心：恐怕就此一别，旧梦难再重温！

“不忍别君后，却入旧香闺”最后二句，写女子在心上人去后，陡然而生的伤悲：我真的不能忍受与你相别之后，再回到昔日我们住过的旧屋。这里的特有心理之描写，写出了女子的情意深挚，生怕触景生情，勾起那深深忆念。由此可见，女主人公已伤悲到何种程度！

这首词情景交融，细节传神。那“庭树”“鸡鸣”“残月”和“马嘶”“长堤”，及“萋萋”之“芳草路”、“易东西”之“云雨”等景，皆融入了别离的伤悲之情。还有那“含恨”“伤情”之“无言倚画屏”，“人欲别”之“马频嘶”，及“别君后”之“不忍”“入旧香闺”的细节描写，把男、女主人公尤是女主人公的真情挚意生动、传神地描写出来。可说是言浅意深、感人至深。

谒 金 门①

春漏促②，金烬暗挑残烛③。一夜帘前风撼竹④，梦魂相断续。　有个娇娆如玉⑤，夜夜绣屏孤宿，闲抱琵琶寻旧曲⑥，远山眉黛绿⑦。

注 释

① 谒（yè）金门：唐教坊曲名，后用为词牌名。双调，八句四十五字。

② 漏：滴漏，古代计时的工具。促：急促。

③ 金烬（jìn）：灯烛燃后的余灰。烬：燃烧后的剩余物。

④ 撼：摇动，摇撼。

⑤ 娇娆如玉：形容女子美丽妩媚，这里指代美女。

⑥ 寻旧曲：寻找往日与情人共同欣赏的曲子。

⑦ 远山眉黛绿：指女子的眉毛和远山一样翠绿。

题 解

词人韦庄的一个文佳貌美的宠姬被蜀主王建强行霸占后，他经常会回忆起往昔他们之间的点点滴滴。有人说这首词就是写给他的宠姬的。上片通过“春漏”“金烬”“残烛”等意象状写了女子孤独不寐。风吹帘响和梦魂交织在一起，时断时续，更加显示出女子的寂寞。下片写女子的状态和表情。“娇娆如玉”般的美女却“夜夜绣屏孤宿”，独守闺房，无人来陪。本想弹奏一曲琵琶，没有想到却勾起往日的欢乐回忆，两相对比，更加显得孤独与凄凉。

赏 析

词之上片，着意描写春夜之景。

开篇“春漏促，金烬暗挑残烛”状写闺中夜景：春夜里，更漏声声，一声紧似一声；她几次挑去烛花拨亮那变暗的小灯。这两句，以清晰可闻之漏声和挑灯花之动作，写出夜之静谧和闺中女子之夜中不寐。着一“促”字，写出人之感受，暗含她的不安和烦躁。着一“残”字，表明历时已久。着一“挑”字，则写出了女主人公长夜难眠之苦况。这样，就把那种孤寂、凄清的氛围烘托出来。

后二句“一夜帘前风撼竹，梦魂相断续”，描写夜间环境及闺中女子的孤独难眠之状：帘外吹了一夜的东风，那风儿不停地摇着庭竹，搅扰得枕上的梦魂时断时续。这里，词人景、情合写，既描写自然气候，渲染环境，同时又暗示出闺中女子心境的难以平静：似睡非睡，似梦又断。这就把春夜难眠、梦魂时断之凄清、凄冷写了出来，给人一种“情不知所起，一往而深”（元·汤显祖《花间集》评本）的感受。

词之下片，正面描写女子形象及其活动。

过片二句“有个娇娆如玉，夜夜绣屏孤宿”，描写闺中女子的外表及处境：闺房之中，有个娇媚的女子容貌如花似玉，却夜夜空守绣屏，孤枕独眠。“娇娆如玉”四字，用借代和比喻的手法，写出了闺中女子的娇艳美丽。按说如此美貌佳人，当有称心如意的郎君相伴，可谁知竟是夜夜一人独宿。“夜夜”二字，暗承上片的“一夜”，说明上片中的环境和感受，只不过是“夜夜”之一而已。这种以点代面的写法，强调和深化了闺怨之词旨。“绣屏”二字，是对闺室陈设之华美的点染，与“如玉”一样，都与“孤”字形成反衬，更加显示出闺中人内心怨情之深重。

“闲抱琵琶寻旧曲，远山眉黛绿”，最后描写闺中女子的举动和眉态：她闲极无聊之时，手抱琵琶弹起以前的旧曲，她那修长的双眉，泛出远山的一抹黛绿。“闲抱”句是上片长夜难眠之“金烬暗挑”后的举动，亦暗承上句的“孤宿”，进一步写出了她的孤寂、凄凉。“寻旧曲”，既有对昔日美好往事之回忆，又有借以解脱困境之无奈。但结果自然愈弹“旧曲”心内愈悲愈苦，故而“远山眉黛绿”——愁容怨态显然可见。

这首词有两个显著特点：一是情景交融，形神兼备。全词借物写情，以景融情，以动作、神态含情，把闺中女子浓烈的孤怨之情抒写出来。二是句句用韵，朗朗上口，让读者得到一种如春莺啭语般的美好享受。

天 仙 子

梦觉云屏依旧空①，杜鹃声咽隔帘栊②。玉郎薄倖去无踪③，一日日，恨重重，泪界莲腮两线红④。

注 释

① 云屏：镶嵌云母的画屏，这里指装饰精美的屏风。

② 帘栊：门窗的帘子，这里指代闺房。

③ 玉郎：美男子，古代女子对男子的爱称。薄倖：也作“薄幸”，这里指（男子）轻薄寡情。

④ 泪界：流泪后脸颊上留下的两条红线。莲腮：比喻脸颊红润如莲。

题 解

这首词由韦庄所作，是一个女子面对负心郎辜负她的情义后发出的深深的怨恨之辞，写得哀婉欲绝，不忍卒读。开篇一个“空”字含义颇丰，说明了女子已经被抛弃许久，状写女子梦醒之后的寂寞并非一日。这和梦中的欢乐形成了鲜明的对比。想到以前的玉郎如今离她而去，她不由得怨恨俱增，涕泪横流，以至于“泪界莲腮两线红”。

赏 析

这首词抒写了一个被遗弃的妙龄女子的哀愁和怨恨。

她从被遗弃的那一天起，就处在深沉的哀怨之中——“清瑟怨遥夜，绕弦风雨哀”（韦庄《章台夜思》）。她怨恨深重，感到自己遇人不淑，常常“沉恨细思，不如桃杏，犹解嫁东风”（宋·张先《一丛花》）。这不，又到了“谁家玉笛吹春怨”（宋·姜夔《除夜自石湖归苕溪》）的春夜。她从春闺的梦中醒来，见那云屏四周依然空空荡荡，同那梦前一模一样，“空”寂无人。然而，当她回想梦中情形之时，又悲从中来：那与心上人相伴相守、相亲相爱的情景，分明又重现在她的梦中……

她知道：梦虽重现，可情难再续。狠心的他，负心的他，再难回还！她的心里，充满了失落和绝望。她承受着无数次从旧梦重温中醒来的痛苦和折磨……今夜亦是如此！

她隔着帘栊又听到了杜鹃凄怆的啼鸣之声，似乎在诉说自己的怨恨：那个她曾经的心上人，她满怀希望托付终身的人，竟然一去无踪无影，他哪里还有心肠啊？！她的怨恨就是这么日积月累，不知过了多少个春天！她在苦恨交加、愁怨深重之中，熬过了无数不眠之夜！挨过了一天又一天，怨恨重重就好比雪上加霜……

她曾经的“玉郎”，就是这样的薄情！她真的已到了“不知魂已断，空有梦相随，除却天边月，没人知”（韦庄《女冠子》）的肠断魂消无人知的地步！她每每想到往事，她每每从旧梦中醒来，都是泪水涟涟，那双流的泪水，在她那莲花般的脸颊上，印下两条红红的线……她万般凄苦，泪流满面，真的是“气呵，做了春风淅淅（原句是‘江风’）；愁呵，做了春声沥沥（原句是‘江声’）；泪呵，弹做了春雨霏霏（原句是‘江雨’）”（元·郑德辉《醉思乡王粲登楼杂剧》）！

这首词炼意炼字极见功夫。词人以卓越的艺术才能，以三十四字的精短篇幅，以哀怨、凄切的回忆，抒写了一位被遗弃的年轻女子内心无限的怨恨和痛苦，反映了封建时代具有普遍意义的社会现实。尤是词中的“界”字，鲜明、生动地刻画出被弃女子泪水画出两道红线的悲苦面容。从而使“泪界莲腮两线红”一句，为人称道，屡被仿用，如“泪落胭脂，界破蜂黄浅”（宋·宋祁《蝶恋花》）。

喜 迁 莺①

街鼓动，禁城开②，天上探人回③。凤衔金榜出云来④，平地一声雷。　莺已迁⑤，龙已化⑥，一夜满城车马。家家楼上簇神仙⑦，争看鹤冲天⑧。

注　释

① 喜迁莺：词牌名，五代时期用作进士及第的贺词。双调，十句四十七字。

② 禁城：禁止进入的城，这里指代宫城。

③ 天上：这里指代京城。探人：探榜之人，这里指中举者。

④ 凤衔：即凤凰衔书，指代公布进士名册。金榜：用金制作的匾额。

⑤ 莺已迁：这里指中榜者由平民一跃为朝廷官员。

⑥ 龙已化：指已经化鱼成龙。

⑦ 簇：聚集。神仙：这里指衣着精美的佳人。

⑧ 鹤冲天：黄鹤一飞冲天，比喻进士及第后从此一步登天。

题　解

此词是韦庄作于唐昭宗乾宁元年（894），时年五十九岁的词人进士及第。喜讯传来，词人心花怒放，志得意满，自我陶醉，有了比那“春水碧于天，画船听雨眠”（韦庄《菩萨蛮》）更为惬意之心情，于是写下此词。全词以兴奋、得意之情贯串始终。运用了极为超前的蒙太奇手法（镜头组接），在频转的画面之中，把一个扬扬得意、神气十足、踌躇满志的新科进士之形象刻画出来。同时，也在一定程度上展示了当时当世的风土人情。

赏析

词之上片，描写放榜日热闹之盛况。

开篇三句“街鼓动，禁城开，天上探人回”，开门见山，直叙其事：街头鼓声雷动，皇城城门缓缓打开，赴朝廷应试科举的士子回来了。乍一落笔，词人便用三个特写镜头渲染出热闹场景：“街头鼓手擂鼓”“皇城城门缓开”和“应试举子回归”。以景衬人，如一出喜剧开场。

“凤衔金榜出云来，平地一声雷”末二句，描写放榜情形和中榜男子的极度狂喜：只见那凤鸟衔着金榜从云彩中出来，顿时金鼓之声动地喧天，让人间平地响起了炸雷。词人运用夸张、比喻的手法，又展现了“凤衔金榜出云”和“平地一声炸雷”两个特写镜头，把男子金榜题名时喜不自胜的情景真实而又形象地描写出来。

词之下片，描摹新科进士簪花游街拜府之场景。

过片三句“莺已迁，龙已化，一夜满城车马”，极写金榜题名之人的欢快情景：莺已飞迁，龙已化成，一夜之间满城车响马喧。词人又用“一夜满城车马”的特写镜头，描写出盛大的欢庆场面，把男子“喜极不得语，泪尽方一哂”（宋·陈师道《示三子》）的情形蕴含其中。“四喜”之一，何人能不如此激动啊！

词末二句“家家楼上簇神仙，争看鹤冲天”，描写人人争睹金榜题名者的景象：家家户户神仙般的女子都聚在楼阁之上，争着看那登科中榜、一飞冲天的状元郎。词人用极尽夸张之手法，通过侧面烘托，更加渲染出众人争睹的盛大场景。不仅活灵活现地展示出一个神气十足、踌躇满志的新科进士之形象，亦不难窥见当时当世的世态人情。

此词写法高妙。词人用蒙太奇手法来表现其心情。一是“街头鼓手擂鼓”“皇城城门缓开”和“应试举子回归”之“举子回归图”，此为铺垫、开端；二是“凤衔金榜出云”和“平地一声炸雷”之“金榜题名图”，此为发展；三是“莺”“迁”“龙”“化”的“一夜满城车马”之“欢庆中举图”，此为高潮；四是“家家楼”“簇”“仙”、“争看鹤冲天”之“人人争看图”，此为尾声。此作与其说是一首词，倒不如说是一出要素齐全、有头有尾、妙趣横生的喜剧。词人手法高超绝伦，由此可见一斑。

思 帝 乡[①]

春日游，杏花吹满头。陌上谁家年少[②]，足风流[③]。妾拟将身嫁与[④]，一生休[⑤]。纵被无情弃[⑥]，不能羞。

注 释

① 思帝乡：唐教坊曲名，后用作词牌。单调，三十三至三十六字，平韵。

② 陌（mò）：田间东西方向的道路，泛指田间的道路。年少：少年，青年人。

③ 足：足够，非常。风流：指少年风度潇洒。

④ 拟：准备。

⑤ 休：罢了，这里指别无所求。

⑥ 纵：纵然，纵使。弃：抛弃。

题 解

这首语言清朗自然、极具民歌风味的小词是韦庄所作。此词成功地塑造了一位心地纯真、大胆热情、热烈追求爱情的少女形象。她在春游时看到一位英俊潇洒的年轻人，不由得心生爱慕，发出如果能够嫁他，即使被无情抛弃也心甘情愿的誓言。这在青年男女被剥夺恋爱自由权利的封建社会，有着特别的意义。此词亦可窥见词人开明、开放之心态。

赏 析

词首二句“春日游，杏花吹满头”，以颇有色彩的笔触，描绘出一个少女春游的场景：在这“春波无限绿，白鸟自由飞”（宋·苏为《湖州作》）的时节，“我”便无比欣喜地踏青郊游；春风吹来，那红艳艳的杏花，落满“我”的头上。词人以“春日游”三字起笔，看似平淡直接，实则极有韵致：一是交代了时节（“春日”）和事件（“游”）；二是蕴“春日”“春女思”（汉·刘安《淮南子·缪称训》）之意，春天正是情感之春心觉醒之时，一切生命皆处于觉醒、萌动之时，少女尤为敏感、突出，故而便以“游”来放飞“春心”。这就为以下的叙写做了很好的铺垫。

果然不出所料，美少女的眼前，确实出现了一位“白马王子”——“陌上谁家年少，足风流”。她春心难抑，情不自禁地在心里问道：“田间路上那风度翩翩的少年是谁家的公子，风流倜傥太令人倾慕了！”词人九字之中，含意不少。一是点明地点为“陌上”；二是见之惊呼“谁家年少”，可见她对少年一见倾心，有着满满的忠诚和期望；三是“足风流”乃是毫不遮掩、毫不忸怩的发自内心之心声。这样，词人就给读者塑造了一位大胆真诚、纯洁美丽的少女形象。

“妾拟将身嫁与，一生休”这两句，既是美少女的心理描写，又可视为她对美少年的表白：“我”打算以身相许嫁给他，一生一世就心满意得，别无所求了。词人着一“拟”字，表明美少女心有择偶标准，主意拿定，心志坚定。“将身嫁与”是她的目的，口气坚决。“一生休”是她的态度——绝不后悔。这样，就把美少女忠贞的性格刻画了出来。

词末二句“纵被无情弃，不能羞”，是美少女的爱情誓言：纵使他薄情无义而抛弃了“我”，“我”也决不后悔，也不感到羞耻。这二句，可说是斩钉截铁、义无反顾。与那“山无陵，江水为竭，冬雷震震，夏雨雪，天地合，乃敢与君绝”（汉·无名氏《上邪》）毫无二致。至此，词人完成了对美少女从外在形象到内在精神世界的完美塑造。

此词是一首难能可贵、不可多得的上乘佳作。词人巧用白描手法，给我们塑造出一个敢于冲破封建礼教、勇于追求爱情的美少女形象。此形象对于我们追求事业、实现理想也不无启迪意义。

女冠子

四月十七，正是去年今日，别君时。忍泪佯低面①，含羞半敛眉②。　　不知魂已断，空有梦相随。除却天边月③，没人知。

注释

① 佯：假装，装作。低面：低下头。
② 敛眉：皱着眉头。
③ 除却：除了。

题解

这首语言浅白而词意深厚之词，当作于词人韦庄浪游长江南北之时。词人乃中唐诗人韦应物的四世孙，唐宰相韦见素之后。年少才思过人，极为聪颖。于长安应举之时，适逢黄巢攻破京城，词人陷入兵火之中，几近死去。随后便只身逃离长安，浪游于长江南北。词人目睹亲人别离、情人伤别的惨痛情景，于是融入自己“更把玉鞭云外指，断肠春色在江南”（韦庄《古离别》）之切身体验，便写成此类别离词。此词以女子的口吻追忆与心上人相别之情景及别后之思念。

赏析

词之上片，重在写相别。

开头三句“四月十七，正是去年今日，别君时”，直似口语，蕴情极为深挚：今天是四月十七，去年这一天，正是“我”与你离别的时候。词人用这种直白的日期开篇，确是首创。凄楚离别的情景，时时刻刻闪现在女主人公的眼前，令她寝食难安，生发出“岂知今夜月，还是去年愁”（韦庄《避地越中作》）的无尽凄苦。故而，看似客观直白的三句，却赋予了极为强烈而深厚的情感，爆发出创新的艺术光彩。正如前人所说“冲口而出，不假妆砌”（徐士俊语），“一往情深，不着力而自胜”（清·陈廷焯《词则·闲情集》）。

后二句“忍泪佯低面，含羞半敛眉”，词人用极为工稳、精美的对仗，抒写女主人公的神情动态：“我”强忍泪水，假装把泪脸低下；“我”深含娇羞，只好微微皱着眉头。词人抓住女主人公“忍泪”“含羞”之神情，以“佯低面”和“半敛眉”两个极富情感的细节，用白描手法出之，十分动人：忍泪藏悲谓之“佯”，欲说未说才有“半”。可见，女主人公为痴情纯真之少女也！

词之下片，重在言相思。

过片二句“不知魂已断，空有梦相随”，极写女主人公日思夜想之情形：你不知道，分别之后“我”魂销肠断；打那以后，“我”只能在梦里和你相见。前句暗扣上片“别君时”，以照应而承上，且巧妙化用南朝梁文学家江淹的名句“黯然销魂者，唯别而已矣”（《别赋》）之文意。“不知”二字，以故作糊涂之态，表达极其深沉、难以言说的悲伤。着一“断”字，将女主人公“魂”断、肠断之无限悲苦蕴含其中。“空有”二字，正是“空万般思忆”（宋·柳永《引驾行》）而在憔悴中苦度日月的真实写照，且又巧妙启下，了无痕迹。

词末二句“除却天边月，没人知”，是女主人公在相思的折磨和煎熬之中，发出的无可奈何之心声：“我”的相思深情，除了那天边的月亮，又有谁知道呢！这是纯情、痴情、真情的女主人公发自肺腑的声音。这里，词人以“月”来寄托女主人公相思之悲戚，可说是含泪泣血，悲哀至极。同时，在“月”知与“没人知”之心理描写中，更见出女主人公情意之深挚。这样，一个纯真挚情、忠于爱情的楚楚动人的女子形象，便跃然纸上，令人动容。

这首词最突出的特点：言浅意深，妙语天成。词人所用词语，皆是常见常用的，大多是口边熟语，但由于词人准确把握了女主人公情真、情深之特点，故而做到了平字见新，常字出奇，真可谓“文章本天成，妙手偶得之”（宋·陆游《文章》）。

女 冠 子

昨夜夜半，枕上分明梦见①。语多时，依旧桃花面②，频低柳叶眉③。　　半羞还半喜④，欲去又依依⑤。觉来知是梦，不胜悲⑥。

注 释

① 梦见：在梦中梦到。

② 桃花面：典出崔护“人面桃花相映红”，这里指代所思念的美女。

③ 频：频繁。柳叶眉：弯曲如柳叶之细眉，这里借代脸面。

④ 羞：害羞。

⑤ 依依：依恋不舍的样子。

⑥ 不胜悲：不堪忍受的悲痛。

题 解

这首词是上一首《女冠子》（四月十七）的姊妹篇。此词以男子的口吻出之，同样是语浅意挚。尤其在结构安排上，打破了上、下片之界限，一气呵成，没有过片的痕迹，正如唐圭璋《唐宋词简释》中所言：“通篇记梦境，一气赶下。梦中言语、情态皆真切生动。着末一句翻腾，将梦境点明，凝重而沉痛。”

赏 析

这首词的前七句描写梦境。

开篇二句“昨夜夜半，枕上分明梦见”，词人开门见山，直接以口语入词，描写入梦情形：昨天深夜，你那么清晰地出现在“我”的梦里。词人直截了当，直入正题，且不事雕饰，全是口语实话。“昨夜夜半”，点示入梦时间。次句点明事情：梦见了自己朝思暮想、日夜思念的心上人。“分明”二字，却别有意味：既有“分明峰头树，倒插秋江底”（唐·岑参《峨眉东脚临听猿怀二室旧庐》）之清楚、清澈，又有“分明碧沙底，写出青天心”（唐·孟郊《汝州南潭陪陆中丞公讌》）之清真、清纯，就如“一片冰心在玉壶”（唐·王昌龄《芙蓉楼送辛渐》）一样的晶莹、纯洁，同女主人公一样的痴情、真情。故而，日有所思，夜有所梦。

接下来五句“语多时，依旧桃花面，频低柳叶眉。半羞还半喜，欲去又依依”，描写男主人公梦中情形。“我”和你都说了好多话，知心的话儿总也说不完。你依然像从前一样面若桃花，依然像从前一样频频低垂眼睑，频频地皱一皱那弯弯的柳叶眉。你还像以前一样的神情，看上去好像有些羞涩，又有些欢喜。该走的时候，还像以前一样的想走又不想走，总是显出依依不舍的样子。这里，词人抓住几个细节来写，极有层次：“语多时”贯串“梦”之始终，这是一；“依旧桃花面”既是白描，又化用了“人面桃花相映红”（唐·崔护《题都城南庄》）之诗意，这是二；“低”“眉”“羞”“喜”这是整个说话过程中的神情动态，这是三；“欲去”“依依”是离去时的情态，这是四。这样，词人就把一个形象、心灵兼美的女子的形象形神兼备地刻画出来，十分传神。

词末二句“觉来知是梦，不胜悲”，照应开头，又回到现实：“我”醒来以后，才知道这只是个梦，心中不由得涌起难以忍受的悲哀。“不胜悲”三字，“将梦境点明，凝重而沉痛”（唐圭璋《唐宋词简释》）。如此，梦醒的深沉之“悲”恰与梦中之浓情蜜意、甜美愉悦形成鲜明对照，让人悲从中来，回味无穷。

这首词有两个显著特点：一是敢于创新。词人打破常规俗套和惯用的格局，不受上、下片之限制，一气直下，让形式为内容服务。二是情感健康。全词所写情感，可用“纯真”二字概括，这是难能可贵的。

司　空　图

司空图（837—907），字表圣，河中虞乡（今山西运城永济）人。晚唐诗人、诗论家。唐懿宗咸通十年（869）进士，曾被召为殿中侍御史。诗论《二十四诗品》最为有名。

酒　泉　子

买得杏花，十载归来方始坼[①]。假山西畔药阑东[②]，满枝红。　　旋开旋落旋成空[③]，白发多情人更惜。黄昏把酒祝东风，且从容。

注　释

① 坼（chè）：绽开，这里指花蕾绽放。

② 药阑（lán）：篱笆，花栏。

③ 旋：不久，一会儿。

题 解

此词大约作于唐僖宗广明二年（881）春天。之前，黄巢起义，攻占长安，僖宗奔蜀。词人作为中书舍人，扈驾不及，只得避居于故乡河中（今山西永济）。那时词人入世之心未泯，却突遭如此之大变故，故而感慨良多。此词正是在这种情况下写的。词人通过种花、赏花和惜花的描写，表现了对国家衰亡的忧思和惋惜之情，也把自己的人生际遇暗寓之中。

赏 析

词之上片，着重描写花开花盛之景象。

开头二句“买得杏花，十载归来方始坼”，词人叙写栽种杏花树的经过：我买来的杏花树，栽种之后，离家十年归来，刚刚看到她开放。乍一下笔，词人便把自己的人生遭际融进亲自栽种的杏花树中：词人咸通十年（869）中进士，后因兵变而宦游返乡，其间有十一年之久，词人便以概数“十年”出之。“方始坼”三字，词人兼用夸张和拟人的手法，言“杏花”之有情。知词人归来，方才盛开。词人故意不顾客观现实（杏花之前是否开过，词人一概不管），写出有悖现实而只重眼前直觉之快感，亦不能不说是词人的一大创举。

上片后二句“假山西畔药阑东，满枝红”，写杏花树的所在位置及杏花盛开景象：在那假山的西面、药圃的东头，那满枝的杏花开得红艳艳。这里，词人既交代了杏花在园中的位置，又描写出杏花盛开红艳的赏心悦目之美景，将“莫道春已过，看著又新春”（司空图《退居漫题七首》之三）的喜悦之情融入其中。这正是词人退隐中条山王官谷别墅，作“休休亭”，过着优游生活的真实写照。

词之下片，着重借花败花落以抒情。

过片二句“旋开旋落旋成空，白发多情人更惜”，词人就眼前之景，抒发心中之感慨：花儿开得快亦落得快，一忽儿花枝之上全都成空；白发之人年老却多情，人就是这样怜惜感伤。这里，连用三个“旋”字，把今日的花盛、明日的花落及后日的枝空这三个阶段含于其中，既有光阴荏苒、韶华易失、好景不长之叹，又有垂暮之人亦有可为的人生态度之达观。正如词人所写的那样：“惜春春已晚，珍重草青青。”（司空图《退居漫题七首》之一）

词末二句“黄昏把酒祝东风，且从容”，借景抒情：黄昏之时，我举酒祈祷东风，愿你对残败的花儿，稍加宽厚，吹拂从容。这里，词人把自己尚未泯灭的入世之心融入景中，将自己的政治前途与唐王朝的命运紧紧联系在一起：若唐王朝“旋成空”的话，自己亦将无所指望。“且从容”三字，在看似达观之中，有着隐隐的忧虑和担心。

此词最突出的特点：含蓄隽永。上片虽是描写花开不易及盛开之景，却把深沉的身世慨叹和人生遭际暗寓其中。“方始坼”“满枝红”看似写花开之不易，实则暗喻自己有才不得其用之悲苦。下片直抒胸臆，表达深沉之感慨：词人叠用“旋”字，以花开、花落和花空之速，来抒发十载功名瞬间化为云烟之怅惋、失意和凄楚；再用“白发多情人更惜”，直表心迹——入世之心未泯；词末“且从容”看似达观，实则表达入仕之忧思、焦虑和不安。此词真正体现了词人“不著一字，尽得风流”（《诗品·含蓄》）的艺术主张。

韩　偓

韩偓（约842—923），字致光，号玉山樵人，京兆万年（今陕西西安）人。晚唐著名诗人。唐昭宗龙纪元年（889）进士。信奉道教，擅长宫词，多写艳情，风格纤巧，辞藻华丽，人称“香奁体”。

生　查　子[①]

侍女动妆奁[②]，故故惊人睡[③]。那知本未眠[④]，背面偷垂泪。　懒卸凤凰钗[⑤]，羞入鸳鸯被[⑥]。时复见残灯，和烟坠金穗[⑦]。

注　释

① 生查子：唐教坊曲名，后用作词牌名。双调，四十字，上下片格式相同。

② 侍女：婢女。妆奁（lián）：女子化妆用的镜匣。

③ 故故：故意，偏偏。

④ 那知：哪里知道。

⑤ 懒：有气无力。卸：除下，卸下。凤凰钗：唐代妇女一种形如凤凰的头饰。

⑥ 鸳鸯被：绣有鸳鸯花纹的被子。

⑦ 金穗（suì）：这里指灯花，相传灯花报喜信。

题　解

韩偓喜作艳体，词亦多绮艳。这首词以描绘贵妇人娇羞矜贵、孤独难眠之情态，来表现她的相思之情。此词语言明白如口语，又不乏形象、生动。读之人、景、情如在目前，颇有意趣。

赏　析

词之上片，着重于通过细节刻画心理。

开头二句"侍女动妆奁，故故惊人睡"，直截了当，描写一个不很正常的细节：侍女用很大的声响翻动着梳妆匣，她就是想故意惊醒睡着的女主人。词人刚一落墨，便截取了主婢相处中的一个场景，让人疑窦顿生：如此胆大之婢女，竟敢做出"故故"（故意）惊动女主人的事情？这在尊卑界限分明的封建社会，是不大常见的。当然，主婢关系如姊妹、亲人一般的，则在例外。也许，侍女想要离开，但未获得女主人同意，她又不敢擅自做主，故而以有意发出的响声将主人惊醒。由此可见，此举动乃聪明做法。亦不难料想，这对主婢的关系非常不错。

上片末二句"那知本未眠，背面偷垂泪"，写得颇有戏剧性。侍女假戏真做，主人以假对真。哪知女主人本来就彻夜未眠，正背着身偷偷地落泪呢！真个是"假作真时真亦假，无为有处有还无"（清·曹雪芹《红楼梦》）！个中情形，只有女主人知道。她为什么"垂泪"呢？而且词人还着一"偷"字，可见她内心的伤悲难以示人，连服侍于她的婢女也不让知道。这就为下片情节的发展埋下了伏笔。

词之下片，着重通过细节描写揭示人物的内心世界。

过片二句"懒卸凤凰钗，羞入鸳鸯被"紧承上片，描写女主人"垂泪"中的举动：她懒得卸下头发上的凤凰钗，就躺在了床上；她瞅瞅绣着鸳鸯的被子，有些害羞地钻进那鸳鸯锦被。这里的细节描写，颇有意味。作为贵妇人（因为她有侍女）的女主人，生活是优渥的。但是，由上片的“偷垂泪”可知，她的内心并不快乐。她未卸妆就上床入被，说明心情很不好。入被之时，词人着一“羞”字，且特别强调此被乃“鸳鸯被”，由此可以想见，当她瞅见被子上那一对鸳鸯时，“羞”意便自然地产生了。自己虽有丈夫，却未能同被！这就暗示出了女主人“羞”的真正原因：丈夫不与她同居，令她孤独难眠，于是她暗自“垂泪”。

词末二句“时复见残灯，和烟坠金穗”，描写贵妇人眼望“残灯”的情形：她时不时地看一眼那将尽的灯烛，只见它随着烟落下灯花穗。“时复”二字，把贵妇人难以入睡的情形写了出来，大概前一夜她是“残灯”孤眠，这一夜又旧景重现，令她悲难自禁，故而如此。作为一名弱女子，她能有什么办法呢？她也只能“恨旧愁新，有泪无言对残灯（原句是‘晚春’）”（宋·淮上女《减字木兰花》）了！这就表现出她对丈夫的相思之苦，暗示了词旨。

这首词构思巧妙，一波三折。上片开篇以“动妆奁”之声响，来“故故惊”主人，“那知本未眠，背面偷垂泪”，此一大转折也；下片以“懒卸”和“羞入”写女主人的动作，将失宠之意巧含其中，此又一转折；末二句再写其失眠之苦，此三大转折也。这样，就把贵妇人对丈夫的相思之苦情，通过转折中特有的细节，形象地表现出来。她的微妙之心理，亦不难窥见。

金　陵[①]

风雨萧萧[②]，石头城下木兰桡[③]。烟月迢迢[④]，金陵渡口去来潮。　自古风流皆暗销[⑤]，才魄妖魂谁与招[⑥]？彩笺丽句今已矣[⑦]，罗袜金莲何寂寥[⑧]。

注　释

① 金陵：词牌名，由韩偓自制。双调，八句五十字。

② 萧萧：同“潇潇”，形容风雨急骤洒落的样子。

③ 石头城：金陵的别称。木兰桡（ráo）：用木兰制成的船桨，这里代指小船。

④ 迢迢：路途遥远的样子。

⑤ 风流：指杰出的才子佳人。

⑥ 谁与招：谁来招。

⑦ 彩笺丽句：彩色的信纸、华丽的诗句，这里指诗文佳作。

⑧ 罗袜金莲：代指有风韵的女子。

题　解

这首词当作于词人韩偓被朱温贬黜之时。词人少时极聪颖，十岁便能诗。唐昭宗时中进士，官至兵部侍郎、翰林承旨。为人正直，因不附和梁王朱温，故而遭贬。此词借景抒情，通过景物描写，刻画出金陵今日的衰败，怀古中又暗含伤时之意，表达了词人“才不得用”的苦衷和忧愤之情。

赏 析

词之上片，重在写景。

起笔二句“风雨萧萧，石头城下木兰桡”，词人直写眼前之景：在潇潇的风雨之中，石头城下的江水中我驾着一只小船。上句以“风雨”寓意遭际，将自己不畏人生风雨、政治风雨之意蕴含其中，表现出一种“风雨虽急疾，根株不倾移”（三国魏·刘桢《诗》）的不屈于贬谪的心志。“石头城下”，点明地点。“木兰桡”代指小船，亦把词人独自一人、孤寂无依的处境暗含其中，流露出一种“兰桡殊未返，消息海云端”（唐·贾岛《忆江上吴处士》）的孤舟天涯、亲人天各一方的凄苦。由此可见，这两句看似写景，实则景中融情。

上片末二句“烟月迢迢，金陵渡口去来潮”，描写词人泛舟归来时的景象：小船靠近金陵渡口之时，只见远处烟云缭绕，那高天之上挂着一轮明月；船下那汹涌的江潮正在慢慢退去。词人描写了“风雨”去后、小船归来时的江上和江中之景。在“烟月迢迢”之中，似乎暗含了一种似迷蒙又有些许希望的心理。“去来潮”之景，恰是这希望的极好注脚。“风雨”已过，“来潮”将退，也许会有一个不错的明天。这样，就把词人“安危不二其志，险易不革其心”（汉·仲长统《昌言下》）的坚强心志表现出来。

词之下片，重在抒情。

过片二句“自古风流皆暗销，才魄妖魂谁与招”，这是诗人身处贬谪之地的愤激之辞：自古以来，英俊、才华皆被浪打风吹去，即使你有再大的才能、再艳丽的容颜，又有谁能招买你呢！这是词人痛定思痛的反思，把那种“犹有壮心在，付与百川流”（宋·张元幹《水调歌头》）的壮志难酬之忧愤深含其中，有一种“南湖一夜雨，未（原句是‘应’）湿采莲船”（唐·韩偓《效崔国辅体四首》之四）的才不得用、有志难申的悲苦蕴含其中。

词末二句“彩笺丽句今已矣，罗袜金莲何寂寥”，词人借私情以表心迹：我在彩笺之上所写的华词丽句，如今虽已完成，却难以寄达，那么我的心上人是多么的寂寥啊！词人卒章显志，表达了“有眉不申，有志不舒”（唐·柳宗元《祭万年裴令文》）的难以言表的苦衷。

这首词意旨深厚，手法精妙。词人运用景中融情、以景写情、借私情以表心志及直抒胸臆等多种手法，表达了希望才有所用、为国效力的心志。

李　晔

李晔（867—904），初名李杰、李敏，京兆府长安（今陕西西安）人。唐懿宗李漼第七子，唐朝第二十位皇帝唐昭宗，在位十六年（889—904）。在政治上无所作为，后为宣武节度使朱温所杀。

菩　萨　蛮

登楼遥望秦宫殿①，茫茫只见双飞燕②。渭水一条流③，千山与万丘。　远烟笼碧树④，陌上行人去⑤。安得有英雄⑥，迎归大内中⑦。

注　释

① 楼：这里指齐云楼。秦宫殿：秦代的宫殿，这里借指唐宫殿。
② 茫茫：宫阙雄伟壮观的样子。
③ 渭水：即渭河，发源于甘肃，至潼关入黄河。
④ 远烟：远处的云雾烟气。
⑤ 陌：田间东西方向的小路，这里泛指道路。行人：出行之人。
⑥ 安得：哪里能够得到。英雄：指唐昭宗可以依靠的军事将领。
⑦ 大内：指皇帝居住的宫殿。

题　解

乾宁三年（896）六月，凤翔节度使李茂贞带兵入朝，进逼京师。昭宗李晔命延王出使太原，以求援救却无结果，反受李茂贞威胁侮辱。后宦官劫持昭宗李晔到凤翔。宣州节度使朱全贞带兵攻入凤翔，昭宗被其控制，如同傀儡一般，终日抑郁不快，常登城西之齐云楼以遣怀。这首抒写心志和愿望之词，正是唐昭宗李晔登楼遣怀之作。

赏　析

词之上片，重在见景生情。

开篇二句“登楼遥望秦宫殿，茫茫只见双飞燕”，直叙其事，直写登楼所见之景：我登上华州的齐云楼，向那皇都长安的方向远远望去，只见一片苍苍茫茫，有那燕子双双飞落其间。词人直截了当，上句言登楼所望，既有方向，又有目的。尤是“遥望秦宫殿”五字，指向明确，把词人贵为天子却被人控制的忧愤蕴含其中。下句景中融情，含蓄委婉。词人亟盼回京师，但京师又被叛臣所控制，欲归不能，万般无奈，心内一片茫然。故而，只能用“只见双飞燕”以表心事。长安宫殿可望而不可即，眼前所见，只是“旧时堂前燕”（唐·刘禹锡《乌衣巷》），聊以怀旧而已。由此可见，词人失望之至，忧戚之至！

上片后二句“渭水一条流，千山与万丘”，词人见景而融情：渭水滔滔，由西向东奔流而去，就如一条白线；又见那千山万丘连绵起伏，高低参差，零乱错杂。词人由眼前的“渭水”，生发出“秋风生渭水，落叶满长安”（唐·贾岛《忆江上吴处士》）的怀旧之伤感。帝业已失，唯余凄伤。想见旧都，“千山”“万丘”相隔相阻，就如政治上的重重障碍，以致自己被侮辱、被劫持、被控制，忧伤苦闷，填满胸中。这里，词人运用夸张和借喻的手法，融情于景，将内心深重的郁闷、忧伤寓于其中。

词之下片，重在以景抒怀。

过片二句“远烟笼碧树，陌上行人去”，承上启下，再写眼前之景：只见那莽莽的原野之上，云雾烟气蒸腾，竟把碧绿的树木笼罩；那田间的小路上，行人点点，匆匆而去。这里，词人虽仍写登楼所见，但意旨却有所不同。词人力图从“远烟”笼罩之中寻求一条生路，从那无可奈何的忧愤之中挣脱出来。然而，路在何方？只见“陌上行人去”，眼前哪里有出路！等待自己的，只有伤悲又伤悲。

词末二句“安得有英雄，迎归大内中”，是词人发自内心深处的强烈呼唤：我如何才能盼得一个济世戡乱的英雄豪杰，为我铲平逆贼，平息叛乱，迎接我们重新回到长安皇宫，继续我朝之大业。词人以极有气势的笔触，抒写英豪、凄怨之气，凄楚而悲怆。然而，哪里有什么英雄？只不过是一种“有永弃之悲，无自新之望”（唐·韩愈《贺册尊号表》）的哀号而已。

这首词最显著的特点是景中融情。除了结拍的哀号两句，其余语句皆做到了情融景中。那“秦宫”“飞燕”，那“渭水”“山”“丘”，那“烟”“树”“行人”，无一不把词人痛失江山、悔恨已晚的深重之凄怆融会其中。

巫山一段云[1]

缥缈云间质[2]，盈盈波上身[3]。袖罗斜举动埃尘，明艳不胜春[4]。　翠鬟晚妆烟重，寂寂阳台一梦[5]。冰眸莲脸见长新[6]，巫峡更何人[7]。

注　释

① 巫山一段云：唐教坊曲名，后用作词牌名。双调，八句四十六字。
② 缥缈：形容若有若无的样子。
③ 盈盈：形容动作轻盈的样子。
④ 不胜：不尽，无限。
⑤ 阳台一梦：指宋玉《高唐赋》中神女和楚王在巫山幽会之事。
⑥ 冰眸：形容双眼明亮、晶莹。
⑦ 巫峡：长江三峡之一。

题　解

此词是为帝十六年的李晔所作。它巧妙地融合了春秋时期宋玉的《高唐赋》中关于巫山神女的传说，状写宫中佳人之美。此词语言清丽，色彩鲜明。尤是想象丰富，手法多样，极尽笔墨，描绘出“一肌一容，尽态极妍”（唐·杜牧《阿房宫赋》）之宫女的佳美形象，可说叹为观止。

赏 析

词之上片，融典故以描绘宫女之光彩照人。

开头二句“缥缈云间质，盈盈波上身”，直入正题，描写宫女之美：她们天生丽质，如出于云间的仙子；她们轻盈的身材，似仙女飘行于云波之上。上句化用“灵皇皇兮既降，猋远举兮云中”（战国楚·屈原《九歌·云中君》）之诗意，以巫山神女的“旦为朝云”（战国楚·宋玉《高唐赋》）来描写宫女的品貌之美好。下句化用“旦为朝云，暮为行雨，朝朝暮暮，阳台之下”（战国楚·宋玉《高唐赋》）之句意，来描写宫女的步履之美妙。词人着一“质”字，着重于内在的超尘脱俗、气骨如仙的品质之美。着一“身”字，描写外在的轻歌曼舞、让人如坐春风的体貌之美。可以说，此二句从“形”和“神”两个方面，写出了宫女的佳美超绝。

上片末二句“袖罗斜举动埃尘，明艳不胜春”，描写宫女的姿态动作及形象之美：她们罗袖斜斜地一举，似乎拂动了那飘浮于空中的埃土和雾尘；她们明眸皓齿、身姿艳丽，似春光无限好。上句以飘飘起舞的妩媚动人，写出了宫女的举止之美，亦给人一种欲去未去、若即若离的飘飘欲仙之美感。“动埃尘”三字，看似写动作，实则写心灵——冰清玉洁、尘秽不染。下句运用比拟的手法，写出了宫女“眉如翠羽，肌如白雪，腰如束素，齿如含贝”（战国楚·宋玉《登徒子好色赋》）之光彩照人。这样，更加描写出宫女的心灵和形象之兼美。

词之下片，以比衬再写宫女之娇美。

过片二句“翠鬟晚妆烟重，寂寂阳台一梦”，词人着力描写宫女之晚妆：浓浓的烟气，堆上了她们入夜梳妆的翠色双鬟；寂寞之中，再也难以寻觅那阳台一梦的暮雨朝云。上句暗合巫山神女临去之时暮色已至，下句隐示神女自楚王梦遇后即杳然无影之传说，以此说明“神女”虽则形佳貌美，但只是神话传说，难以与之朝夕相处、日夜为伴。词人正话反说，意在说明身边的佳美宫女，才值得倍加珍爱。这亦是此词的旨意所在。

词末二句“冰眸莲脸见长新，巫峡更何人”，词人直抒胸臆，点明词旨：如今，晶亮的明眸，莲花一般美丽的脸庞，常见常新，那神秘的巫峡，还能有比这“冰眸”“莲脸”更美的佳人吗！卒章显志。现实中是难以遇到神女的，唯有珍惜身边佳美之人，才是最实际的。此种想法，词人定然不是只说宫女，显然是指他所拥有的一切，尤其是至高无上的皇位。当然，在词人所处的时代，能生发珍惜拥有、珍惜当下的词意，确实是难能可贵的。

此词意旨新，手法妙。词人作为一代帝王，能够摈除不切实际的神话传说，以身边宫女来表达自己珍惜目下的词旨，可说极有新意。不管词人的政绩如何，能有如此的识见，还是值得肯定的。词人在表达词旨之时，以虚到实，虚实结合，化虚为实，言彼意此，以虚写实的手法运用极为恰切、自如、巧妙。正如古人所言：“苟意不先立，止以文彩辞句，绕前捧后，是言愈多而理愈乱。”（唐·杜牧《答庄充书》）

张　曙

张曙，生卒年不详，南阳（今属河南）人，侍郎张祎之子。唐昭宗龙纪元年（889）进士。擅长诗词，诗作流传很少，词仅传《浣溪沙》一首。

浣溪沙

枕障熏炉隔绣帷①，二年终日苦相思，杏花明月始应知②。　天上人间何处去③，旧欢新梦觉来时④，黄昏微雨画帘垂⑤。

注　释

① 枕障：枕头和屏风。熏（xūn）炉：装有香料的炉子。

② 杏花、明月：杏花每年开放一次，月亮每月一度圆缺，这里指一年四季。

③ 天上人间：天上和人间。

④ 觉：睡醒，醒来。

⑤ 画帘：上有刺绣的帘子。垂：垂下。

题 解

这首抒写相思之苦的词，看似平淡，却蕴情极深。词人善于以物蕴情，面对眼前依然如故的去人所用之物，词人抚物思人，悲从中来，痛彻心扉。不由得遐想当年，那一桩桩往事、一幕幕情景，如在眼前，难以忘怀，只能在梦乡重温旧情。这“情知梦无益，非梦见何期”（唐·元稹《江陵三梦》）之悲思，令人肝肠寸断，情何以堪！

赏 析

词之上片，重在睹物以思人。

词之首句“枕障熏炉隔绣帷”，词人直写眼前之物：枕边的熏炉依然在目，那熏炉中的香烟依然袅袅，缭绕、飘浮在那绣有花鸟的帷幕之前。看到“枕”边之“熏炉”，就想到了心上人，就想到了曾经的过往，就想到了情深意挚的日日夜夜。在这枕屏、熏炉与“绣帷”一幕相隔的房间里，有多少令人难以忘怀的温馨啊！那情那景，如在目前，而人去楼空、阴阳两隔，何其哀也！词人看似写那眼前之物，实则把“黯黯魂消，寸肠凭谁表”（宋·柳永《轮台子》）的无限凄苦蕴于物中。

“二年终日苦相思”一句，词人直诉相思之苦情：你离开我两年了，我整天苦苦地怀念着你，寝食难安，心摧泪如雨啊！虽则短短七字，却把词人“二年（原句为‘十年’）生死两茫茫，不思量，自难忘”“无处话凄凉”（宋·苏轼《江城子》）的无限悲悼之情深含其中。

上片末句“杏花明月始应知”，是词人万般无奈之下，寄托哀悼之语：我对你的苦苦思念，年复一年，盛开的杏花和那天上的明月，从始至终都应该知道。这里，词人运用拟人的手法，把对心上人的相思之苦，诉之于见证者“杏花”和“明月”，把“冥当寝兮不能安，饥当食兮不能餐”（汉·蔡琰《悲愤诗二章》之二）的深切思念之悲楚表现出来，将无尽的落寞与惆怅含于其中。

词之下片，重在想象中怀人。

过片二句“天上人间何处去，旧欢新梦觉来时”，是词人悲恸欲绝中的一种奢望：我为了寻找你，天上人间都走遍，终于与你重新欢聚在一起，那种惊喜真是无法言说！谁知醒来之后，才知道这又是在梦里。词人运用以梦当真的描写，抒写对心上人的真挚之情和极为深切的思念之意。佳人虽去，可魂牵梦萦，常常在梦中相见。可见，词人日思夜想到何种程度！那种思念的悲泣、悲伤和悲切，可以感天动地啊！虽是梦想难以成真，但那种“九疑云杳魂断啼，相思血，都沁绿筠枝”（宋·姜夔《小重山令》）之痴情的悲痛、哀伤，令人动容。

词末一句“黄昏微雨画帘垂”，是词人梦醒时的眼前之景：正值黄昏，雨声沥沥，画帘默然无声地低垂着。这里，“一切景语皆情语”，词人给“黄昏”、“微雨”和“画帘”皆涂上了一层悲凄的色彩，让读者一道来感受那“此恨绵绵无绝期”（唐·白居易《长恨歌》）的凄楚、凄伤和凄苦。

此词最突出的特点是情真。那温馨而又难以忘怀的“枕障熏炉”“绣帷”之真纯，再有那“二年终日苦相思”之真挚，还有那“旧欢新梦觉来时”之真切，更有那“黄昏微雨画帘垂”之真心，皆把词人对心上人的真情真意蕴含之中。

王丽真

王丽真，女，生卒年不详。晚唐词人。其具体事迹不详。留有《字字双》词一首。

字字双①

床头锦衾斑复斑②，架上朱衣殷复殷③。
空庭明月闲复闲④，夜长路远山复山。

注释

① 字字双：词牌名，因每句末三字皆用叠字而得名。单调，七言四句二十八字，都用韵。

② 斑：色彩驳杂不纯。

③ 殷：黑红色。

④ 闲：悠闲。

题解

这首小令表达了对远方亲人的无限思念之情。语言清新，朗朗上口。尤是以“复”字为特征的句句叠音词组——“斑复斑”“殷复殷”“闲复闲”和“山复山”，不仅增加了音节回环往复的诵读之美，而且增强了情思的缠绵无尽、回味无穷之美，达到了“心既托声于言，言亦寄形于字”（南朝梁·刘勰《文心雕龙·练字》）的内容与形式的完美统一。

赏　析

小令的前二句“床头锦衾斑复斑，架上朱衣殷复殷”，是词中的女主人公在屋内引发思念之情的情景：床头上色彩鲜艳华美的被子，看过来是斑驳陆离，看过去还是斑驳陆离；架子上的红衣，往上看是暗红的颜色，往下看还是暗红的颜色。女主人公无比思念远方的亲人，离情别绪令她日思夜想、寝食不安，真的是“思君如日月，回环昼夜生”（南朝齐·许瑶之《拟自君之出矣》）！故而，她思人而睹物，睹物而思人，亦是回环往复，无有停息。于是，便有了如此左看右看、上看下看的无休止的回环往复。我们不可小觑这看似简单的“斑复斑”和“殷复殷”所隐含的细节和深情。这正是“文不能尽言，言不能尽意”（晋·陈寿《三国志·蜀书·秦宓传》）的蕴意之美，它把女主人公思念亲人、怨恨别离太久而夜不能寐的情景生动传神地表达出来，她对“锦衾”落泪、她见“朱衣”泣血之极为深沉的、刻骨铭心的凄楚情景不难想见。

小令的后二句“空庭明月闲复闲，夜长路远山复山”，是女主人公见景而生情：那空旷的庭院里，明月自在而又悠闲地挂在那天幕之上，日复一日，年复一年，年年月月都是那样悠闲自在，自在悠闲；在那夜色空蒙之中，伸向远方的道路漫长而遥远，山山相连，无有穷尽。这就如女主人公和所思念的人一样，相距天涯，虽共明月，但相见却遥遥无期。词人以眼前之“空庭”“夜长”与高远的“明月”“长路”相比衬，以“闲复闲”和“山复山”，表达了“天涯兮绵绵，问道路兮将几千，朝朝暮暮倚窗前，长怀此恨终永年”（唐·李峤《楚望赋》）的无穷尽的离愁别恨。这也正是“妙不可尽之于言，事不可穷之于笔”（晋·郭璞《江赋》）的含蓄之美。女主人公苦苦思念亲人的落泪、泣血之凄苦况亦不难想见。

这首小令最突出的特点是蕴藉之美。全词无有一字的“别”“恨”“离”“愁”，但却处处是“别”是“离”，是“愁”是“恨”，是“泪”是“血”！真正做到了“不著一字，尽得风流”（唐·司空图《诗品·含蓄》）的含蓄之美。

无 名 氏

无名氏，因各种原因不愿意说出自己姓名的诗人或词人。

醉 公 子①

门外猧儿吠②，知是萧郎至③。刬袜下香阶④，冤家今夜醉⑤。　　扶得入罗帏⑥，不肯脱罗衣。醉则从他醉，还胜独睡时。

注 释

① 醉公子：唐教坊曲名，后用作词牌名。双调，八句四十字。
② 猧（wō）儿：供人玩的小狗。
③ 萧郎：萧姓男子，这里指女子所爱的男子。
④ 刬（chǎn）袜：只穿了袜子着地。
⑤ 冤家：对所爱男子的昵称。
⑥ 罗帏：罗帐。

题 解

这首词是未能留下姓名的晚唐无名氏的作品。此词生活味十足，情趣横生，但又不乏令人思考之深意。在风趣的叙写中，虽无词语上的精雕细刻，亦无章法上的刻意营构，但读之却极有情趣。

赏 析

词之上片，着重写萧郎夜醉归来。

开头二句“门外猧儿吠，知是萧郎至”，直截了当，描写了这样一个情景：闺房中的女主人公突然听见门外小狗的叫声，知道是自己爱恋的萧郎到了。这二句，在平淡、自然的叙述中，却颇有意趣。“猧儿”是女主人公的宠犬，与她朝夕相处，熟谙她的一切，当然包括她的萧郎。故而，她从犬吠之声中，就可知道是何人到来，心中自然暗喜。

接下来“刬袜下香阶，冤家今夜醉”二句，紧承上句，描写女主人公得知情人萧郎到来之时的喜不自胜：她激动得连鞋子也顾不上穿，穿着袜子就跑下那华丽的台阶，开门一看，冤家今晚又喝醉了！这里，作者纯用白描的手法，通过女主人公连鞋子也来不及穿的细节，把她的心理极为传神地描写出来。她的喜出望外不难想象。“冤家今夜醉”，又使她的心猛地一沉，喜中又有了些许的忧愁。这微妙的心理变化，为情节的发展做了很好的铺垫。

词之下片，着重写扶郎进帐入睡。

过片二句“扶得入罗帏，不肯脱罗衣”，描写女主人公搀扶情郎入帐之情形：她慌忙上前搀扶，亲热地把他扶入罗帐之中；她殷勤地帮他脱身上的衣服，醉中的萧郎怎么也不肯脱衣而睡。这里的细节描写，极有层次，亦极有喜剧色彩。本来，女主人公见“醉”已有了些许的忧愁，“扶得”之时她又有了欣喜，可醉中的萧郎全不解情人的心意，硬生生地“不肯脱罗衣”！女主人公又从欣喜落入孤寂悲苦之中。

词末二句“醉则从他醉，还胜独睡时”，紧承上文的细节描写，描写此时女主人公的心理：萧郎醉了不肯脱衣而睡，那我就且随他醉睡罢了，这总比自己一个人独睡要好上许多。女主人公如此一想，尽管泪眼犹在，可心里好受了许多，有了一丝的欣慰。

这首词最突出的特点是情感跌宕起伏，一波多折。听“吠”知“郎至”，此为一折，喜也；“刬袜下香阶”“冤家醉”，此为二折，喜中生忧；“扶得入罗帏”，此为三折，化忧为喜；“不肯脱罗衣”，此为四折，喜中忧来；“从他醉”“胜独睡”，此为五折，忧中生喜。这样写来，情溢纸上，妙趣横生。

菩萨蛮

牡丹含露真珠颗，美人折向庭前过。含笑问檀郎[①]，花强妾貌强？　檀郎故相恼[②]，须道花枝好。一向发娇嗔[③]，碎挼花打人[④]。

注 释

① 檀郎：晋代潘岳，小名檀奴，这里指代美男子。
② 故相恼：故意惹对方生气。
③ 娇嗔：年轻女子娇媚地嗔怪。
④ 挼（ruá）：揉搓。

题 解

这首描写男女之间爱情的词，为晚唐无名氏的作品。此词截取了一对恩爱小夫妻生活中一个极有情趣的画面，生动而又传神地表现了他们之间亲密融洽的美好情感。语言自然形象，细致入微，富有浓郁的生活气息和民歌风味。

赏 析

词之上片，重在描写一个颇有情趣的娇妻折花相问之场景。

“牡丹含露真珠颗，美人折向庭前过”二句，写美人花前走过之情景。牡丹花上，那朝露像一颗颗的真珠，在红艳艳的花上闪烁。俊俏的美人儿折花从帘前走过。词人描绘出一幅美好的画景，且人、花同写，把“唯有牡丹真国色，花开含露动美人（原句是‘花开时节动京城’）”（唐·刘禹锡《赏牡丹》）之花、人相衬之情景描写出来。虽是白描手法，却十分形象逼真，那含露之牡丹、折花庭前过之美人如在眼前。牡丹尚有“含露真珠颗”的极富特色的描绘，而“美人”更给我们留下了想象的空间，那轻捷的步履、婀娜的身姿和牡丹花开一般的笑脸，是不难想见的。

上片末二句“含笑问檀郎，花强妾貌强”，是美人进入房中之后，喜形于色，手拿折花时的描写。她满面含笑，指着手中的牡丹花问她的檀郎：“是我的容貌胜过花，还是花儿胜过我？”这里，词人只用“含笑问”三字，言少而意丰。可以想见她天真娇痴、明知故问的模样，亦有那抑制不住的吃吃笑声，以及绯红的笑脸，更有那“意中人，人中意，则那些无情花鸟也情痴”（清·洪昇《长生殿·窥浴》）之意趣，喜剧色彩极为浓厚。

词之下片，重在勾画小夫妻戏闹之情景。

过片二句“檀郎故相恼，须道花枝好”，描写美人丈夫的情态和心理。他故意装出恼怒、生气的模样，心里想：我一定要说“花枝好”。于是他说：“花儿比你强多了！”短短十字，却包含多层意思：一是他明知娇妻问话之意，心里高兴，脸上却显出气恼之模样，以假装对故意；二是写出了他的心理活动；三是虽未写他说话时的情态，但“故相恼”三字，正是他看似憨态可掬、实则心口不一的故弄狡狯之憨痴。

词末二句“一向发娇嗔，碎挼花打人”，描写美人的语言和动作。一向擅长娇媚而微怒情态的娇妻说：“花儿如果强过我，它能和你逗趣么？”说完揉搓花儿，用花枝轻打她的檀郎。这十个字，意趣多多：“娇嗔”“一向”，可见檀郎心知肚明，生气是假，这是其一；既然要“发”，必然先文后武，“逗趣”之语必然会说，这是其二；先“挼花”以示“花不如我”，这是其三；“挼花”打人则是先礼后兵，这是其四。有此四点，娇妻“娇”得实实可爱！

这首小词，真如一出趣味迭出的喜剧，词人用白描手法，意趣盎然地刻画了一对恩爱小夫妻折花打闹的画面，传神地表现了他们亲昵、纯真而又不乏情趣的美好情感，让读者得到一次如飨佳美小吃一样的精神享受。

虞美人[1]

帐中草草军情变[2]，月下旌旗乱[3]。褫衣推枕怆离情[4]，远风吹下楚歌声[5]，正三更。　抚骓欲下重相顾[6]，艳态花无主。手中莲锷凛秋霜[7]，九泉归去是仙乡[8]，恨茫茫[9]。

注　释

① 虞美人：唐教坊曲名，后用作词牌名。双调，十句五十八字。
② 草草：匆匆忙乱的样子。
③ 旌旗：旗帜的统称。
④ 褫（chǐ）衣：争抢衣服。怆：悲怆，悲伤。
⑤ 楚歌声：楚地的歌声，这里指楚地的歌。
⑥ 骓（zhuī）：黑白相间的马。
⑦ 莲锷：指代刀剑。
⑧ 九泉：黄泉之下，指人去世。仙乡：白云乡，传说是神仙所居之地。
⑨ 茫茫：绵长的样子。

题　解

这首慨“霸王别姬”之虞美人饮恨自刎之词，为晚唐无名氏的作品。此词以典言事，寓词旨于楚汉战争中最悲壮的一幕之喟叹中。虽有议论，但都以鲜明、生动的画面——“垓下之围”“四面楚歌”“慷慨悲歌”及“霸王别姬”一一出之，尤是抓住虞姬内心深重的悲痛和哀恨，形象地揭示了词旨。同时，给读者留下了思考的空间。

赏 析

词之上片，以再现“四面楚歌”为重。

开篇二句“帐中草草军情变，月下旌旗乱”，词人直入正题，描写垓下之围的形势：突然变化的军情使得楚营乱成了一片，那惨淡的月光下的军旗，也已凌乱不堪、错落不全。词人从楚营入笔，以“草草”二字，突出了“军情变”之败乱情况，再以“旌旗乱”加以渲染，形象地表现了陷入“垓下之围”的楚军军心已乱的严重情况。古人有言：“军无适主，一举可灭。”（晋·陈寿《三国志·魏书·武帝纪》）而作为楚军统帅的项羽，早已失去了人心。因为在整个楚汉争霸中，尤其在荥阳、成皋之战中，刘邦以十万兵力歼灭了项羽四十万大军，致使楚军军心大乱，被围于垓下。词人虽未点示项王败亡之原因，但以形象的“军情变”和“旌旗乱”昭示了军心涣散、已无斗志的必败现实。当然，这与项羽的有勇无谋、刚愎自用、不知依靠智囊大有关系。词人将这些意思皆以形象出之，可见此词蕴意之丰厚。

后三句“褫衣推枕怆离情，远风吹下楚歌声，正三更”，词人着重描写楚军夜半闻楚歌之情形：楚军将士抢衣推枕，悲悲切切地忙于鸟兽散，此时，远风正把那哀哀的楚歌吹向楚军的军营，在这黑沉沉的三更天。这三句，形象地描述了“四面楚歌”的场景。词人艺术地展示了《史记·项羽本纪》中的记载：“项王军壁垓下，兵少食尽，汉军及诸侯兵围之数重，夜闻汉军四面皆楚歌，项王乃大惊曰：‘汉皆已得楚乎？是何楚人之多也！’”这是谋士张良给刘邦所献的计策，致使楚军人心涣散，失去斗志，仓皇万状，处于孤立无援的危急境地。这三句，词人极力地渲染了这一情形，给人以危在旦夕的强烈感受。这样，就为下片的叙写做了很好的铺垫。

词之下片，以描写最悲壮之“霸王别姬”为重。

过片二句“抚骓欲下重相顾，艳态花无主”，描写项羽抚骓别姬、慷慨悲歌之情状：项王手抚坐骑，想下来再多看虞姬几眼，他知道，这无主的娇艳之花，也将要凋残了。词人紧承上片，描写在“四面楚歌”之中的楚军，“军有归心，必无斗志”（明·冯梦龙《东周列国志》第四十四回）。项王亦知大势已去，于是不胜慨叹，慷慨悲歌：“力拔山兮气盖世，时不利兮骓不逝，骓不逝兮可奈何，虞兮虞兮奈若何？”（汉·司马迁《史记·项羽本纪》）词人把这一场景，用“欲下”“重相顾”五字出之，可见极为精当。“艳态”二字，一笔两写，也将笔触落在虞美人的身上。

词末三句“手中莲锷凛秋霜，九泉归去是仙乡，恨茫茫”，描写虞姬自刎的悲怆：手中的宝剑寒光闪闪，锋刃明快，她引颈自刎命归仙乡九泉，留下的怨恨无穷无尽。词人用极富色彩、饱含情感的词语，写出了虞姬夺剑自刎的悲壮场景，给人一种凛然之感。“恨茫茫”三字，余味深长，令人深思。

此词最显著的特点是语言准确、传神，富有感情色彩。“草草”“变”“乱”等词，将大势已去之无奈之意蕴于其中；“褫衣推枕”四字，形象地描写出兵败如山倒之颓势；“重相顾”更有无尽的惋惜和怅恨；词末的“恨茫茫”三字，一笔双写，既有虞姬之怅惋，又有霸王之愧恨，读后令人喟叹不已。

薛 昭 蕴

薛昭蕴，生卒年不详，字澄州，河中宝鼎（今山西荣河县）人。唐五代诗人、词人。工于诗词，现存词十九首，以《浣溪沙》最为有名，内容多写闺情宫怨和友情离思，风格清丽委婉。

浣 溪 沙

红蓼渡头秋正雨①，印沙鸥迹自成行，整鬟飘袖野风香②。　不语含嚬深浦里③，几回愁煞棹船郎④，燕归帆尽水茫茫⑤。

注 释

① 红蓼（liǎo）：一种开红花的水草。蓼：一年生草本植物，多生长水中，味苦，可作药用。

② 整鬟（huán）：梳理发髻。

③ 嚬（pín）：通"颦"，皱眉。浦：水滨，水边。

④ 愁煞（shà）：愁死了。棹（zhào）：划船。

⑤ 帆：船上的帆，这里代指船。

题 解

这首词当作于词人薛昭蕴仕蜀为侍郎之时。词人恃才傲物，“每入朝省，弄笏而行，旁若无人，好唱《浣溪沙》词”（孙光宪《北梦琐言》）。此词大概就是词人常唱之词。这首词勾画了一个极有情趣的场景：在那渡头秋雨、红蓼一片的水边沙上，鸥迹成行，显然可见。在那水边渡口的沙地之上，却玉立着一位皱眉含愁的女子。在她含忧默望之中，“燕归帆尽水茫茫”。这样，就把女子怀人不至的痴情和痛苦表现了出来。

赏 析

词之上片，着重以景衬人。

开头二句“红蓼渡头秋正雨，印沙鸥迹自成行”，描写水边渡口之景。在那秋雨中沙滩之上的渡头，只见水边长着一簇簇的红蓼，秋雨洗刷之中，它正开着淡红的花朵，显得更加鲜艳。在这雨景之中，那沙地上印满了一行行清晰可见的沙鸥的足迹。词人乍一落墨，就给读者一种凄凉、寂寥的感觉。

上片末一句“整鬟飘袖野风香”，紧承上句，描写在这凄冷之景中，却孤零零地站立着一位正在梳理发髻的佳人，她拂袖之间散发出来的芳香，比那野风送来的花香还要浓郁许多。词人运用了一个“特写镜头”，突出了女子“整鬟飘袖”之形象的凄艳之美，给人一种“凄凉旧京女，妆髻尚宣和”（宋·刘克庄《北来人》）的悲愁、凄楚的滋味，亦留下了悬念。

词之下片，着重以人衬情。

过片二句“不语含嚬深浦里，几回愁煞棹船郎”，这里，词人用“含嚬”紧承上片的“整鬟飘袖”之佳人，又用“不语”启下“深浦里”及“几回愁煞”，描写佳人与船夫相对之情状。佳人心事重重，如病西施一般心事满满地皱着眉头，默默地立于渡头，用眼光一直凝视着水面；摆渡放舟的船夫，也感到有些愁闷和惆怅，不知道她到底是乘船呢，还是等人？这里，词人又用了两个特写镜头——“佳人含嚬不语深浦”和“船郎几回愁煞”，互为衬托，既巧释了悬念，又更加突出了女子“君去兮还无期，窃心兮私自悲，渡头（原句是‘高台’）四望杳无极，天涯一去何尽时”（唐·李峤《楚望赋》）之凄伤。

末句“燕归帆尽水茫茫”，照应开头，再写眼前之景。在佳人的含愁默望中，那秋雨中翻飞的燕子也归去了，那江上的征帆也过尽了，剩下的只有那茫茫的江水依然滚滚东去。这里，词人用了几个特写镜头——先是“佳人含愁默望图”，再是佳人愁望中所见的几个分镜头：一是“燕子飞归图”，二是“征帆过尽图”，三是“江水东去图”。四幅图，把女主人公（佳美女子）渴盼心上人归来却无影之愁苦融汇其中，那愁苦真的是“恰似一江秋水（原句为‘春水’）向东流”（五代南唐·李煜《虞美人》）。

这首词最突出的特点是手法超前精妙。词人采用蒙太奇手法（镜头组接），用“红蓼渡头秋雨图”“印沙成行鸥迹图”及“佳人含愁默望图”等数个特写镜头，再加上以景衬情和以人衬情等手法的综合运用，把女主人公怀人盼归的痴情和愁苦，极为生动形象、真切传神地抒写出来。

浣溪沙

倾城倾国恨有余①，几多红泪泣姑苏②，倚风凝睇雪肌肤③。　　吴主山河空落日④，越王宫殿半平芜⑤，藕花菱蔓满重湖⑥。

注释

① 倾城倾国：典出汉李延年“北方有佳人，绝世而独立。一顾倾人城，再顾倾人国”，这里形容女子貌美，使国人为之倾倒。

② 姑苏：山名，在今江苏苏州西南，姑苏台建于其上。

③ 倚风：临风。凝睇（dì）：凝神专注微微斜视而又含情脉脉的样子。雪肌肤：肌肤白嫩、细腻而润滑。

④ 吴主：这里指吴王夫差。空落日：比喻覆灭，亡国。

⑤ 越王：指越王勾践。平芜：空旷的荒野。

⑥ 藕花：荷花。菱蔓（wàn）：菱角的藤子。重湖：湖泊纵横交错，一个接着一个。

题解

这首咏史词是薛昭蕴所作。词人借用越国美女西施的故事，浓墨重彩地描写了美女西施和灭国之君吴王夫差的悲剧，抒发了一种深沉的历史兴亡之慨叹，令人惋叹不已。比那“西施若解倾吴国，越国亡来又是谁”（唐·罗隐《西施》）之议，显得更为悲凉、凄婉和深沉。

赏 析

词之上片，重在怀古。

首句“倾城倾国恨有余”，词人直入正题，直叙其事：越国浣纱美女西施，她在吴越争霸之中，被越王勾践当作祸国之工具，献给吴王夫差，以求惑乱吴国之政；她虽然有倾国倾城之貌，但在她的心中，也有那绵绵不绝的仇恨。这一句，词人写得极有人情味。人非草木，孰能无情？不要说抛家去国、远离亲人（包括心心相印之人），就是违心欢颜事吴王，那心中的凄楚，岂是常人能够忍受的？！那种将无尽的凄苦压在心底的“怨恨”，又能诉于何人？！可以想见，那种衔怨饮恨的凄哀，真的到了“恨无千日酒，空断九回肠”（宋·刘彤《临江仙》）之地步。

上片末二句“几多红泪泣姑苏，倚风凝睇雪肌肤”，词人形象地描写出西施深沉的怨恨：在那姑苏台上的春宵宫中，西施的内心是多么的凄苦啊！她有多少次在那妆成侍宴之前，把悲凄之泪吞进肚里；她那佳美的身姿，常常倚立于风前深情远望南方那白云深处的故乡。词人用“姑苏”点示典故，用“几多红泪”形象写出西施内心无比的苦悲。又用“倚风凝睇”四字，写出她对故国、家乡无尽的思念之情。这两句实则是两个特写镜头：“红泪泣姑苏”和“倚风望故国”。

词之下片，重在伤今。

过片一句“吴主山河空落日”，是词人面对眼前之景而抒发的感慨：当年吴王所拥有的辽阔疆土，早已数易其主，如今只有那空自升起的朝日和那默默落下的夕阳。词人用拟人的手法，一句含两个特写镜头，把“人事有代谢，往来成古今”（唐·孟浩然《与诸子登岘山》）的慨叹蕴含其中。

词末二句“越王宫殿半平芜，藕花菱蔓满重湖”，词人以景融情：越王的雄伟宫殿，大都已成为断壁残垣、遍地荒草，一片萧森凄凉；只有那红荷绿菱仍然密匝匝地覆盖着湖面，年复一年地告知人们春去夏来。这里，词人同样用两个特写镜头，来表述“藕花相向野塘中，暗伤亡国”（五代后蜀·鹿虔扆《临江仙》）的无限凄楚、苍凉和惆怅之情，把伤今之情推向高潮。

此词意旨深刻，构思精妙。首句叙中有议，领起全篇，以下五句皆以形象鲜明、蕴含词旨的特写镜头来出之，表达出“江山王气空千劫，桃李春风又一年”（元·耶律楚材《鹧鸪天》）的怀古伤今之深情。

牛　峤

牛峤，生卒年不详，字松卿，陇西狄道（今甘肃临洮）人，唐宰相牛僧孺的后代。唐僖宗乾符五年（878）进士及第。以词最为著名。现存词三十三首。

玉楼春[①]

春入横塘摇浅浪[②]，花落小园空惆怅。此情谁信为狂夫[③]，恨翠愁红流枕上[④]。　小玉窗前嗔燕语[⑤]，红泪滴穿金线缕[⑥]。雁归不见报郎归，织成锦字封过与[⑦]。

注　释

① 玉楼春：词牌名，白居易首创。双调，八句五十六字。
② 横塘：地名，故址在今江苏南京秦淮河南岸。
③ 狂夫：古代女子对自己丈夫的谦称。
④ 恨翠：这里指凝恨的双眉。
⑤ 小玉：典出唐蒋防的传奇《霍小玉传》，这里指代闺中少妇。嗔：责怪。
⑥ 红泪：闺中少妇因思念而悲伤哭泣。
⑦ 锦字：典出晋代苏惠寄给丈夫的回文锦诗。

题 解

这首词以同情的笔触，为独守空房、苦等丈夫归来的女子代言，抒写她“枕前泪与阶前雨，隔个窗儿滴到明”（唐·徐月英散句《全唐诗》）之怨恨和悲苦之情。此词语言畅达如口语，却极有色彩，蕴含情感。词人笔下之景、之事皆蕴情极深，充分证明了“诗魔”白居易的创作论断：“大凡人之感于事，则必动于情；然后兴于嗟叹，发于吟咏，而形于歌诗。”

赏 析

词之上片，着重于借景写“恨”。

开篇二句“春入横塘摇浅浪，花落小园空惆怅”，描写女主人公见景而生情：春天来了，她见那水池之中，春风吹起了一波又一波的细浪，真如她心中一波又一波对丈夫的思念之情；春天又要去了，她见那小园之中的花儿，一朵一朵地在风中飘落，心里感到万分失意和感伤。乍一落笔，词人就给我们描绘了两个不同的画面：春来“横塘摇浅浪”之春水和春去“花落小园”之残花。这就把女主人公因“春女思”（汉·刘安《淮南子·缪称训》）而引发强烈的思念之情抒写出来。上句暗含“春心莫共花争发，一寸相思一寸灰”（唐·李商隐《无题四首》之二）的伤悲与怨恨，下句既有“花落子规啼，绿窗残梦迷”（唐·温庭筠《菩萨蛮》）的丈夫未归之悲凄，又有杳无音信之“惆怅”，可以说凄楚、凄怨皆含其中。

上片后二句“此情谁信为狂夫，恨翠愁红流枕上”，直接袒露女主人公的心理和苦苦思念之情状：她的这种深切的思念之情，又有谁能相信是为了她的丈夫？她怨恨深重，因思念丈夫而蹙眉流泪，常常湿了枕头。上句以反问之强烈语气，表露了思妇的坦荡胸怀和坦率性情。下句用细节描写，表现了她“思君如日月，回环昼夜生”（南朝齐·许瑶之《拟自君之出矣》）之苦情。

词之下片，着重于直抒胸臆。

过片处二句“小玉窗前嗔燕语，红泪滴穿金线缕”，直写女主人公窗前之伤感：她每每看到窗前飞过的一对对呢喃而语的燕子，便恼怒、生气；那相思的泪水，就滴落在为丈夫缝衣的缕缕金线上。词人用白描的手法，通过两个细节，兼用反衬手法，表现了女主人公思念之情的真率、真挚和真切。

词末二句“雁归不见报郎归，织成锦字封过与”，是女主人公在绝望之中还留存的一线希望：人常说鸿雁传信，可那鸿雁已经归来多少回了，仍没有丈夫归来的一点消息；她不相信丈夫的绝情，她要给他写一封情深意长的信，封好寄给他。这里，词人直接描写思妇的心理。虽然丈夫杳无音信，但“妾心江岸石，千古无变更”（宋·吴龙翰《乐府》）！她相信丈夫一定是被什么事情缠住了，难以脱身，即使是她不愿想不愿信的事，她想若“狂夫”知道了她的深切思念之情，也许会回心转意，回到她的身边。她的痴情挚意和忠诚良善，让人感动。

此词白描手法运用极为出色。那“横塘”“浅浪”，那“小园”“花落”，还有那泪流湿“枕”，“泪滴”“金线”，更有那“窗前嗔燕语”“织成锦字封过与”，皆以白描蕴情、写情，“情横于内而性伏，必外寓于物而后遣”（宋·苏舜钦《沧浪亭记》），把女主人公极为动人的真性情抒写了出来。

张　　泌

张泌，生卒年不详，字子澄，安徽淮南人。唐五代词人。其词多为艳词，是花间派的代表人物之一。用字工炼，委婉风流，描绘细腻。

浣　溪　沙

晚逐香车入凤城①，东风斜揭绣帘轻，慢回娇眼笑盈盈②。　　消息未通何计是？便须佯醉且随行③，依稀闻道太狂生④。

注　释

① 凤城：凤凰居住的城阙，这里指代京城。
② 盈盈：形容女子美好动人的样子。
③ 便须：就应该。佯醉：假装喝醉酒。
④ 依稀：隐隐约约。太狂生：太大胆无理。生：语气助词，没有实在意义。

题 解

这首词是词人张泌早年宦游长安时所作（词中的“凤城”，为长安的美称）。词人现存词九首，皆为有着浓郁脂粉气之怜香惜玉的闺闱之作，唯有此词生动活泼，别富情调。词作是古代版的一见钟情、一厢情愿的一幕“盯梢”小喜剧，着重抒写了轻狂少年相思之心理及行动。语言形象，生动传神，艳而不淫，活泼真挚，富有浓厚的生活气息。

赏 析

词之上片，着重于抒写轻狂少年的一见钟情之心旌摇摇。

首句“晚逐香车入凤城”，一落墨即展现了一个特写镜头：傍晚时分，在游春的人们归去的时候，从郊外进城的道路上，有一辆华丽的香车迤逦而行。只见一位骑马的翩翩少年尾随其后，紧追不舍。词人着一“晚”字，点明时间。“逐香车”三字，交代了事件，亦将人物（轻狂少年）含于其中（此由词末“太狂生”可知）。“入凤城”描绘出一个前驰后追、车入皇城的颇有戏剧性的场景。七字之中，可谓言少意丰，信息多多。

上片末二句“东风斜揭绣帘轻，慢回娇眼笑盈盈”，又是一个天意作美的戏剧性的特写镜头：一阵东风吹来，竟将香车的绣帘斜斜地掀起，追车的少年终于看到一个回首相视的娇美容貌，尤是那盈盈的笑脸，让他怦然心动。“东风斜揭”妙用拟人手法，将“东风也予少年便，不枉追车睹娇容”之天从人愿的喜剧场景描写出来。“斜揭”与“绣帘轻”相互映衬，更加重了天遂人愿的戏剧色彩。尤是“娇眼”二字，一下使少年的眼睛拉直了，勾住了少年之心魂。古人云：“目者，心之符也。”（汉·韩婴《韩诗外传》）再加之那“笑盈盈”的面容，更使少年难以放手、穷追不舍。这不能不说妩媚女子的“娇眼”和“笑盈盈”之下意识的“暗示”和“逗引”，使少年更增添了追逐的底气和勇气。这就有力地推动了情节的发展。

词之下片，着重于描写轻狂少年的心理和行动。

过片处二句“消息未通何计是？便须佯醉且随行”，紧承上片，描写追逐之中的轻狂少年的心理：这么一个娇美的女子，如何才能让我对她倾吐衷肠？我倒不如佯装喝醉了酒，暂且紧紧地随车而行。“消息”二字，在少年看来，女子已放出了故作矜持的“慢回”以及“娇眼”“笑盈盈”等诸多信号，自己也应立即予以回应。上句正是这样，写出了少年的苦思冥想之焦急。下句是他急中生智而想出的绝妙对策。当然，他自作聪明的把戏，是否能如愿以偿呢？这就自然过渡到词末一句。“依稀闻道太狂生”这一句，写轻狂少年在追逐之中，隐约听到车中美人的轻声嗔怪之声：“这少年太不正经太轻狂。”词写到这里，戛然而止，给人留下了丰富的想象，可谓余味无穷，有“言有尽而情不可终”（唐·韩愈《祭十二郎文》）之意趣。

此词有两大特点：一是手法精妙。全词几乎句句白描，句句一笔两写，车内之美人与车外追逐之少年，虽皆白描，却穷形极相，意味无穷。二是极似一幕“追车”小喜剧。“晚逐香车”是喜剧之开端，“揭帘”“慢回”是发展，“佯醉”“随行”是高潮，“依稀闻道”是尾声。读之，余味多多。

河渎神[①]

古树噪寒鸦[②]，满庭枫叶芦花。昼灯当午隔轻纱，画阁珠帘影斜。　　门外往来祈赛客[③]，翩翩帆落天涯[④]。回首隔江烟火，渡头三两人家。

注　释

① 河渎神：唐教坊曲名，后用作词牌名。双调，八句四十九字。
② 噪寒鸦：秋冬季节的乌鸦在鸣叫。
③ 祈赛客：祭神祈报的香客。
④ 翩翩：来来往往的样子。

题　解

这首反映唐五代时期民间祭祀河神风俗的词，是张泌所作。当是词人乘船经过河神庙之时，有幸目睹祠庙祈赛（即祭祀活动）之景况，只见那香客众多，过往匆匆。他在隔岸遥望之中，又见暮霭沉沉之中星星点点的人家烟火，于是倍感孤凄，写下此词，一抒胸怀。此词语言清丽，颇有色彩。“古树”“寒鸦”与“枫叶”“芦花”相衬，“昼灯”与“帘影”相映，“帆落”与“烟火”相对，形成一个远近相间的色彩斑斓的画面，让读者领略了唐五代时期民间祭祀活动之一斑。

赏　析

词之上片，重在描写神祠之近景。

开头二句“古树噪寒鸦，满庭枫叶芦花”，是词人于神祠庭院所见之景：高大的古树上，那深秋的乌鸦噪声一片；只见那庭院内落满了红红的枫叶和白白的芦花。乍一落笔，词人以强烈的声（鸦噪）、色（叶、花）相比衬，点染出一种庄重、严肃的色彩。“古树”二字，还点示出神祠历史之悠久，故而“寒鸦”当为祠中常客。景中蕴意，颇为巧妙。“枫叶”“芦花”，既有红、白色彩的鲜明比衬，又点示出神祠临江而建的地理位置。

上片后二句“昼灯当午隔轻纱，画阁珠帘影斜”，是祠庙之内所见景致：时当中午，祠庙内的点点灯火透出那轻纱，斜斜的灯影投射到画阁竹帘。这里，词人描写出午时的景况。祠内轻纱拂笼，光线幽暗，大白天焚香点灯。可见神祠之幽深、昏暗。如若到了朝暮昏暗幽冥之时，那种无灯不可的情景不难想见。同时，这一“昼灯当午”之景，亦说明祭祀之人之多，祠内香火之旺盛。

词之下片，重在描写神祠之远景。

过片二句“门外往来祈赛客，翩翩帆落天涯”，描写香客之众多：神祠门外是来来往往、熙熙攘攘的祭神香客，人声嘈杂，步履沓沓；还有那远去的片片白帆，来自天涯，又渐渐消失在茫茫的天涯。这两句，词人点明祠内香客的来归之景象，亦说明他们大多为渡江远道而来，故而才有在江风中“翩翩”而舞之“帆”。这亦与上片祠中香火旺盛相照应。一日帆去，终归天涯。这与神祠而言，熙熙攘攘，皆为门外之客，来者必去，留者难留，这也显出尘世扰扰之况味。

词末二句“回首隔江烟火，渡头三两人家”，是词人眺望对岸所见：回头远望，只见隔江的炊烟袅袅；那寂寥的渡口，也只有三两户人家。这两句，看似与神祠无关，实则含有深意：这三两户人家的迎来送往，热情、周到的招待，才使神祠香火不断，人来人往，络绎不绝。此外，“三两人家”之中，似有词人的一丝伤感：村落寂寥，人家稀少，可见人丁并不旺盛。渡口人家，如此行善，尚且如此，千里远客，虔诚祝祷，又有多少灵验？！这大概是词人孤凄之中的又一种哀伤。

这首词最突出的特点是手法精妙。词人移步换景，以景写人，以人写祠，人、景、祠三者互为映衬。看似信手写来，实则颇具匠心。字字句句，无有闲笔，相互衬托。字字蕴意，句句含情，乡思别愁，人生况味，皆含其中。

蝴　蝶　儿[1]

蝴蝶儿，晚春时。阿娇初著淡黄衣[2]，倚窗学画伊[3]。　还似花间见，双双对对飞。无端和泪拭胭脂[4]，惹教双翅垂[5]。

注　释

① 蝴蝶儿：词牌名，双调，八句四十字。

② 阿娇：典出汉武帝的陈皇后阿娇，这里泛指少女。

③ 伊：它，这里指代蝴蝶。

④ 胭脂：一种颜料，既可以作画，妇女也可以用它来化妆。

⑤ 惹教：导致，使得。

题　解

这首词为张泌所作，是一首生活情趣非常浓郁的词。词人用白描的手法，描写了一位天真烂漫的少女描摹蝴蝶时心理微妙的变化过程。此词语言浅显通俗，似口语一般，却极有意趣。少女倚窗学画时，但见蝴蝶成双成对眼前飞，忽而之间，触动春心，“无端”拭泪，结果竟让画上的蝴蝶的双翅低低垂下。这样，一位天真、纯洁的少女形象，便出现在我们眼前。

赏 析

词之上片，写少女见蝶而画。

开篇二句“蝴蝶儿，晚春时”，直入正题，点明季节：蝴蝶翩翻飞舞于花丛之中，是多么的美丽啊！此时，正是晚春时节。词人打破常规，运用倒装的手法，先景后季节，以突出眼前蝴蝶之吸引人。这也是词人从少女的角度来写的。“暮春三月，江南草长，杂花生树，群莺乱飞。”（南朝梁·丘迟《与陈伯之书》）定然有蝴蝶飞舞于花丛之中。而天真烂漫、纯真活泼的少女，定然会被翩翩飞于花中的蝴蝶所吸引。故而，词人便从少女惊异于飞舞的蝴蝶下笔。“蝴蝶儿”三字，大概正是少女情不自禁地喊出来的。说不定，还有“好漂亮，好美丽”之类的话跟在后面。虽则三字，却给读者留下了想象的空间。紧跟着词人缀上“晚春时”三字，点明季节，亦蕴含了花草丰茂、莺歌燕舞之风光。寥寥六字，看似简单，却意趣丰厚，亦可见出词人童心未泯。

后二句“阿娇初著淡黄衣，倚窗学画伊”，意接上句，地点有所转换：名叫阿娇的少女身着淡黄色的衣服，娴静而美丽，她倚窗学画画，想把刚刚看到的那一对飞舞的、美丽的蝴蝶画下来。少女见蝶而爱之，爱之便画之，可见其心灵之美，纯洁、纯真又纯美。刚刚穿上的“淡黄衣”，更增添了她迎新换装之欣喜。“倚窗”二字，更描写出她卓尔不凡之风姿。

词之下片，写少女画蝶泪落。

过片处二句“还似花间见，双双对对飞”，描写少女画蝶之情形：她要把在花丛间所见的蝴蝶双双对对上下飞舞的形象，画在纸上，留在心里。这里，词人以少女的心理描写，来表现她手中所画。一笔两写，十分简洁、传神，全是毫无雕饰的白描手法。这样，词人虽未写其神情动态，但读者不难想见，她之用心、用情之神态，似在眼前。她笔下的蝴蝶，在她眼里，定然与刚刚所见的无有二致，犹如真的蝴蝶飞到了纸上。这又给读者留下了广阔的想象空间。

词末二句“无端和泪拭胭脂，惹教双翅垂”，描写少女画蝶之中，却突发意外情况：可是不知为什么，她画着画着，竟突然哭了起来，她用手抹去沾了胭脂的泪水，结果使纸上的蝴蝶的双翅垂了下来，再也不是她刚刚看到的翩翩双飞的幸福模样了。词人在词末用了“抑”之手法，让读者一下子“悟”出了之前皆为“扬”也！亦让读者思其缘故：少女转喜为悲，到底因为什么？由于蝴蝶成双成对，是否勾起了少女之春心，为蝴蝶和谐、幸福而高兴，为自己孤孤单单、无有依靠而伤心？还是因为爱之切，极想把幸福双飞成对的蝴蝶画出来，让它们栩栩如生地留在纸上，结果心想“画”不成，画得失了原样，故而恼恨不已，伤心泪落？又或是触动了她的伤心往事，悲从中来，不由得泪落纸上？抑或是少女情窦初开，却不如意，故而伤悲？亦是难说。凡此种种，读者自可见仁见智。可见此词短而有味、非同一般！

此词最显著的特点是手法高妙。全词以“欲抑先扬”之手法，构思全篇。上片之见蝶心动是“扬”，心动而画是再“扬”，画中所思还是“扬”，直到词末二句才是“抑”。这样，便使词旨有了意味。而这一切的动态神情，又是用“清水出芙蓉，天然去雕饰”（唐·李白《经乱离后天恩流夜郎忆旧游书怀赠江夏韦太守良宰》）之白描手法完成的。

毛文锡

毛文锡，生卒年不详，字平珪，高阳（今属河北）人。唐末五代词人。《甘州遍》开宋边塞词之先河，场面阔大，凄厉苍茫，为后代词人所推崇。

甘州遍[①]

秋风紧，平碛雁行低[②]。阵云齐[③]。萧萧飒飒[④]，边声四起[⑤]，愁闻戍角与征鼙[⑥]。　青冢北[⑦]，黑山西[⑧]。沙飞聚散无定，往往路人迷。铁衣冷[⑨]，战马血沾蹄，破蕃奚[⑩]。凤凰诏下[⑪]，步步蹑丹梯[⑫]。

注　释

① 甘州遍：唐教坊大曲摘遍名，后用作词牌名。双调，十五句六十三字。
② 平碛（qì）：平旷的沙漠。
③ 阵云：浓重厚积形似战阵的云。此处也指战阵绵延如云。
④ 萧萧、飒飒：指风吹物动发出的声响。
⑤ 边声：边塞地区发出特有的声响。
⑥ 戍角：戍守边关者专用的号角。征鼙（pí）：出征的鼓声。
⑦ 青冢（zhǒng）：王昭君的墓地。
⑧ 黑山：山名，在今辽宁西南。
⑨ 铁衣：用铁制作的铠甲。
⑩ 蕃奚：唐代东北部的部落名。
⑪ 凤凰诏：这里指皇帝的诏令。
⑫ 蹑：登，踏。丹梯：宫殿前的台阶。

题 解

词人毛文锡所处的时代，正是边塞多事之秋，热血青年胸怀大志，以“男儿要当死于边野，以马革裹尸还葬耳”（南朝宋·范晔《后汉书·马援传》）之壮怀，勇赴国难。此词所写，正是这种情形。词人通过对边塞荒寒之景和酷烈的战争场面的描写，把边塞将士不畏艰苦、浴血奋战、英勇杀敌的精神面貌，生动、形象地表现出来，给人一种莫大的鼓舞力量。

赏 析

词的上片，着重描写边塞的景象和场面，做到了融情入景。

“秋风紧，平碛雁行低。阵云齐。”起笔三句开门见山，直写边塞之景：边地之上，秋风一阵更比一阵紧，空旷的沙漠上正有大雁向南飞去，在那天地相接之处让人感到大雁飞得很低；那战阵绵延如云，排列得十分整齐。“秋风紧”三字，既是写景，又点明了时间，还衬托了边塞之紧张气氛。“平碛”二字，既描写出景色特征，又巧妙点明了地点和特殊的地理环境。“阵云齐”三字，既描写出战阵之壮观，又巧示了事件，让人感受到一种紧张的战争气氛。尤是“紧”“低”“齐”三字，用字准确精妙，将“风”“雁”和“阵”之特征极形象、极准确地描写出来，有一种如临其境之感，亦让人感到一场不可避免的战争已迫在眉睫。

接下来三句“萧萧飒飒，边声四起，愁闻戍角与征鼙”，描写边地之声：大漠之中，那悲凉的萧萧飒飒的边声四处响起，更有那战争爆发时的声音，征人在愁苦中听到了戍边的号角声和征战的鼓声。词人用“萧萧飒飒”四字，来描摹“四起”的“边声”：有自然界中的风声、雨声、虫鸣鸟叫等声音，亦有边地人事活动之中的马嘶之声、人喊人叫之声等声音。词人以声写景叙事，突出了军营之中的“戍角”和“征鼙”之声，给人一种惊心动魄的战争氛围，有一种“杀气三时作阵云，寒声一夜传刁斗”（唐·高适《燕歌行》）的生死鏖战之气，在凄寒之中，有一种悲壮的气氛在！在层层的“边声”“戍角”和“征鼙”的渲染之中，词人又着一“愁”字，化无形为有形，把征士厌恶战争但又不怕战争，以及希望尽快结束战争的复杂心理描写了出来。这里的“愁”，当然不是发愁，而是“恨愁”，恨愁战争，恨愁血肉横飞，把一种顽强、勇敢、不屈不挠的顽强斗志蕴含其中。

词的下片，着重描写征戍生活的艰辛。

“青冢北，黑山西。沙飞聚散无定，往往路人迷。”过片四句描写戍地环境之恶劣：那青冢的北面，黑山的西面，常常是飞沙时起时落，让行人也能迷路。词人以“青冢”和“黑山”代指边地环境之多变和险恶。“沙飞”一句，更是具体的描写。飞沙走石，“路人”焉能“不迷”？词人用“路人迷”之衬托手法，更加突出了环境之恶劣。熟悉路径之人尚且迷路，其他人就更不用说了。

“铁衣冷，战马血沾蹄，破蕃奚。凤凰诏下，步步蹑丹梯。”词末五句描写战士们的英勇及胜利之情景：战士们穿着冰冷的铠甲，战马的蹄子上沾染着敌人的鲜血，终于攻破了蕃奚；皇帝下诏，勇武的将士们踏着丹梯准备受赏。这里，词人具体描写了壮烈的征战场景，一“冷”一“沾”一“破”，突出了将士们不畏艰辛、英勇杀敌和取得胜利的过程。“蹑丹梯”三字，写出他们理应受到表彰、封赏和尊崇。用语精妙，突出了词旨，有鼓舞人心之作用。

这首词语言朴实，且准确、生动和形象。风格豪壮，把边地之苦寒，尤是将士们浴血奋战、英勇杀敌之壮观场面展现出来，是“操吴戈兮被犀甲，车错毂兮短兵接，旌蔽日兮敌若云，矢交坠兮士争先”（战国楚·屈原《九歌·国殇》）之激烈战争场面的真实展现。

柳含烟[1]

隋堤柳[2]，汴河旁[3]，夹岸绿阴千里。龙舟凤舸木兰香[4]，锦帆张[5]。　因梦江南春景好，一路流苏羽葆[6]。笙歌未尽起横流[7]，锁春愁。

注 释

① 柳含烟：唐教坊曲名，后用作词牌名。双调，九句四十五字。
② 隋堤：隋炀帝时开凿的通济渠。
③ 汴（biàn）河：唐宋人对通济渠的统称。
④ 龙舟、凤舸：对帝王和皇后所乘大船的称呼。木兰：用一种香木制作的船或船桨。
⑤ 锦帆：用锦缎制成的船帆。
⑥ 流苏羽葆：皇帝御仗中的华盖，上面饰有丝线和鸟羽等。
⑦ 笙歌：吹笙唱歌，代指歌舞作乐。

题 解

此词是词人毛文锡“联章体”词《柳含烟》四首之一（另三首分别咏“河桥柳”“章台柳”和“御沟柳”），所写对象是“隋堤柳”。词人通过想象隋炀帝杨广锦帆龙舟下汴河之盛况，对隋炀帝奢侈豪华、荒淫无度而导致亡国的行径予以无情的揭露和批判。同时，也把“后人哀之而不鉴之，亦使后人而复哀后人也”（唐·杜牧《阿房宫赋》）的感今伤古之情寓于词中。此词语言华美，境界阔大。巧用想象、夸张、虚构等艺术手法，以古鉴今，以小见大，词旨颇为深刻。

赏 析

词之上片，重在描绘隋炀帝下汴河之盛状。

开头三句“隋堤柳，汴河旁，夹岸绿阴千里”，描写汴河及其两岸风光：那青青的隋堤柳，在那潺潺而流的汴河水边，夹着两岸的绿阴笼罩了千里。乍一落笔，就点出“隋堤柳”之特殊名称和地点，其揭露、批判之意显然：隋炀帝当年要御舟东游，他下令将发源昆仑的黄河凿渠分流，修出一条通往扬州的运河，即汴河（通济渠）。据历史记载，为开凿通济渠，隋朝前后动用百余万民工，更不要说耗费的财物，以及层层官吏搜刮、盘剥的民脂民膏。正如古诗所写：“汴水通淮利最多，生人为害亦相和。东南四十三州地，取尽膏脂是此河。”（唐·李敬方《汴河直进船》）

上片后二句“龙舟凤舸木兰香，锦帆张”，描写隋炀帝南下扬州的壮景：那龙舟凤舸散发着木兰的芳香，那鲜艳的彩帆高高张扬、乘风破浪。正如古诗所写：“百二禁兵辞象阙，三千宫女下龙舟。”（唐·许浑《汴河亭》）如此壮观之场景和宏大之气势，可见出隋炀帝之骄奢淫逸、贪色误国。

词之下片，重在描写隋炀帝荒淫亡国。

过片二句“因梦江南春景好，一路流苏羽葆”，更加揭露隋炀帝的荒淫无度：只因他梦见江南春色无限妖娆，才决定一路上华盖如云、光彩显耀，泛舟江都去看琼花。上句写隋炀帝的荒诞无耻，下句写隋炀帝的豪奢淫逸。据《资治通鉴·隋纪四》记载：隋炀帝所乘龙舟高达四层，高四十五尺，长二百丈。上层有正殿、内殿、东西朝堂；中层有一百二十个房间，皆饰以金玉；下层为内侍处所。皇后所乘翔螭舟，比龙舟稍小，装饰无异。船只共达数万艘。仅沿途所建离宫达四十余所。其豪华奢侈，前所未有。

“笙歌未尽起横流，锁春愁”最后二句，词人形象地总结隋朝灭亡的历史教训：可谁能想到，欢乐的笙歌之声还未停歇，天下就已大乱不守，落得家破国亡的惨痛下场，如今只有那柳烟低垂，锁住了一段千古春愁。词人以景喻史，以景融情，揭示词旨，引出沉痛的教训：淫逸必致国亡。

此词最突出的特点有二：一是构思匠心独具。词人把如此重大的历史教训，仅用四十来字总结出来，且皆以形象的场景来描绘，做到了寓事理于形象之中。二是语言精妙。比如“绿阴”“龙舟凤舸”“锦帆”“流苏羽葆”“笙歌”“横流”等，极尽描写、夸饰之能事，奢靡豪华至极，历史教训就愈加深刻。

巫山一段云

雨霁巫山上①，云轻映碧天。远风吹散又相连，十二晚峰前②。　暗湿啼猿树③，高笼过客船④。朝朝暮暮楚江边⑤，几度降神仙。

注　释

① 雨霁：雨后天晴。巫山：在四川、湖北交界，长江穿流其中，三峡奇观位于此。

② 十二晚峰：即巫山十二峰。

③ 啼猿树：啼叫的猿猴栖息的树林。

④ 过客船：指经过巫峡的来往船只。

⑤ 朝朝暮暮：典出战国楚宋玉《高唐赋》中的楚王梦见神女之事。

题　解

这首词当为词人毛文锡复仕后蜀之时所作。词人少时天资聪颖，好学上进，年十四便进士及第。先仕前蜀，官至司徒。后复仕后蜀，以小词而深得蜀后主孟昶赏识。其词大都为供奉内廷之作。此词即为此类。此词语言浅易之中不乏色彩，亮丽之中却有蕴藉。尤是绘形摹状，手法独到，入妙传神，堪称“画云第一手”（徐士俊语，见卓人月《古今词统》）。词中描绘了巫山的秀丽风景，同时亦将佳人的愁怨隐含其中。

赏 析

词之上片，重在以“雨霁”写云。

落墨二句“雨霁巫山上，云轻映碧天”，描写雨过云轻之景：巫山上空雨停了，云轻轻地映着那碧蓝色的天空。词人乍一下笔，就着上“雨霁”二字，不仅展现出一个“雨去花光湿，风归叶影疏”（唐・王勃《郊兴》）的清爽、敞亮之景，而且为“巫山一段云”腾出展现之空间，以突出词旨。“云轻”二字，描写“巫山云雨”中之“雨”去之后，“云”之特点：映在“碧天”之中的白云显得格外轻盈。“碧天”二字，映衬出一个“云生日入，怪状迭发，水石卉木，杳非人寰”（唐・刘禹锡《含辉洞述》）之巫山落日余晖映照下的傍晚景象。可以想见，巫山十二峰该是多么的层次分明，一目了然，定然可以赏看“巫山峨峨高插天，危峰十二凌紫烟”（唐・戴叔伦《巫山高》）之美景。这两句，一下子使读者的视野开阔起来。

上片后二句“远风吹散又相连，十二晚峰前”，紧承上句之“云轻”，再写巫山傍晚“云”之变幻：那轻盈的云被远风吹散了，一会儿又慢慢相连，它飘浮在那傍晚时分历历分明的巫山十二峰前面。词人以通俗之语，描写变化之“云”——“吹散又相连”。可见“远风”似无情（“吹散”）又有情（“相连”）。词人的拟人手法运用得极为巧妙，不露痕迹：聚亦是“风”，散亦是“风”。写得颇有意趣，极有人情味，极易引人联想。

词之下片，重在以雾霭写“云”。

过片二句“暗湿啼猿树，高笼过客船”，紧承上片，再写傍晚巫山“云”下之景：雾霭云气越来越重，把山间啼猿出没的树林也笼罩在一片暗湿之中；一会儿，那雾气又弥漫开来，覆盖在客船往来的江面之上。词人绘形绘色，不仅写出瞬间之景，而且又有变化之妙，“云气”如在词人手中，浮动自如。尤为高妙之处，“暗湿”“高笼”皆为云气所致，紧紧扣住了词旨。

词末二句“朝朝暮暮楚江边，几度降神仙”，词人集中笔墨来写巫山之“云”：巫山之云朝朝暮暮都飘浮在楚江边上，聚聚散散，散散聚聚，不知有几次从云中降下了深情的女神仙。这里，词人引入巫山神女的美丽传说，更为

"皆在碧虚中"之"巫山十二峰"（唐·李端《巫山高》）抹上了一层光怪陆离的神秘色彩。尤是"朝朝暮暮"四字，化用宋玉《高唐赋》中楚王梦见巫山神女的典故，以"旦为朝云，暮为行雨，朝朝暮暮，阳台之下"之意，隐含了佳人之怨。如欲一睹"神女"之佳丽风采，就请你到巫山之下的楚江边来吧！"神女若无恙"，定当不失你羡慕、渴望之愿。当然，神话毕竟是神话，但词人的这种想法，虽然在佳人之怨中，亦有自己身处内廷的为官之忧。

这首词最大的特点是重点极为突出。全词紧紧围绕"云"字下笔，有"云"处（"云轻映碧天"）当然不用言说，无"云"处句句有"云"："雨霁"必云开，有云；"吹散又相连"者，必然是"云"；"十二晚峰"即"巫山十二峰"，"巫山云雨"之意蕴含之中，当然有"云"；"暗湿""高笼"皆"云气"所致，其中有"云"；"降神仙"者，"云"中而降也，无"云"何以为"降"？！由此可见，全词尽管写得扑朔迷离、虚无缥缈，但万变不离其宗，句句有"云"。"画云第一手"名副其实也！

欧 阳 炯

欧阳炯（896—971），益州华阳（今四川成都）人。五代十国时后蜀词人。历任翰林学士、门下侍郎、同平章事。擅长艳词，是花间派重要作家之一。风格清新婉丽，不乏清新之作。

三 字 令①

春欲尽，日迟迟②，牡丹时。罗幌卷③，翠帘垂。彩笺书，红粉泪，两心知。　　人不在，燕空归，负佳期④。香烬落⑤，枕函欹⑥。月分明，花淡薄，惹相思。

注 释

① 三字令：词牌名，因每句三个字而得名。双调，十六句四十八字。
② 迟迟：舒缓慢进的样子。
③ 罗幌：用绫罗制成的幔帐。
④ 负：辜负。佳期：美好的时光，这里指大好春光。
⑤ 香烬：香粉燃烧后的灰烬。
⑥ 枕函：枕头外面的套子。欹（qī）：不正，倾斜。

题 解

欧阳炯是“花间派”中的重要作家，曾为《花间集》作序。善做文章，尤善诗词。曾因善吹长笛而得到宋太祖赏识，召至偏殿吹奏。其词多写艳情，但亦不乏清新之作。此词打破词之“长短句”格式，全为三字一句，犹如一线串珠，珠珠分明。丁丁当当，音韵和婉，全无千篇一律的呆板之感，反而增加了韵致，把暮春思妇之闺怨表达得凄清委婉，动人心弦。

赏 析

词之上片，重在写闺妇暮春之思情。

开篇三句“春欲尽，日迟迟，牡丹时”，描写闺妇眼中的暮春之景：春天眼看着就要过尽，日光还是那样的温和而悠长，此时正值牡丹吐艳喷芳、娇娆绽放。词之首句，点明时令，当为暮春。后二句化用“春日迟迟，卉木萋萋，仓庚喈喈，采蘩祁祁”(《诗经·小雅·出车》)和“春日迟迟，秋风飒飒。情往似赠，兴来如答”(南朝梁·刘勰《文心雕龙·物色》)之意，既说明暮春的白昼一日长似一日，室外那“花中之王”牡丹花正在盛开，又说明女主人公在这绵长的春日，独自闷闷不乐，待在家里，引发了情思。

上片后五句“罗幌卷，翠帘垂。彩笺书，红粉泪，两心知”，紧承上句，描述闺中情形：那罗帐已高高卷起，翠绿的绣帘也垂地轻飘，她拿出精美的信笺，重读那字字行行，读着读着，止不住泪湿红红的粉脸，其中的情义只有他和她两心知晓。这里，词人用“罗幌卷”“翠帘垂”，写出了环境的幽深，把闺妇深重的寂寞蕴含其中。“彩笺书”三字，给我们点示了女主人公无心“凝妆上翠楼”(唐·王昌龄《闺怨》)，而是看心上人的来信。然而信至人不至，那种伤悲令她泪湿粉脸。“两心知”三字，让我们知道：男、女主人公情投意合、情意深长，皆为漫长的相别而万分痛苦，尤是女主人公更甚。因为“男儿有泪不轻弹”，而“美人卷珠帘”“但见泪痕湿”(唐·李白《怨情》)。

词之下片，重在写闺妇闺中之怨情。

过片三句“人不在，燕空归，负佳期”，写闺中思妇见燕归而生无限之感慨：屋内空空，你不在我眼前；我就如那春燕一般，空归旧巢；我独自空守闺房，真的辜负了眼前的大好春光。“人不在”三字，是女主人公孤寂、凄凉的哀告，满含着“不见思人归（原句是‘不睹佳人来’），但见飞鸟还”（晋·杨方《合欢诗五首》之三）的凄楚。“燕”“归”人不归，令女主人公万分伤痛。词人用反衬手法，写出了思妇内心的悲伤：想当初，相别之时，曾盟誓“两心知”！而时至今日，却不见心上人归来，不仅辜负了这大好的春光，辜负了我们的盟誓相会，更辜负了这美好的青春年华！她一想到人老珠黄，不禁潸然泪下。

以下二句“香烬落，枕函欹”，写闺中思妇承受着长夜难眠的煎熬：香炷的灰烬又落了，她被相思折磨得慵慵懒懒，身子无力地倚在枕间。“香烬落”这一细节里，我们似乎看到女主人公泪对此景的凄伤，“两相思，两不知”（南朝宋·鲍照《代春日行》）之痛苦，让她难以忍受，只能无力地倚靠在落满泪痕的枕头上。此景此情，真的是“不知魂已断，空有梦相随，除却天边月，没人知”（五代前蜀·韦庄《女冠子》）！

词末三句“月分明，花淡薄，惹相思”，以景融情：今夜的月光分外明亮，月光下的花儿亦变得朦朦胧胧，这温馨的春夜氛围，是那样撩人，又一次在不知不觉中惹起思妇无尽的缕缕情思。这里，词人用花好月圆之夜的温馨景致，再写思妇内心的愁思，“以乐景写哀”“倍增其哀”（清·王夫之《姜斋诗话》），把闺妇的思念之苦悲推向高潮。

此词情深意挚，手法精妙。那“日迟迟，牡丹时”之化用、白描，那“彩笺书，红粉泪”“香烬落，枕函欹”之细节描写，还有那“人不在，燕空归”“月分明，花淡薄”之景情相衬，更有那“两心知”“惹相思”之直接点题，把暮春思妇的闺怨写得如泣如诉，哀婉动人。

南乡子[①]

画舸停桡[②]，槿花篱外竹横桥[③]。水上游人沙上女，回顾，笑指芭蕉林里住[④]。

注释

① 南乡子：唐教坊曲名，后用作词牌名。单调，五句二十七字。
② 画舸：彩绘的大船。桡（ráo）：船桨。
③ 槿花：木槿花，朝开夕落。篱外：篱笆外面。
④ 芭蕉：生长在南方的一种植物，叶子肥大。

题解

欧阳炯有《南乡子》八首，皆写岭南风光，兼及异域风情，其斑斓之色彩、独特之情调，令人赏心悦目。此即为其中一首。这首词描写词人南游途中行船靠岸时的所见情景，把船上游人和岸上少女对话之场景活现纸上，尤是把少女天真烂漫、自由活泼的真性情表现得异常逼真，让人领略到南国的自然之美和生活之美，给人以莫大的艺术享受和人生启迪。

赏 析

开头二句“画舸停桡，槿花篱外竹横桥”，直写“画舸”之情形：游人们乘坐的彩饰的大船，停下了桨；彩船停泊在那槿花篱笆外横着的一座小竹桥旁边。词人刚一落笔，就给我们展现了一个“画舸停桡”靠岸的画面。“画舸”二字，可见出彩船之华美、高档，亦暗示游客的阔绰、非同一般。词人以“舸”写人，手法高妙。次句写农家，以“槿花篱外竹”五字，写出了南国水乡所独有的自然风光：那疏密相间的槿篱之上，开满鲜艳夺目的槿花，而农家小院就在这花丛之中。而更为夺人眼目的是，在农家小院的旁边，还有一道清澈的小溪，溪上还架着一座别有特色的竹桥。这院、这溪、这桥，顿然之间让人感受到“小桥流水人家”（元・马致远《天净沙・秋思》）的恬静和美好。

后三句“水上游人沙上女，回顾，笑指芭蕉林里住”，描写游客与当地水乡女子的对话情形：河滩上的女子见到水上而来的游人，心中好奇频频回头观望；游人们见到如此纯美的女子，也禁不住与她搭话，谈笑之间，问女子家住何处，女子笑着指指那绿绿的芭蕉林说，就住在那个地方。这里，“水上游人沙上女”一句，词人纯用白描手法，深得“鸡声茅店月，人迹板桥霜”（唐・温庭筠《商山早行》）之白描写法之三昧，既有画面，又有亲切攀谈之情景，也可能互问风情，亦可能互诉心曲……总之，这里给读者留下极为广阔的想象空间。“回顾”二字，描写少女与游人话别中的动态神情，她依依不舍，情不自禁地多次回头，那“回眸一笑百媚生”（唐・白居易《长恨歌》）之娇态，令多少游人怦然心动，忍不住要问这么美的女子住在哪里。故而便有女子“笑指芭蕉林里住”之回答。“笑指”二字，亦十分传神，既有女子的清纯坦率——就在不远处的那片芭蕉林里，又有些许的含蓄，在游人眼里和女子眼中，这滋味、这情味恐怕各有感受、各有理解吧？由此可见，这“笑指”二字，还是颇有情味、耐人寻味的。

这首精美的小词，纯用白描手法，勾画出一幅颇具南国水乡风情的写生画。那“篱外”“槿花”，那清溪“竹”“桥”，那“画舸”“游人”，尤是那“回顾”“笑指”的淳朴、纯真、热情、坦诚的水乡女子，令人如闻其声、如见其人，既有“和羞走，倚门回首，却把青梅嗅”（宋・李清照《点绛唇》）之娇羞，又有“美人一笑褰珠箔，遥指红楼是妾家”（唐・李白《陌上赠美人》）之落落大方，让人难以忘怀。

贺明朝[1]

忆昔花间初识面，红袖半遮，妆脸轻转。石榴裙带[2]，故将纤纤玉指偷捻[3]，双凤金线[4]。碧梧桐锁深深院[5]，谁料得两情，何日教缱绻[6]？羡春来双燕[7]，飞到玉楼，朝暮相见。

注 释

① 贺明朝：词牌名，双调，十二句六十一字。
② 石榴裙：绣有石榴花的裙子。
③ 纤纤：形容美女手指修长。偷捻：偷偷地用手指搓转。
④ 双凤金线：指用金线绣的一对凤凰。
⑤ 碧梧桐：翠绿色的梧桐树。
⑥ 缱绻（qiǎnquǎn）：形容两情缠绵难分的样子。
⑦ 羡：羡慕。

题 解

这首词是欧阳炯所作。词人通过追忆，再现了往日与心上人一见倾心的难忘情景，由此引起别后未能再见的不尽的绵绵情思，把难以排遣、难以忍受的孤独、寂寞和凄苦之情蕴含其中。

赏 析

词之上片，追忆倾心之初见。

开篇三句“忆昔花间初识面，红袖半遮，妆脸轻转”，直接追忆与情人初次相见的情景：想起昔日与她在花丛中初次见面，那情形记忆犹新，她见到我把自己的颜面用红袖半遮半掩，听我说话，才轻轻地回转那化了淡妆的脸。词人以“忆昔”二字领起上片，转入深情的回忆。“花间”二字，写出了所见之地是在花丛之中。“初识面”三字，既说明与情人是第一次相见相识，又因“初识”是在“花间”，故而含有“人面桃花相映红”（唐·崔护《题都城南庄》）的娇美、甜蜜之感。“半遮”和“轻转”这两个娇羞、柔媚的动作，似乎让我们看到了一位含情脉脉、娇美矜持的美貌女子站立眼前。

上片的后三句“石榴裙带，故将纤纤玉指偷捻，双凤金线”，紧承上句，继续回忆初见的细节：她那纤纤细手，暗暗地将那漂亮的石榴裙带捏在手中，偷偷地用指尖搓捻着上面的双凤金线。这里，词人用细节描写，表现出女子在心仪的情人面前丰富而又复杂的心态，她之娇媚、聪颖、羞涩，皆生动、传神地表现在读者面前。

词之下片，实写眼前之寂寥。

过片处的三句“碧梧桐锁深深院，谁料得两情，何日教缱绻”，这是词人对情人的深情怀想：如今，那青青的梧桐锁住了深深的庭院，她深闺难出，我如何才能见到她？谁能料想到，这相许相悦的两情，到什么时候才能缠绵不散？过片由追忆回到了眼前的现实：佳人一去，高院深锁，梧桐遮蔽，芳容难见，词人心中顿然有了“梧桐树，三更雨，不道离情正苦，一叶叶，一声声，空阶滴到明”（唐·温庭筠《更漏子》）的难以相见之苦。

词末三句“羡春来双燕，飞到玉楼，朝暮相见”，是词人以眼前之景来衬托心中之愁苦：我多么羡慕那春风中飞来的双燕，它们是多么的幸福啊，它们在春风中双栖双飞，一起飞到那精美的楼前，朝朝暮暮时时相见。词人以羡慕眼前春日双燕的双飞之景，更加写出心中的孤寂无依，亦真切地写出恋恋不舍的痴心和痴情，把词人“思为双飞燕，衔泥巢君屋”（汉·无名氏《古诗十九首·东城高且长》）的深挚之情蕴含其中。

这首词情真意挚，构思巧妙。全词以追忆和现实结构全篇，上片以初次相见之诸多细节，真实而细腻地追忆了难忘的初遇；下片以眼前难以相见的相思之苦，借实景以诉苦衷，并借春燕双飞之情景，道出心愿，可说恰切而精妙，颇有浪漫之色彩。

赤枣子①

莲脸薄②，柳眉长，等闲无事莫思量③。每一见时明月夜，损人情思断人肠。

注　释

① 赤枣子：唐教坊曲名，后用作词牌名。单调，五句二十七字。
② 莲脸：指脸色红润像莲花一样。
③ 莫思量：不要想。

题　解

这首抒写别后相思之情的词是欧阳炯所作。相思是我国诗词文章常写的内容，其相思的角度、种类等多种多样。有“癙瘵无为，涕泗滂沱”（《诗经·陈风·泽陂》）之悲思苦想，亦有“两相思，两不知”（南朝宋·鲍照《代春日行》）之单思孤想……凡此种种，不一而足。这首词所写情状，则与易安居士的“一种相思，两处闲愁。此情无计可消除，才下眉头，却上心头”（宋·李清照《一剪梅》）之思情颇为相仿。

赏 析

开篇二句“莲脸薄，柳眉长”，描写闺中女子姣美的脸庞：那红润如莲花一般的脸儿妆容清淡，柳叶一样的眉儿又细又长。乍一落笔，词人便把眼光聚焦在女子的脸庞之上。这两句，词人巧妙化用了“芙蓉如面柳如眉，对此如何不泪垂”（唐·白居易《长恨歌》）之意，写出了女子脸色红润明净、眉细如柳烟的倾国倾城之貌，可谓天生丽质。同时，又把“春风桃李花开日，秋雨梧桐叶落时”（唐·白居易《长恨歌》）之意含于其中。“薄”“长”二字，便隐含此意。

“等闲无事莫思量”，这一句紧承前二句，是一种自我安慰：闲着无事的时候，千万不要胡思乱想。这一句实则是易安居士词中的“才下眉头”之意。口说“莫思量”，真的能做到不思量吗？难矣！暗含了一种“思君如日月，回环昼夜生”（南朝齐·许瑶之《拟自君之出矣》）的思念之苦。

词末二句“每一见时明月夜，损人情思断人肠”，抒写了日夜难以排遣的情思：每次相见时都是明月高悬夜空，思念之情令人愁断柔肠。这二句实则是易安居士词中的“又上心头”之意。这里，词人又巧妙地化用唐代诗人张九龄“思君如满月，夜夜减清辉”（《赋得自君之出矣》）之诗意，写出悠长而缠绵的思念之情，且又巧妙地照应了词首的“薄”“长”二字。

这首词语言有味，手法精妙。词人用浅易明白的语言，写出了委婉曲折的情思，得力于巧妙的化用和虚实结合的手法。词人化用唐人诗句，无有痕迹，却蕴情极深。同时，以“莫思量”之虚写与“损人情思断人肠”之实情，把主人公难以驱遣的无尽情思，形象而生动地抒写了出来。

春　光　好①

天初暖，日初长，好春光。万汇此时皆得意②，竞芬芳。　笋迸苔钱嫩绿③，花偎雪坞浓香④。谁把金丝裁剪却⑤，挂斜阳。

注　释

① 春光好：唐教坊曲名，后用作词牌名。双调，九句四十一字。

② 万汇：万物。得意：这里指万物有了生机。

③ 迸：开裂。苔钱：圆形像钱一样的苔藓。

④ 偎：依偎。雪坞：四面挡风的白色护栏。

⑤ 金丝：柳丝刚发芽时的颜色。裁剪：典出贺知章《咏柳》，对柳树的赞美。

题　解

这首词是欧阳炯所写。此词名副其实，就如词牌“春光好”一样，是吟诵春光的。据说此词牌源自唐教坊曲名，此曲名源自唐玄宗：一日，他临轩击鼓，但见春色明媚、春日迟迟（春天阳光舒缓），故而以“春光好”取为曲名。春季是一年四季中最好的季节。尤是初春，春回大地，万象更新，“草薰薰，木欣欣”（唐·白居易《冷泉亭记》），“春日载阳，有鸣仓庚”（《诗经·豳风·七月》），组成了一支由大自然谱成的最动听、最壮丽、最辉煌的生命赞歌。此词就是一曲轻快、优美的春之赞歌，是词人专门吟咏锦城成都之美好春光的。

赏 析

词之上片，总写春景。

开头三句“天初暖，日初长，好春光”，词人以欣喜的心情，以通俗而富有情意的语言，赞美春之到来：天气刚刚回暖，白日渐渐变长，一派大好春光。乍一落笔，词人无法抑制风和日丽的春天到来的喜悦之情，连用了两个“初”字，写出了新春之“天暖”“日长”的特征，从气候和昼夜两个方面写出了喜不自胜的心情，并以“好春光”总括赞美。语言明白如话，却是对生命之季的最深情的咏唱。“好春光”三字，亦是词旨和总纲。

上片后二句“万汇此时皆得意，竞芬芳”，词人紧承上句，具体描写“好春光”之内容：万物这时都呈现出勃勃生机，快意快活地竞相生长，争艳斗芳。词人止不住满满的喜悦，恨不得自己变成那“万汇”，故而用拟人手法来抒写，情意满满，真的是“春在前村梅雪里，一夜到千门”（宋・毛滂《武陵春》）啊！词人用“万汇”来写万物，用“竞芬芳”写出万物争奇斗艳的喜人景象。尤是“得意”二字，把万物写活了，使词人笔下的画面生动起来，富含了强大的生命力。

词之下片，特写园林春色。

过片二句“笋迸苔钱嫩绿，花偎雪坞浓香”，是词人眼前的园林春景：竹林中的新笋，从点点如钱的绿苔地里，迸吐出嫩绿；羞羞答答的花儿，在围着白栏杆的坛中，抛洒出满世界的浓香。词人用满含情意的彩笔，书写绘就了一幅香色纷陈、景致映衬的春之美景。词人就如一名高明的画家，见鲜活春景，“可喜可愕，一寓于词（原句是‘书’）”（唐・韩愈《送高闲上人序》）。

“谁把金丝裁剪却，挂斜阳”最后二句，描写早春园林夕照之景：又是谁把那一条条飘荡的金丝般的柳枝，剪裁好了，挂在那红红的夕阳之上？词人真乃奇思妙想，佳句天成。巧妙化用“碧玉妆成一树高，万条垂下绿丝绦。不知细叶谁裁出，二月春风似剪刀”（唐・贺知章《咏柳》）之诗意，发挥自己独特的想象，创造出一个洋溢着浓郁的诗情画意的新境界，从而为词人笔下的这支春之歌添上最完美的一个乐章。

这首词语言准确、生动、形象，尤是化用巧妙，剪裁得当。词人巧妙化用前人诗句，创造了一个情趣盎然的新境界。同时，词人选取了最富生命活力、最令人欣喜和最富情趣的竹笋、新花和嫩柳三种物象，写入词中，成就了一首上乘佳作。

定　风　波①

暖日闲窗映碧纱②，小池春水浸晴霞。数树海棠红欲尽③，争忍，玉闺深掩过年华。　独凭绣床方寸乱④，肠断，泪珠穿破脸边花。邻舍女郎相借问，音信，教人羞道未还家⑤。

注　释

① 定风波：唐教坊曲名，后用作词牌名。双调，十一句六十二字。

② 碧纱：碧绿的纱窗，这里指窗户。

③ 海棠：春季开花，花色由深红色渐渐到淡红色。

④ 凭：依靠。绣床：刺绣用的工具，用来固定绣品。方寸：这里指心。

⑤ 羞：害羞。

题　解

这首抒写春日闺情的词，是欧阳炯所作。此词语言清新自然，状景写物生动形象，尤是景情相衬，把闺中少妇春日独守空房之时的寂寞、孤独和凄苦极为真切地表达出来，将一种“君去兮还无期，妾心兮私自悲，高台四望杳无极，天涯一去何尽时”（唐·李峤《楚望赋》）的思念之苦和“万般方寸，但饮恨，脉脉同谁语”（宋·柳永《采莲令》）的难以言说的痛楚蕴含词中，令人慨叹不已。

赏 析

词之上片，重在写景。

开头二句“暖日闲窗映碧纱，小池春水浸晴霞”，直写眼前之景：风和日暖，春意阑珊，和暖的阳光照着小窗上的碧纱；一泓清澈的池水，浸染着万里晴空的霞光。“暖日”二字，点明时令，有一种“暖日晴云知次第，东风不用更相催”（唐·令狐楚《游春词》）之时令变化之意含于其中，是眼前景色的实写。着一“闲”字，巧用拟人手法，明说窗“闲”，实则说人“闲”：闺中思妇大概看到窗外和暖的春景，想到“暖风十里丽人天，花压鬓云偏”（宋·俞国宝《风入松》）之昔日与女伴踏春情景，又想到丈夫不在身边，故而孤寂而“闲”、愁思顿生。可见，词人用了以景融情之法。又加之“风乍起，吹皱一池春水”（五代南唐·冯延巳《谒金门》），亦即“春水浸晴霞”之景，自然而然会荡起思妇思念之“闲”愁。这二句，对仗工整，“浸”“映”互文，“暖日”与“碧纱”“春水”“晴霞”相映，词人用绮丽之景反衬思妇内心的孤寂之情，为全词烘托氛围、渲染环境。

上片后三句“数树海棠红欲尽，争忍，玉闺深掩过年华”，写闺妇见丽景而生伤感之情：几株海棠绿意正浓，枝上的红花已没有几朵，地上却残红一片；她怎能默默隐忍闺中思念的凄苦，在这深掩的闺房内度过美好的年华？！词人用“海棠红欲尽”五字，点示时令已到春意阑珊之时，满地落红，闺妇“争忍”相看？！花残人亦残，故而她想到了自身：深居闺房，虚度年华！可见，眼前之景触动了她的心绪。“争忍”二字，居于景、情之间，既不忍春之将尽，更不忍独居闺房虚度大好青春！“过年华”三字，更见闺妇心情之沉痛，它把闺妇心中难以言说的无尽的伤感宣泄出来。这样，室外的无边春色与室内的妙龄年华相互映衬，更蕴含了闺妇内心无比的孤寂和不堪忍受之情。

词之下片，重在抒情。

过片三句“独凭绣床方寸乱，肠断，泪珠穿破脸边花”，紧承词之上片，描写闺妇倚床念远之情形：她独自倚靠绣床，心中一片烦乱，念远思亲寸肠已断；思悠悠，念浓浓，怨深深，恨重重，思前想后，泪如泉涌，泪珠儿涟涟穿破了莲花般的双颊。词人着一“独”字，把闺妇独守空房的凄苦蕴含其中：她本想以女红来打发时光，却不料被重重的心事搅得方寸大乱，珠泪滚滚而下，把艳美如花的双颊也弄得泪痕斑斑。这就把她愁肠欲断的凄哀写了出来。尤是“穿破”二字，把闺妇“聚散苦匆匆，此恨无穷”之凄怆，形象地表现了出来。

词末三句“邻舍女郎相借问，音信，教人羞道未还家”，描写正在闺妇万般凄伤、无人体谅之时，却出现了这样的情节：好心的邻家姐妹前来询问，她的丈夫是否已经回来，使她羞得难以回答，不敢开口说他还未回家。词人着一“羞”字，可说妙极：她此时泪痕在脸，显然可见，若说丈夫还未回家，不就把她流泪的原因告之于人了吗？！这会让她多么的难堪。故而闺妇左右为难。词人巧妙地摄取了闺妇难以启口作答的尴尬和窘迫的镜头，让读者窥见了闺妇既想丈夫又怕被人知道的微妙而复杂的心态。惟妙惟肖，让人叹服。

此词最突出的特点是手法高妙。词人采用以景融情、以事写情等手法，通过“暖日”“晴霞”之丽景和“红欲尽”之残景相衬的手法，以及“独凭绣床”“珠”“破脸”和邻女相问之细节和情节的描写，准确而传神地表现了思妇对丈夫深挚的思念之情。此词确是闺情词中的上乘佳作。

和　凝

和凝（898—955），字成绩，郓州须昌（今山东东平）人。唐末五代词人。在梁、唐、晋、汉、周五代都曾为官，曾任后晋宰相。喜好文学，长于短歌艳曲，为“花间派”代表之一，词风浮艳。

望梅花①

春草全无消息，腊雪犹余踪迹②。越岭寒枝香自折③，冷艳奇芳堪惜④。何事寿阳无处觅⑤，吹入谁家横笛⑥。

注　释

① 望梅花：唐教坊曲名，后用作词牌名。单调，六句三十八字。

② 腊雪：阴历十二月称腊月，这里代指冬天下的雪。

③ 越岭：指梅岭，五岭之一，以盛产梅花而著称。

④ 冷艳：指凌寒吐蕊的梅花。

⑤ 何事：什么原因。寿阳：指南朝宋武帝的女儿寿阳公主，以“梅花妆”为人所知。

⑥ 横笛：指汉代横吹笛曲中的《梅花落》。

题　解

这首咏梅怀古之词是和凝所作。词人少小好学，年十九便进士及第。一生官运亨通。其词清秀、富艳兼而有之，为“花间派”中的一大家，被时人誉称为“曲子相公”。此词语言明净，朗朗上口，将怀古之幽情融入对景色，尤是对梅花的吟咏之中，颇有韵味。

赏 析

开篇二句“春草全无消息，腊雪犹余踪迹”，描写冬春相交之季的景色：那春草的萌生全然没有一点消息，可是腊月的雪尚留有白白的踪迹。词人开门见山，直写眼前景色。上句将“春草如有情，山中尚含绿”（唐·李白《金门答苏秀才》）的惋惜、期待之意含于其中。“全无”二字，更有着无比的希冀之意。下句把“雪迹（原句是‘声’）偏傍竹，寒梦不离家”（唐·戎昱《桂州腊夜》）的些许欣喜蕴含之中。词人着上“犹余”二字，既说明腊雪仍未完全消融的景色特征，又说明腊雪未融、“春草”未发之时气候还相当寒冷。

以下二句“越岭寒枝香自折，冷艳奇芳堪惜”，词人正面咏梅：越岭间的寒枝之上，那散发着点点浓香的蜡梅已独自开放，它那冷冷的艳丽和清清的异香，令人疼惜。这里的“越岭”，当指位于广东、江西交界处的梅岭，又称大庾岭。唐时张九龄督所属部开凿新路，广植梅树。唐人罗邺曾有“繁如瑞雪压枝开，越岭吴溪不用栽”的诗句。“香自折”三字，把“梅花香自苦寒来”之意蕴于其中，赞誉不言自明。“冷艳奇芳”四字，是直接从花色、花香两个方面，来咏赞梅花傲寒斗雪、争奇斗艳之可敬可佩的风骨和精神的。“堪惜”二字，词人直抒胸臆，将赞叹、称颂之意尽含之中。同时，我们联系词之首句“春草全无消息”，可知词人有一种“梅花开后无消息，更待明年柳絮飞”（宋·陈允平《江南谣》）之企盼、渴望之意寓于词中。

词末“何事寿阳无处觅，吹入谁家横笛”，是词人因梅而怀古：为什么寿阳公主的梅花无处可寻？谁家横笛在吹奏《梅花落》曲？这里，词人巧借典故，化实为虚：南朝宋武帝爱女寿阳公主，因人日（农历正月初七）卧殿下而梅花落于额前，花痕拂之不去，而有了风行一时的“梅花妆”。词人借此说明：梅花傲寒而开之风骨、精神自然可赞可赏，即使飘落，或作妆饰，或作笛曲，其风韵也依然长留人间。这样，就深化了词意。

这首词构思巧妙，词旨深厚。词人由惋惜、期待入笔，描写“春草无”“腊雪犹余”的冬春相交之景，为抒写、歌咏“梅”做铺垫；接着自然引出“梅”，并集中笔墨歌咏“梅”之风骨和精神；词末由“梅”怀古而赋深情，称誉“梅”之品质、精神将永存人间。这与“零落成泥碾作尘，只有香如故”（宋·陆游《卜算子·咏梅》）有异曲同工之妙：皆表达了不惧苦寒、永葆美好心志的旨意。

顾　　敻

顾敻（xiòng），生卒年不详，五代词人。工于艳词，《花间集》收其词五十五首，都是写男女艳情的。

虞　美　人

深闺春色劳思想[①]，恨共春芜长[②]。黄鹂娇啭呢芳妍[③]，杏枝如画倚轻烟，琐窗前[④]。　凭阑愁立双蛾细[⑤]，柳影斜摇砌[⑥]。玉郎还是不还家[⑦]，教人魂梦逐杨花[⑧]，绕天涯。

注　释

① 深闺：女子所居之处。劳思想：多思念。

② 春芜：丛生的春草。

③ 黄鹂：黄莺鸟。娇啭：指黄莺鸟叫声圆润多变。呢芳妍：在花间鸣叫。

④ 琐窗：装饰有花纹图案的窗户。

⑤ 双蛾细：一双眉毛紧锁。

⑥ 摇砌：在台阶上晃动。

⑦ 玉郎：女子对丈夫或情人的昵称。

⑧ 杨花：柳絮。

题 解

这首抒写深闺春思之词是顾敻所作。此词文笔流丽畅达，情味深隽。上片以触景生情、移情于物之手法，通过听觉和视觉描写春之丽景，来表现绵绵愁思。这样，“以乐景写哀”，“倍增其哀”（清·王夫之《姜斋诗话》）。下片直抒愁情，以“愁”字领起，将愁情与春怨相融合，表达了深沉的伤春怀人之愁怨。全词熔丽藻与质朴于一炉，充分体现了词人“缛密艳丽”之词风。

赏 析

词之上片，重在融情于景。

起首二句“深闺春色劳思想，恨共春芜长”，词人以景写情：满园春色叩开闺房，惹得闺中人不停地愁思苦想，心中那不尽的愁绪别恨啊，伴随无边的芳草蔓延滋长。乍一开篇，词人着“深闺”二字，既巧妙点示了抒情主人公的身份（闺中少妇），又表明她被恼人的春色勾起绵绵春思。着一“劳”字，形象地突出了她在无边的春色中萌发幽深的愁思，且由“劳”而“恨”，可见“恨”之深、爱之切。尤是“春芜”二字，既是闺妇眼前之景，又是比喻的手法，以春草喻离情。这就把“王孙游兮不归，春草生兮萋萋”（汉·刘安《招隐士》）、“离恨恰如春草，更行更远还生”（五代南唐·李煜《清平乐》）之离愁不断滋长、愁恨不堪忍受的苦况抒写了出来。

上片后三句“黄鹂娇啭呢芳妍，杏枝如画倚轻烟，琐窗前”，景中融情：花丛里那黄鹂在娇婉地鸣啭，薄薄的春雾飘浮在红杏的枝头，闺妇在饰有花纹图案的窗前无限惆怅。这里，词人以“琐窗前”的视角来描写闺妇的所见所闻。“黄鹂”一句，从黄鹂的鸣叫中让人感受到春光的明媚及给人的欢愉，“杏枝”一句，又让人从“红杏枝头春意闹”（宋·宋祁《玉楼春》）中感受到鸟语花香的情韵。这样，词人就巧以反衬手法，写出了思妇见丽景而滋生无尽的愁思和怨恨。春光如此美好，却不能与心上人共享，该是多么让人怅恨啊！真的是

“忽见陌头杨柳色，悔教夫婿觅封侯”（唐·王昌龄《闺怨》）啊！

词之下片，重在直抒愁情。

过片二句“凭阑愁立双蛾细，柳影斜摇砌”，写闺妇触景而生情：描好细细的蛾眉凭栏远眺，地上那横着的柳影时疏时密，在那台阶上摇来晃去。“凭阑”二字，写出了闺妇被美好的春色所吸引，不情愿隔窗以观春景，于是便移步伫立于阑杆之前，含愁而凝眸。“愁立”二字，不仅点示了闺妇伫立的神情动态，而且直接点明词旨，与后句相融合，表达了思妇心中“离颜怨芳草，春思结垂杨”（唐·李白《南阳送客》）的无穷之幽怨。另外，“双蛾细”三字，既描写出闺妇“愁立”的形态，又暗示出她青春美貌。

词末“玉郎还是不还家，教人魂梦逐杨花，绕天涯”，是思妇的内心独白：左等右等、天天盼望还是不见玉郎回家，叫人那悠悠的梦魂，也随着飘飞的杨花，去绕遍地角天涯。这三句，是词人借思妇之口抒发的最强音，是思妇撕心裂肺般的呐喊，与词首遥相呼应，把思妇的万千怅恨之情含于其中。“玉郎还是不还家”七字，直取口语，生活味十足，把思妇思盼时日之长、思念心情之切及不言怨而怨在其中的万千凄苦皆蕴于其中，真的有“梦魂知忆处，无夜不见郎（原句是‘不京华’）”（唐·岑参《郡斋平望江山》）之凄楚，亦有“梦随风万里，寻郎去处，又还被莺呼起”（宋·苏轼《水龙吟》）之凄哀。

这首词最突出的特点：奇思妙想，意味深长。那“共春芜长”之愁“恨”，那“娇啭呢芳妍”之“黄鹂”，还有那“柳影斜摇砌”之“凭阑愁立”，更有那“逐杨花，绕天涯”之“魂梦”，不仅有即景生情之巧，而且有借题发挥之妙，景情融合，直接倾吐思妇内心的无限离愁和情思。“曲折之妙，有在诗句外者”（明·徐士俊《古今词统》），故而意味深隽，为思妇词开创了新的意境，对后代词人的创作影响较大。

孙光宪

孙光宪（901—968），字孟文，自号葆光子，陵州贵平（今四川仁寿县）人。五代至北宋文学家。善诗词，"花间派"主要词人之一，是唐五代词人中存词最多者。

浣溪沙

蓼岸风多橘柚香①，江边一望楚天长②。片帆烟际闪孤光③。　　目送征鸿飞杳杳④，思随流水去茫茫。兰红波碧忆潇湘⑤。

注释

① 蓼（liǎo）岸：长有蓼草的江岸。橘柚香：橘子和柚子的香味。

② 楚天：泛指湖南、湖北一带楚国的天空。

③ 片帆：孤帆一片，这里指孤舟。孤光：指白帆在日光照耀下的反光。

④ 征鸿：远飞的大雁，这里比喻离别而去的亲人。杳杳：深远暗淡的样子。

⑤ 兰红：水边秋季开红花的兰草。忆潇湘：传说舜南巡时，其妃娥皇、女英未同行，她们深感不安，随后赶去。在洞庭湖畔时，闻舜已死，悲痛不已，溺于湘水而死。比喻分别在天涯的亲人，相互思念着。

题　解

这首抒写送别之情的词是孙光宪所作十九首《浣溪沙》中颇佳的一首。此词描写的是长江两岸深秋之景，故而应是词人在荆南为官时所做。词人曾事南平三代君王，官至荆南节度副使。此词语言精练优美，既有单句的“警绝”“秀炼”（清・陈廷焯《云韶集》），又有双句的对仗工稳，蕴意深厚，意境新颖，充分体现了词人“气骨甚遒，措语亦多警炼”（陈廷焯《白雨斋词话》）之艺术风格。

赏　析

词之上片，以写景为重。

起首二句“蓼岸风多橘柚香，江边一望楚天长”，是词人送别亲人时所见景象：岸边长满了蓼花，风里飘来橘柚浓浓的香味，我伫立于江边远眺，只见楚天寥廓，那滔滔江水流向东方。这两句，是词人临江即景，写出极富特色的湖北江陵长江沿岸一带的景色。尤是“橘柚香”三字，点明了时节，正是橘柚成熟之时。按当地风俗，正是与亲人团聚，品尝蜜橘甜柚的甘美，享受人生幸福之时。然而，亲人却要远去潇湘，这美好、喜悦之中就已隐含些许的不快。那“风多”，那“楚天长”，不是令人感到词人望中的隐忧了吗？！“一望”二字，就把词人瞬间转喜为忧的神态传神地刻画出来。由此可见，词人是用首句的乐景，来衬托次句隐含的离情之哀的。这样以乐景写哀的反衬手法，使哀情倍增。这就为下句的离别营造了一种“年年柳色，灞陵伤别”（唐・李白《忆秦娥》）的送别环境和氛围。

上片末句“片帆烟际闪孤光”，写亲人乘舟远去所见之景：在烟水寥阔的楚天和长江之间，亲人乘着的孤帆，在水天相接处闪着一点白光。词人用“片帆烟际”四字，极为形象地描写出亲人别去之景。似乎是一幅亮色丽景，但联系上句“楚天长”（当是亲人刚刚离岸别去时所见之景）和后半句“闪孤光”来看，就可以想见这正是亲人所乘之舟在将逝未逝时的景况。船在波浪中上下颠簸，“闪”现着仅有的那一点白光（即“帆影”）！这正是“孤帆远影碧空尽，惟见长江天际流”（唐·李白《黄鹤楼送孟浩然之广陵》）之别景的再现。只不过词人这里是“亮景”写别情，看似“孤光”闪闪，其实内心有着千种不舍、万般难离的孤寂和凄苦。故而清人陈廷焯称之为“绝唱”（《云韶集》）、王国维称之为“尤有境界”（《人间词话附录》），当是深中肯綮。

词之下片，以抒情为重。

过片二句“目送征鸿飞杳杳，思随流水去茫茫”，是景中融情之笔：目光追随那随船远去的鸿雁，直到帆影消失在深远之处；思绪犹如那不尽的江水，随着茫茫的江涛把亲人跟随。这里，上句实写“目送”，实中有虚；下句写心“随”，虚中又有实。对仗工整，词新意新。比喻象征，意境深远，确为千古名句。

词末“兰红波碧忆潇湘”这句，词人以深情目送远帆来表达心中的思念和祝愿：那秋季开着红花的兰草，那长江奔腾着的碧波，让人深切怀念。这里，词人用明艳的“兰红波碧”之景，暗含了对亲人的祝福：一路顺风顺水，顺利到达。“忆潇湘”三字，又把深挚的思念之情蕴含其中。同时，末句与首句“蓼岸风多橘柚香”相呼应，既写出了美景，又饱含着深情。

这首词最突出的特点是意旨深刻，手法精妙。词人运用衬托、比喻、对仗等多种手法，且做到了句句有景，句句含情，把送别、思念之深情厚意表现得淋漓尽致、无以复加，词短情深，容量极大，确为千古名篇。

浣溪沙

兰沐初休曲槛前①，暖风迟日洗头天②。湿云新敛未梳蝉③。　　翠袂半将遮粉臆④，宝钗长欲坠香肩⑤。此时模样不禁怜⑥。

注　释

① 兰沐：把兰香融入水中洗发。初休：刚刚洗完。

② 迟日：这里指春日。

③ 湿云：湿发。云：比喻像云朵一样的头发。蝉：指蝉鬓，古代妇女的一种像蝉翼的发型。

④ 翠袂（mèi）：翠绿色的袖子。粉臆：如涂了白粉的胸脯。

⑤ 长欲：时常想要。坠香肩：下垂到肩膀上。

⑥ 不禁怜：禁不住爱怜。

题　解

这首词是孙光宪所作。词人就如一名高明的摄影师，摄取了一个妙龄女子刚洗完头的风流窈窕的形态，给人一种美的感受。此词语言浅易之中别有意蕴，可说是字字有意，句句含情。既有字尽其妙的场景描写，又有字字蕴意的情态刻画，从而使意象跃然纸上，形象如在眼前。这首词足可见出词人功力和“求物”“如系风捕影”（宋·苏轼《答谢民师书》）之神妙。

赏 析

词之上片，以叙事为重。

开头二句“兰沐初休曲槛前，暖风迟日洗头天”，词人直截了当地描写女子刚洗完发的生活小场景：在那弯曲的栏杆前，她刚刚用兰汤把秀美的头发洗完；这天气，风暖暖的，春日长长的，是多么适合洗头啊！词人从天气的风和日丽及环境的优美、洗液的芳香三个方面，写出此为最合适“洗头天”之原因，将一种“暖日晴云知次第，东风不用更相催”（唐·令狐楚《游春词》）的愉悦、快慰和欣喜之情融入其中。

末句“湿云新敛未梳蝉”，词人集中笔墨描绘女子洗过头发后的美好形象：只见她的头发虽已拢过，却仍然湿漉漉的没有全干，飘逸四散，油光亮丽，就如那一片湿润的浮云，还未能梳成整齐轻薄的蝉鬓。词人给我们摄取了一个不亚于“温泉水滑洗凝脂”“回眸一笑百媚生”（唐·白居易《长恨歌》）的“特写镜头”，言简而意丰。

词之下片，以绘形为重。

过片二句“翠袂半将遮粉臆，宝钗长欲坠香肩”，描写女子初“沐”后袅娜、窈窕而又风流的娇态：那翠色的衣袖从那凝脂的手臂上半落下来，恰巧遮住了那白皙的上胸；而那斜插在发间的宝钗，随着手和发的移动，看上去就像一直要掉在香肩上似的。这里，词人妙用静中寓动的手法，极为准确而又形象地描写出女子洗发后这一稍纵即逝的瞬间靓影，并摄取了“粉臆”“宝钗”和“香肩”等元素构成的一个特写镜头，刻画了“云鬓花颜”（唐·白居易《长恨歌》）的美好形象。

末句“此时模样不禁怜”，是词人对女子情态的欣赏和赞美：她这时的模样啊，真让人情不自禁地爱怜。这是发自内心的赏赞。由此我们不难想见，在女子洗头拢发之时，不远处有一双眼睛一直在瞄着她，目不转睛，静静瞧看，细细观赏。怪不得后人大加赏赞：“‘不禁怜’三字，真乃娇绝。飞燕玉环，无此情态，真欲与丽娟并驱矣。”（清·陈廷焯《云韶集》）

这首词最突出的特点是语言精美，手法超前。全词采用蒙太奇手法（镜头组接），几乎每句都是或场景或人物的特写镜头，生动、形象而又传神地摄取了女子洗发前后的自然风景和靓丽形象，并把词人难以抑制的赞美、欣赏之意寓于之中。

河 渎 神

江上草芊芊[①]，春晚湘妃庙前[②]。一方卵色楚南天[③]，数行征雁联翩[④]。　　独倚朱阑情不极[⑤]，魂断终朝相忆。两桨不知消息[⑥]，远汀时起鸂鶒[⑦]。

注 释

① 芊芊：草木茂盛的样子。

② 湘妃庙：尧的两女，后为舜之二妃，舜死于苍梧，二妃死于江湘之间。立庙于洞庭湖君山之上，曰湘妃庙。

③ 卵色：中黄外白的颜色。

④ 联翩：鸟儿结伴飞行的样子。

⑤ 情不极：思念之情难以说尽。

⑥ 两桨：这里指当年追赶出巡舜帝的二妃娥皇和女英的船只。

⑦ 汀：水边的平地。鸂鶒（xīchì）：紫色的水鸟。

题 解

这首抒写湘妃庙前怀人之词是孙光宪所作。词人将吊古、怀人之情熔于一炉，既表达了对舜之二妃娥皇、女英的悼念之情，又把对心上人的思念之情融汇其中。伤离念远，情意深重。词末“两桨不知消息，远汀时起鸂鶒”二句，虚实相间，情意满满。此词语言清丽，颇有特色。绘景写情，“精诚由中，故其文语感动人深”（汉·王充《论衡·超奇篇》），充分体现出“以意为主，则其旨必见，以文传意，则其词不流”（南朝宋·范晔《狱中与诸甥侄书》）之语言风格。

赏 析

词之上片，描写春暮之时湘妃庙前的景象。

开篇“江上草芊芊，春晚湘妃庙前”，词人开门见山，直写庙前的景色：江上漂浮着绿茵茵的丛丛青草，暮春时节我来到这湘妃庙前。词人先写景后叙事，突出了湘妃庙前的景色特点，将浓重的“芳草有情，夕阳无语，雁横南浦”（宋·张耒《风流子》）的怀想、思念之情寓于景中。“草芊芊”三字，就把“思君如百草，撩乱逐春生”（唐·李康成《自君之出矣》）的怀念之情蕴含其中。“春晚”一句，词人巧妙化用“山鬼迷春竹，湘娥倚暮花”（唐·杜甫《祠南夕望》）之诗意，将追怀虞舜二妃的祭悼之情含于其中。

“一方卵色楚南天，数行征雁联翩”，紧承上句，再写空中之景：南方的天边白云层中夹着橘红色的夕阳晚照，数行结伴而飞的大雁越飞越远。词人用“一方卵色”来描摹南方的天，极为形象、贴切、得体，准确而又生动传神地写出了日落时分那种如鸟卵般（外白中黄）的天色。“征雁联翩”之景，又将“征鸿过尽，万千心思难寄”（宋·李清照《念奴娇》）的无限怀念湘妃的情思融于之中，且为下片的怀人做了很好的铺垫。

词之下片，抒写思念心上人的情怀。

过片“独倚朱阑情不极，魂断终朝相忆”，紧承上片，见“雁”而怀念心上之人：他站在湘妃庙前，望着那远去的大雁，独自倚靠着那红栏杆情不能已，一整天失魂落魄地相思。词人想起二妃追舜的动人传说，一时之间，“目送征鸿飞杳杳，思随流水去茫茫”（孙光宪《浣溪沙》），无尽的思念之情，油然而生。

词末“两桨不知消息，远汀时起鸂鶒”，词人运用情景交融的手法，抒写深重的思念：极目天涯，不见心上人的影子，就如二妃追寻虞舜那样，一去便没有了消息。此时，只见那相伴相随的一对对鸂鶒，时而从水洲中飞起。这里，词人巧用情景相衬的手法，来表达深挚的思念之情：心上人无有踪影，而那水洲之上却有成双成对的水鸟飞起。眼前之景，使词人的哀伤之情达到高潮。

这首词构思巧妙。词人将悼念湘妃的情思与思念心上人的心怀融合一起，相互衬托，相辅相成，相得益彰，使怀古与思人的挚情愈加深重悠长，确系“不是无端悲怨深，直将阅历吟成词”（清·龚自珍《题红禅室诗尾》）！

后 庭 花[①]

石城依旧空江国[②]，故宫春色[③]。七尺青丝芳草绿[④]，绝世难得。　　玉英凋落尽[⑤]，更何人识，野棠如织[⑥]。只是教人添怨忆[⑦]，怅望无极[⑧]。

注 释

① 后庭花：原名《玉树后庭花》，由南朝陈后主所制。唐为教坊曲名，后用作词牌名。双调四十六字（另有双调四十四字）。

② 石城：石头城，为南朝陈的都城，即今南京。

③ 故宫：这里指陈后主的宫殿。

④ 青丝：黑色的头发。

⑤ 玉英：花的美称。

⑥ 野棠：野生的棠梨。

⑦ 怨忆：哀怨惆怅的回忆。

⑧ 无极：没有尽头。

题 解

这首咏怀宫廷的词由孙光宪所作，主要说的是陈后主之事。一代君王，转眼就成了阶下囚，宫殿沦为废墟一片。词人通过吟咏陈后主贪色亡国之史事，将对陈后主沉湎酒色、不恤国事、淫逸亡国的谴责之意蕴含词中。此词构思奇妙，化用无痕，借古讽今，寓意深厚。

赏 析

词的上片，重在回顾历史。

“石城依旧空江国，故宫春色”，触景生情：古老的石头城依旧耸立在那空阔的江国，南朝陈的故宫如今已是一片春色。乍一落笔，词人便化用“山围故国周遭在，潮打空城寂寞回”（唐·刘禹锡《石头城》）之诗意，引起深沉的怀古伤今之情。“依旧”二字，是词人的感伤。自盛唐至五代，兴衰更替，山河依旧，没有任何改变。“故宫”二字，暗扣词牌《后庭花》，说陈后主的宫殿“春色”依然如故。看似怀古，实则借古讽今。陈后主在位七年，曾“盛修宫室，无对休止”，沉湎酒色，终于亡国。而如今的当权者，仍然沉溺于花天酒地、歌舞升平之“春色”之中，不同样让人忧虑、愤慨吗？！由此可见，“春色”二字，一语双关，既指眼前实景，又含深沉忧思和慨叹。

上片后二句“七尺青丝芳草绿，绝世难得”，词人化用典故，直入题意：那佳丽的七尺青丝，如今已化作了芳草的碧绿，然而那绝世的容貌却难以再得。前句的“七尺青丝”，引《南史·后妃列传下》记载：“张贵妃（丽华）发长七尺，鬒黑如漆，其光可鉴。”“芳草绿”三字，既写眼前景色，又隐含历史事实。陈后主曾在光昭殿后为张丽华造桂宫，做如月之圆门，且以水晶为障。庭内有素色屏风，还仿月宫植有桂树，也饲有白兔一只，让张贵妃独步其中，并亲自作《玉树后庭花》，让张丽华尽情享受。谁知好景不长，晋军攻克台城，陈后主和张贵妃皆被斩于青溪中桥。可说真的是“绝世难得”！词人的讽喻之意显然隐含之中。

词之下片，重在关注现实。

过片三句“玉英凋落尽，更何人识，野棠如织”，词人由上片的追忆回到现实之中：如今，那如玉的鲜花都已凋落殆尽，还有什么人能识得那些花儿呢？！如今的眼前，只有那野生的棠梨丛丛杂杂。“玉英”二字，当指后庭当年所植桂花，如今早已如陈后主、张贵妃一般作古，已无人可识。“更何人识”一句，将景物全非的惆怅之情含于其中。“野棠如织”四字，描写眼前之景，着一“织”字，既形象地再现了野棠杂乱不堪的情形，又将词人内心的凄凉、凄楚含于其中。

词末二句“只是教人添怨忆，怅望无极”，是词人的深沉慨叹：这眼前的荒凉之景，只是让人平添哀怨悲切的回忆，怅然遥望不已。“只是教人”四字，是词人见萧瑟之景陡然而生的怅怨，词意哀惋至极。君王佳人，后宫艳情，转眼之间，化为废墟一片！真个是“日月其犹坠落，萤光如何久留”（唐·王勃《释迦如来成道记》）！词人抚今追昔，黯然神伤。正如古人所评：“胸有所郁，触处伤怀，妙在不说破，说破则浅矣。”（清·陈延焯《词则·大雅集》）

这首词层次分明，旨意深刻。词之上片，以“追昔”为主，把“玉树长飘云外曲，霓裳闲舞月中歌”（唐·张继《华清宫》）的怀古伤今之情蕴含其中。词之下片，以“抚今”为主，把“六朝旧事随流水，但寒烟、衰草满目（原句为‘凝绿’）”（宋·王安石《桂枝香》）的怅怨、哀惋之情尽融词中。故而把词人深重的哀怨、怅惋之意旨表现了出来。

风　流　子[1]

茅舍槿篱溪曲[2]，鸡犬自南自北。菰叶长[3]，水葓开[4]，门外春波涨绿。听织[5]，声促，轧轧鸣梭穿屋[6]。

注　释

① 风流子：唐教坊曲名，后用作词牌名。单调，八句三十四字，六仄韵。
② 槿篱：用木槿制成的篱笆。
③ 菰（gū）：水生植物，俗称茭白。
④ 水葓（hóng）：俗名空心菜，开白花或粉红色花。
⑤ 听织：听织布的声音。
⑥ 轧轧：织布机上梭子来回摆动发出的声音。穿屋：梭子发出的声音由屋内传到屋外。

题　解

这首描写春日水乡农家风光的词，为孙光宪所作。此词在词人的八十多首词作中，可说是别出心裁、别具一格。这是一首描写田园风光、农家生活的充满浓郁乡土色彩和生活气息的词。词人把对春日水乡农家风光的热爱和赞美之情，皆融于笔下的“茅舍”“槿篱”“鸡犬”及其“轧轧鸣梭”等目睹耳闻的风景、事件之中，让读者感受到清新自然、生动质朴的农家生活景象。

赏　析

开头两句“茅舍槿篱溪曲，鸡犬自南自北”，描写农村的优美环境和充满恬静、祥和生活气息的特有氛围：茅草的房屋，槿木的篱笆，还有一条弯弯曲曲的小溪，鸡和狗悠闲自得地往来于村社南北。词人用极为精练而质朴的语言，描绘出一幅安详的水乡农家图，给人一种“户庭无尘杂”（晋·陶渊明《归园田居五首》之一）之美的享受。

接下来三句“菰叶长，水葓开，门外春波涨绿”，词人描绘茅舍周围的特有风光：茭白摇着长长的绿叶，空心菜开着红白相间的花儿，门外那清澈、欢快的溪水，涨满了春的一片碧绿。这里，词人把满满的喜悦融入笔下的风景之中。“菰叶”“水葓”和“春波”都是极具特色的水乡特产和风物，“长”“开”和“涨”三字，或形容，或动态化的描绘，让人即刻感受到春天的勃勃生机，似有一股清新、湿润而又悦目赏心的气息迎面扑来，令人“心旷神怡，宠辱皆忘”（宋·范仲淹《岳阳楼记》）。

词末三句“听织，声促，轧轧鸣梭穿屋”，紧承上文的眼见之景，描写词人的耳闻之声：只听见有人在纺织，那机声急促，欢快的梭鸣穿透农家屋墙。词人由“听织”“声促”写出农家妇女辛勤劳动的情景。尽管只闻织声，但却有如见其人之功效，不仅打破了前面所描写的水乡特有的静谧，而且给农家水乡田园图景平添了忙碌和欢快的劳作气息，使读者得到美的享受，并引起丰富的联想。

这首词有两大显著特点：一是开拓了词的新的题材领域。词人大胆地突破了“花间词”的樊篱，填补了五代词中农村词之空白，为后来农村词的发展起了先驱（词人之前仅有刘禹锡《竹枝》等极少诗作）的推动作用。二是运用白描手法。词人采用纯白描的手法，描绘出一幅毫无粉饰的水乡田园生活图景。那“溪曲”“茅舍槿篱”，那“鸡犬”“自南自北”悠闲自在地徜徉，还有那“菰叶长”“水葓开”和“春波涨绿”的独特风光，更有那“鸣梭穿屋”的“轧轧”织声，构成了一幅恬静幽美、清新喜人的田园风景，让我们得到一种清新自然、毫无矫揉造作的生活之美的享受。

思越人①

古台平②，芳草远，馆娃宫外春深③。翠黛空留千载恨④，教人何处相寻。　绮罗无复当时事⑤，露花点滴香泪。惆怅遥天横渌水⑥，鸳鸯对对飞起。

注　释

① 思越人：词牌名，双调，九句五十一字。

② 古台：指姑苏台，故址在今江苏苏州，是吴王夫差为西施所筑。

③ 馆娃宫：宫殿名，故址在今江苏苏州城西二十里灵岩山。传说是吴王夫差为西施而筑。

④ 翠黛：翠绿色和青黑色两种颜色，古人用来画眉的颜料，这里指代美女西施。千载：春秋末到五代千年之久。

⑤ 绮罗：华贵的丝织品或丝绸衣服。这里指代宫中以西施为代表的美女。当时事：当年夫差曾经与西施和其他美女在宫中宴饮，通宵达旦。

⑥ 惆怅：伤感失意。渌（lù）水：清澈的水。

题　解

孙光宪的这首怀古词，是以越国美女西施为题材的作品。西施虽有沉鱼落雁、闭月羞花之美貌，却成了腥风血雨之战争的牺牲品。这悲哀的遭际，曾让后代人多有诟侮。当然，亦有不同的声音，比如唐代诗人罗隐的诗作《西施》，就一反“红颜祸水”之说，打破历来吟咏西施之作品多将吴亡归咎于女色的说法，明确提出“西施若解倾吴国，越国亡来又是谁”

（唐·罗隐《西施》）的观点。词人亦以同情而伤感的笔触，对西施的不幸表示了极大的同情，其“悽怆悲凉”之情感亦让人感慨良深。

赏析

词之上片，重在咏怀历史陈迹。

“古台平，芳草远，馆娃宫外春深”，词人直入正题，描写馆娃宫眼前之春色：古时的高台已被夷为平地，那地上丛生的杂草遥接天际，昔日的馆娃宫前前后后是那深重的春色。词人乍一下笔，就用“古台平”三字，直接引入“古台”陈迹，点示出姑苏台之典故。“越进西施于吴，请退师。吴得之，筑姑苏台，游宴其上”（汉·赵晔《吴越春秋》）。引出“朝为越溪女，暮作吴宫妃”（唐·王维《西施咏》）的西施，将一种深沉的咏怀古迹的感慨融入其中，饱含今昔对比的历史沧桑之感。当初的高大华台，如今早已无有踪迹，只剩下芳草萋萋！“萋萋总是无情物，吹绿春风又一年”（唐·唐彦谦《春草》），时光流逝，历史无情。当年吴王夫差对美女西施宠爱有加，除了姑苏台外，又建有馆娃宫、琴台、响屧廊等高大上的宫廊台馆。但到了词人写此词时，皆已荡然无存，只留下遍地荒草。“春深”二字，就把“废馆（原句为‘阁’）先凉，古帘空暮”（宋·史达祖《秋霁》）的深沉慨叹蕴含其中。

后二句“翠黛空留千载恨，教人何处相寻”，词人直抒胸臆：西施那翠眉弯弯，空留下千年的遗恨；如今荒草遍地，让人到哪里去寻找？！词人恨意绵绵。世事变迁，物是人非，当年的绝代佳人，哪里能够找寻？！留下的只有绵绵不绝的千载遗恨。“空留”二字，蕴含无尽的怅惋，它与“千载恨”前后融合，表达了一种百感杂陈又无可奈何的心情。“教人”一句更是直白说出，把那种“吊不尽，人间今古”（清·顾贞观《金缕曲·秋暮登雨花台》）的悲慨淋漓尽致地表达出来。

词之下片，重在追忆当时旧事。

过片二句“绮罗无复当时事，露花点滴香泪”，是词人对西施旧事的追忆：即使满眼绮罗，也不能再行当年的乐事；那眼前花间的露珠，宛然留着西施的香泪滴滴。词人抚今追昔，感伤深重。上句以“绮罗”紧承上片的“翠黛”，再点示西施之美艳；又以“无复”与“空留”相照应，再表达事过境迁、美人抱恨而终之伤感。下句以“露花”写出眼前之所见，与心中之拟想——西施之“香泪”联系起来，构成了一个移情于物的比喻，表达美人西施所深怀的怨恨。这实则是词人辛酸而沉痛的怨愤。这怨愤正如：“家国兴亡自有时，吴人何苦怨西施！”（唐·罗隐《西施》）.

词末二句“惆怅遥天横渌水，鸳鸯对对飞起”，是词人融情于景的抒写：那横在天边的一抹清水，似乎也饱含惆怅，那美丽的鸳鸯对对飞起。词人把满腔的愤怨融入眼前的景中，那遥接天地的太湖春水，以及那时时飞起于水上的对对鸳鸯，更是自然永恒而人事无常的例证，深刻而委婉地将词旨蕴含其中，真可谓“人世几回伤往事，山形依旧枕江流”（唐·刘禹锡《西塞山怀古》）啊！

这首词意境幽远，词旨深刻。词人通过追怀历史古事和对眼前陈迹景色的抒写，将独到而富有深意的感触融汇其中，令人深思。

鹿虔扆

鹿虔扆（yǐ），生卒年不详。五代词人。后蜀进士，曾任永泰军节度使，进检校太尉，后加太保。工于艳词，今存六首，收于《花间集》，风格秀美疏朗，与韦庄相近。

思越人

翠屏欹①，银烛背②，漏残清夜迢迢③。双带绣窠盘锦荐④，泪侵花暗香销。　珊瑚枕腻鸦鬟乱⑤，玉纤慵整云散⑥。若是适来新梦见，离肠争不千断。

注　释

① 翠屏欹（qī）：斜靠在翠绿色的屏风旁。

② 银烛背：背对着银色的烛光。

③ 迢迢：漫长的样子。

④ 绣窠（kē）：彩绣花纹，古代女子衣服上的一种装饰。锦荐：泛指华美的席垫。

⑤ 珊瑚枕：用珊瑚做的枕头。鸦鬟（huán）：黑色的发髻。

⑥ 玉纤：修长的手。慵：慵懒。

题　解

词人鹿虔扆是《花间集》中存词最少者（仅六首），但其词作后人评价甚高。此词是别有特色的闺妇词。词人抓住“遥夜复遥夜，遥夜忧未歇。坐对风动帷，卧见云间月”（南朝梁·宗夬《遥夜吟》）的忧思难眠、夜长难熬的心境，把思妇的相思相念真切地表现出来。尤是“结句酸楚，江文通、潘安仁悼亡诗不过如此”（明·汤显祖评本《花间集》）。

赏　析

词之上片，着重写深夜愁思。

开篇三句“翠屏欹，银烛背，漏残清夜迢迢”，词人用白描的手法，描写闺中少妇长夜难眠的凄恻酸楚之情状：她斜靠在翠绿色的床屏前，背对着一闪一闪的烛光，夜空中远远地传来断断续续的滴漏声。词人乍一落笔，便将闺妇情怀难以排遣的痛苦形象和她夜长难熬、凄楚无比的心境描写出来，让人感受到一种“忧忧戚戚添憔悴，袅袅霏霏瑞烟碧，灭灭明明灯将煤，哀哀怨怨不敢放声哭，只管嗅嗅暇暇地”（金·董解元《西厢记诸宫调》）凄凉之气氛。

上片后二句“双带绣窠盘锦荐，泪侵花暗香销”，词人由表及里、寓动于静地状写思妇内心的凄苦：绣着花儿的双带盘在那华美的席上，躺在床上的她，被思念折磨着，那不断涌出的泪水，已把衣上彩绣的花纹浸染得失去了光彩和芳香。词人描绘出一个令人凄伤的画面，由“泪侵”二字，可知闺妇泣涕涟涟的悲戚面容，那内心的悲恻不难想见。这两句曾被词家“推为绝唱”。

词之下片，着重写醒后悲愁。

过片二句“珊瑚枕腻鸦鬟乱，玉纤慵整云散”，描写闺妇梦醒后的慵倦姿态：光洁的珊瑚枕早已被那泪水弄得湿漉漉的，那乌黑的秀发也一片散乱，一双纤白的手却懒得去梳理。词人以“枕腻”“鸦鬟乱”写出了思妇辗转反侧、难以入睡的悲楚情景，可见出她已因愁思而烦乱至极，真的是“思君如陇水，长闻呜咽声”（唐·雍裕之《自君之出矣》）啊！

最后两句“若是适来新梦见，离肠争不千断”，交代了闺妇烦乱、伤心的缘由：最令她痛苦的是，刚才还在梦中相见，可一醒来却无人影，这怎不教人离肠为之断千遍啊！词人用梦境和现实的强烈反衬，以夸张的手法，突出了思妇极其深切的思念，令人酸楚无比。

这首词最显著的特点是手法精妙，意旨深刻。词人全篇皆用白描手法，且一句一层地渲染烘托：那“攲”“背”之凄楚，那“双带”“盘锦荐”之凄伤，还有那“鸦鬟乱”“新梦见”之凄苦，更有那“离肠”“千断”，词人皆以正面描写而出之；那“漏残”之“迢迢”，那“泪侵”之“香销”，还有那“枕腻”之伤悲，更有那“离肠”“千断”之痛楚，词人则以侧面描写来表现。这样烘托渲染的白描手法，使词旨明确而深厚。

阎　选

阎选，生卒年不详。五代时期词人。与欧阳炯、鹿虔扆、毛文锡、韩琮被时人称为“五鬼”。世传有八首小词收入《花间集》。

定 风 波

江水沉沉帆影过[①]，游鱼到晚透寒波。渡口双双飞白鸟，烟袅[②]，芦花深处隐渔歌。　扁舟短棹归兰浦[③]，人去，萧萧竹径透青莎[④]。深夜无风新雨歇，凉月，露迎珠颗入圆荷[⑤]。

注　释

① 沉沉：辽阔深沉的样子。帆：这里指代船。
② 烟袅：炊烟袅袅。
③ 棹（zhào）：船桨。兰浦：生长兰草的水边。
④ 萧萧：风吹竹林发出的声音。青莎：泛指青草。
⑤ 圆荷：圆圆的荷叶。

题 解

阎选词虽流传甚少（传世词作十首，其中八首收入《花间集》），但具有“粉而不腻，浓而不艳”的妙处。读之，亦有赏心悦目之感。此词是词人颇有代表性的作品，宛如一幅优美的风景画。看似全词着力描绘江边渡口由暮至夜之秋景，其实委婉而含蓄地流露了词人“孤舟行客，惊梦亦艰难”（阎选《临江仙》）的人生感怀。

赏 析

词的上片，着重描摹薄暮之景。

词人落墨“江水沉沉帆影过，游鱼到晚透寒波”二句，就描写了伫立渡口所见之远景及近景：浩茫而深沉的江水中，只见船帆的影子在江面上划过；暮色之中，水中的游鱼在寒冷的江波中游动。这里，词人先用浅淡的笔墨，渲染出一个“帆带江水（原句是‘夕阳’）千里没”（唐·刘长卿《青溪口送人归岳州》）的江水深沉、烟波浩渺的远景，再勾画出影影绰绰、一晃而逝的“帆影”。词人着一“过”字，以瞬间的动态，让人浮想联翩：既有“日暮征帆何处泊，天涯一望断人肠”（唐·孟浩然《送杜十四之江南》）之舟中人急于靠岸投宿的情形，又有“日暮途且远，游子悲故乡”（汉·无名氏《古诗》）之游子遥遥思乡的情景，更有“日暮浮云滋，握手泪如霰”（南朝梁·江淹《李都尉陵从军》）之恋恋不舍、挥泪以别的场景，故而把词人无法言说的人生孤寂之感蕴含其中。

上片末三句“渡口双双飞白鸟，烟袅，芦花深处隐渔歌”，紧承上句，描写渡口的景象：渡口有双双白鸟在翻飞盘绕，云烟四处缭绕，白茫茫的芦花深处隐隐传来悠扬的渔歌。这里，词人用“双双飞白鸟”之景，预示有船已入港，船之声响惊起了那些已经栖息的水鸟。“烟袅”是写芦花深处腾起的轻烟，“渔歌”是耳闻渔人的船只满载而归驶入芦花深处靠岸的喜悦之声。这些所见之景和所闻之声，都预示了船刚靠岸的景象。

词的下片，着重描写夜深之景。

过片三句“扁舟短棹归兰浦，人去，萧萧竹径透青莎”，写小船靠岸的情景：配着短桨的一叶小舟回到了兰草丛生的水边，船上的人已经离去，透出青草的曲径边只剩下风吹竹林的余响。这里，词人点出船归水边的情形，并用“人去”写出了船停人离的情况。“萧萧竹径”四字，既写出人去的方位，又写出路上的风景：那条蜿蜒于竹林之中的小路，是船上的人们最终消失无声的地方。“萧萧”二字，既有人们刚刚离去触动竹林而发出的声响，又有夜风中竹叶的响声。这样落笔，更显示出夜的寂静。

词末三句“深夜无风新雨歇，凉月，露迎珠颗入圆荷”，描写夜之静谧：深夜时分，风停了，雨也止了，那皎洁的月光似乎送来了阵阵新凉，那圆圆的荷叶上正有颗颗闪亮的露珠在滚动。这里，词人把露珠在“凉月”下晶莹可爱、玲珑剔透的景象描写出来，显得颇有生趣。这大概是词人于孤寂之中所流露出的些许亮光和欣慰。

这首词最显著的特点是融情于景，妙在无痕。词人看似全是纯客观地描写薄暮到深夜的景致，但那“寒波”，那“沉沉”“江水”，还有那“渔歌”“萧萧竹径”，更有那“无风”“雨歇”“凉月”和“露珠”，所有这些，把词人内心淡淡的忧愁和喜悦含蓄而委婉地表露了出来。

尹　鹗

尹鹗，生卒年不详，成都人。晚唐五代词人。工诗词，风格与柳永相近，今存词十七首，收入《花间集》《尊前集》中。

满　宫　花①

月沉沉②，人悄悄，一炷后庭香袅③。风流帝子不归来④，满地禁花慵扫⑤。　　离恨多，相见少，何处醉迷三岛⑥。漏清宫树子规啼⑦，愁锁碧窗春晓。

注　释

① 满宫花：词牌名，双调，十句五十字。
② 沉沉：形容月色皎洁明亮的样子。
③ 香袅：香烟袅袅升起。
④ 帝子：这里指前蜀末代皇帝王衍。
⑤ 禁花：禁苑中的落花。
⑥ 三岛：传说中海上的三座仙山，即蓬莱、方丈、瀛洲。亦泛指仙境。
⑦ 漏清：凄清的沙漏声。

题解

这首宫怨词描写了寂寞、凄冷的宫廷生活。词人曾为前蜀参卿，对“风流帝子”前蜀皇帝王建之子王衍极为不满：王衍在其父死后继位，曾于咸康元年（925）秋九月，奉母徐妃同游青城山，驻在上清宫。“时宫人皆以道服，顶金莲花冠，衣画云霞，望之若神仙。……又构怡神亭，以佞臣韩昭等为狎客，杂以妇人，以恣荒宴，或自旦至暮，继之以烛。”（《旧五代史·僭伪传》）结果时日不长，前蜀便被后唐所灭。词人对此有着深重的哀怨，便以此词表达前蜀灭亡的不尽伤感。

赏析

词之上片，重在写景。

开篇三句“月沉沉，人悄悄，一炷后庭香袅”，描写蜀宫后庭深夜之空寂的环境：月色沉沉，人声悄悄，那后庭之中一炷香烟袅袅。词人用“人”“月”之“悄悄”“沉沉”相映衬，写出了后宫之寂寥、静谧。又以“一炷”“香袅”衬托宫廷之孤寂。大概正有一位不眠的女子在含泪默默祈告。这就把宫寒国亡之意暗寓其中。

上片后二句“风流帝子不归来，满地禁花慵扫”，紧承上句，道出宫寒国亡之原因：风流快活一时的帝子已经一去不归，那禁苑内的满地落花也无人来扫。上句以“风流”二字，直接说明“天下之祸，不由于外，皆兴于内”（南朝宋·范晔《后汉书·傅燮传》）之缘故。“风流皇帝”王衍沉溺声色，不思治国，荒淫无度，导致国破。“不归来”三字，既揭露其整日淫乐、不回后宫的历史事实，又鞭挞其淫靡身亡的可耻、可悲的罪恶行径。可说是言外有意，一语双关。下句以景融情，以人亡宫寒的荒凉之景，进一步说明这是“不归来”的必然结果，充分证明了“恃德则固，失道则亡”（北魏·常景《洛桥铭》）的道理。

词之下片，重在抒情。

过片三句“离恨多，相见少，何处醉迷三岛”，是词人义愤填膺的幽怨和讽刺：离别的怨恨多，相见的欢愉少，风流皇帝不知在何处饮酒作乐，飘飘欲仙。前两句以“离多”“见少”揭露前蜀皇帝王衍的丑恶行径。他常常在外与狎客妇人鬼混，自然疏远了正宫后妃，更毋谈治理国家。这“离恨”表面是写宫妃之怨恨，其实是词人恨之入骨的怨怼：“醉迷三岛”，身死人手，罪有应得。这也说明了“失道妄行，逆天暴物，穷奢极欲，湛湎荒淫”（汉·谷永《灾异对》）而使国破身亡的道理。词旨深刻，引人深思。

“漏清宫树子规啼，愁锁碧窗春晓”最后两句，是景中融情：此时，凄清的滴漏之声伴着那宫树间子规鸟的啼鸣，那为忧愁充塞的碧纱窗又迎来了一个新的春晓。这里，虽说是一个令人憧憬的“春晓”，但这是在“清漏”的凄厉之声和“子规”泣血而啼的甚哀之鸣中迎来的，故而词人用了“愁锁”二字，又为全词抹上了一层极浓重的哀伤。尽管子规在啼血鸣叫“不如归去”，但淫逸亡国的“风流帝子”再也难以唤回，恐怕连魂魄也无踪迹了吧？！

此词最大的亮点是别出心裁，富有创意。词人以“宫怨”的旧瓶装上了亡国之痛的新酒，语含讽谏，深入浅出，有以史为鉴、发人深省之作用。

李 珣

李珣，生卒年不详，字德润，其祖先为波斯人，居家梓州（今四川三台）。晚唐至五代时期词人。工诗词，擅长描写男女爱情的婉约词和怀古伤今的抒怀词，为“花间派”的代表人物之一。著有《琼瑶集》，已佚，今存词五十四首。

浣 溪 沙

晚出闲庭看海棠，风流学得内家妆[①]，小钗横戴一枝芳。　镂玉梳斜云鬓腻[②]，缕金衣透雪肌香[③]，暗思何事立残阳。

注 释

① 风流：风采流韵。内家妆：皇宫内的装饰，即宫女们的打扮。

② 镂玉梳：雕有花纹的玉梳子。腻：光滑。

③ 缕金衣：用金线织就的衣服。雪肌香：散发出香味的身体。

题 解

词人李珣，少有诗名，兼通医理。其词风格清婉，尤是描写南方风情的作品，极真切可爱。此词通过描写一位艳丽少女入时的晚妆及超人的美貌，刻画出她丰富的情感和极其微妙的心理。读之，颇有意趣。

赏 析

词的上片，着重描写少女观花时的形象。

开头“晚出闲庭看海棠”一句，叙事中兼有描写：傍晚时，她步出空庭，观赏那艳丽的海棠。词人用白描的手法来写，虽则七字，但给人留下不少想象的空间。“晚出”二字，既交代了出“庭”的时间，又让人推想“晚”之原因（比如精心妆饰、打扮，甚或有杂事缠身之类）。“闲庭”二字，亦说明少女所在的庭院大概常与外界隔绝，很少有人到来，甚或她长年深居简出，既感悠闲，又觉无聊，故而信步而出，散心而已。“看海棠”三字，正是她散心、放松之体现。想那“雪绽霞铺锦水头，占春颜色最风流”（唐·吴融《海棠二首》）之海棠，吸引住了少女的眼珠子，故而要好好地赏“看”一番。

上片后二句“风流学得内家妆，小钗横戴一枝芳”，紧承上句，描写少女观花时的形象：她学来宫内妆饰的模样，头上的秀发梳得光溜溜的，那油黑发亮的美发上横插着一支小小的玉钗，同时又配上一枝刚刚采摘下的海棠花。这里，词人再次用白描的手法来写，却写得极有层次。首先她给人的感觉是“风流”（这里当是超逸佳美），因为她学得了宫中女子的妆饰式样（古代宫女无所事事，极尽梳妆打扮之能事，发明了诸如蝉鬓、梅花妆和胡服等发式、脸饰和服饰，然后又风行于民间），可见她心灵手巧；其次，“小钗横”说明她学得了宫女发式也用在了自己身上，可见她赶时髦，很时尚；第三，“戴一枝芳”说明她爱打扮，有爱美之心。

词的下片，着重刻画少女在夕阳中的形象。

过片一句“镂玉梳斜云鬓腻”，描写少女的头饰：雕花的玉梳斜拢住如云、光滑的美发。词人巧用化静为动的手法，不事雕饰、不加烘托地再次白描她的发饰，显示了她的聪颖和美丽。

“缕金衣透雪肌香，暗思何事立残阳”，最后两句描写少女的衣着和心理：她身上穿着缕金的轻薄罗衣，半遮半露地透出白嫩的肌肤；她凝神含情的神态，让人暗中思量她为何要默立于夕阳的残照之中。上句写少女入时的着装，尤是“雪肌香”三字，视觉和嗅觉相兼，把她那“千呼万唤始出来，犹抱琵琶半遮面”（唐・白居易《琵琶行》）之风情万种写了出来。末句用“立残阳”的白描，但少女窈窕的身材、脉脉含情的神态则不难想见，宛然在目，令人寻味。加之“何事”二字，引人思索，又逗引出无限的意趣。同时，又首尾遥相呼应，令人遐想，可谓意味无穷，确为“状难写之景如在目前，含不尽之意见于言外”（宋・欧阳修《六一诗话》）的神妙之笔。

这首词最突出的特点是用笔如神，手法精妙。词人几乎全用纯白描的手法，给我们刻画了一位时尚、聪颖、美丽的少女形象，用笔简洁传神，达到了形神兼备、出神入化，确为佳妙之作。

南　乡　子

烟漠漠①，雨凄凄②，岸花零落鹧鸪啼。远客扁舟临野渡③，思乡处，潮退水平春色暮④。

注　释

① 漠漠：云烟密布的样子。
② 凄凄：迷迷蒙蒙的样子。
③ 野渡：郊外的渡口。
④ 春色暮：到了暮春时节。

题　解

据史载，词人李珣极有个性，他仕于前蜀，蜀亡后坚持一臣不事二主，浪迹天涯，他乡飘荡。这首词当是他流寓异乡的经历纪实。此词描写了游子在江南暮春烟雨中的思乡之情。词人运用淡淡的笔墨，描绘渲染了暮春黄昏之际的渡口，引起读者浓浓的思乡之情。由于词人有切身体验，故而笔下的景物如在眼前，言情之深挚、深切，不由得让人洒下一掬同情之泪。

赏 析

起首三句“烟漠漠，雨凄凄，岸花零落鹧鸪啼”，词人给我们描绘出江南暗淡、迷离和令人凄恻的景象。在一片茫茫的烟雾之中，在满天的蒙蒙细雨中，只听得岸边那鹧鸪鸟不停地在零落的花中鸣啼。词人乍一下笔，就以“漠漠”和“凄凄”来描写“烟”“雨”，给人一种“漠漠帆来重，冥冥鸟去迟”（唐·韦应物《赋得暮雨送李胄》）之凄楚、凄凉的感受，以暗淡、迷离的景象，给全词笼罩上一层凄“烟”苦“雨”的阴暗、潮湿的色彩。词人再以“岸花零落”“鹧鸪啼”之“岸花前后闻幽鸟”（唐·李绅《灵汜桥》）的场景，让人倍感凄冷和凄伤。尤其是“鹧鸪啼”三字，把那种“鹧鸪声里烟雨凄（原句是‘夕阳西’），陌上征人首尽低”（清·尤侗《闻鹧鸪》）的凄寒、凄迷和凄切表现了出来。由此可见，词人之“伤离欲断魂”（李珣《浣溪沙》）“行客自多愁”（李珣《巫山一段云》）的伤悲是多么深重！

后三句“远客扁舟临野渡，思乡处，潮退水平春色暮”，紧承鹧鸪声声似催人快速回归的凄哀之声，再写眼前所见之景。这时，只见一叶扁舟正载着远客慢慢地驶向一个郊野荒凉的渡口。这种地方最易引发阵阵思乡之愁。此时的江上潮水已退，水面平静，时令已是暮春时节。这里，词人由“远客扁舟”临岸的情景，将生发的难以割舍的乡愁点示出来，不禁对景伤怀。他又一次地想起了家乡和亲友，似乎看到了他们眼巴巴地盼望自己回归的神情，一时之间，“思归如汶水，无日不悠悠”（唐·李白《太原早秋》）之急切回归之情难以抑止，“思亲（原句是‘思君’）不可得，愁见江水碧”（唐·李白《江行寄远》）之愁思之心难以平静，“思旧故以想像兮，长太息而掩涕”（《楚辞·远游》），悲愁交加，痛苦不堪！词末以潮退后的春江暮色作结，更是开阔高远的苍茫之景，显示出思乡之愁如浩浩江水滚滚东去，无有穷尽。这样，就把词人背井离乡、远离故乡和亲人的万千苦痛，通过眼前之景表现了出来。

这首词最显著的特点是景中融情，情景交融。字字含离意，句句写离情，那“漠漠”之“烟”，“凄凄”之“雨”，那“零落”之“岸花”，悲“啼”之“鹧鸪”，还有那“远客”之“扁舟”，更有那“野渡”之“思乡处”，把“游子悲故乡”（汉·班固《汉书·高帝纪》）的“遥相思”“心独伤”（汉·李陵《别诗》）之万千凄苦皆含其中，达到了“一切景语皆情语”的艺术境界。

南　乡　子

乘彩舫[①]，过莲塘，棹歌惊起睡鸳鸯[②]。游女带香偎伴笑，争窈窕[③]，竞折团荷遮晚照[④]。

注　释

① 彩舫：用色彩装饰的小船。
② 棹（zhào）歌：船歌。棹：船桨，这里指代船。
③ 窈窕：姿态美好的样子。
④ 竞：竞相。团荷：圆圆的荷叶。

题　解

词人李珣作《南乡子》十七首，皆以描写江南风土人情、状景绘形生动逼真以及情真意挚而独具一格。此词描写了水乡女子的一个生活片断——乘船游荷塘，给读者展现了一幅色彩绚丽、赏心悦目、场面动人的莲塘画卷，使人得到一种颇具民歌风味的画面和人物兼美的艺术享受。

赏析

前三句“乘彩舫，过莲塘，棹歌惊起睡鸳鸯”，描写南国水乡女子漫游莲塘的情景。她们乘着彩饰的游船，悠悠荡荡地驶过水波清澈的莲花池塘，船上传来悠扬的歌声，使安睡于莲叶清波间的对对鸳鸯受惊而飞起。词人刚一落墨，就给我们呈现了一幅优雅静谧、令人陶醉的画面。春日里，圆荷满塘，绿波荡漾，景色融融。在这如诗如画的美景中，一群乘坐彩饰华丽游船的美少女出现了——她们陶然自乐，悠然地荡桨划船，和棹而歌，煞是可爱。不过，她们美妙的歌声还是不小心惊破了莲塘中对对鸳鸯的好梦，它们便从莲叶清波间扑棱棱地飞起。这里，词人以饱蘸色彩和饱含情感的笔触，给我们展现了一幅由“彩舫”“莲塘”和“鸳鸯”组合成的五彩缤纷、令人目不暇接的南国水乡的美丽画面。词人绘声绘色、引人入胜的描写，为下面的进一步描写提供了背景，具有很好的铺垫和映衬作用。

后三句“游女带香偎伴笑，争窈窕，竞折团荷遮晚照”，词人正面描写水乡女子触景生情、敞露春心的娇美之态。她们浑身沾满了荷花的清香，正在游船之上相依相偎、说说笑笑、逗趣取乐呢！你瞧，她们不仅在依偎、笑闹之中，把一串串银铃般悦耳的欢声笑语撒向荷塘，而且她们争比着谁更姣美、谁更窈窕，一个个争相折了那圆圆的大荷叶，来遮挡那夏日依然有点灼人、炫目的夕阳的余晖。这三句，词人摄取了两个极有情趣、意趣的特写镜头——“香偎伴笑图”和“争美荷遮图”，鸳鸯“惊”醒了少女们的春心，此景被生动地表现出来。虽然未写观众，但从镜头之中可以想象到观众的存在和反应。当姑娘们“香偎伴笑”之时，游人（尤是青年男子）早已争相注目，在这热辣辣的眼光中，她们自觉有些难为情，便急中生智，争相从水中摘下一片圆圆的荷叶，以遮挡夕阳的举止，避开游人的围观。这样写，既刻画出她们天真活泼、纯真纯洁的性情，又描写出她们害羞、姣好的神态。

这首词有两大亮点：一是构思巧妙。全词妙用前三句“闻其声”、后三句“见其人”的手法来结构全篇，设置悬念，新颖有趣。二是蒙太奇手法（镜头组接）的运用。前三句摄取了“彩舫过莲塘”和“棹歌惊鸳鸯”两个特写镜头，后三句摄取了“香偎伴笑图”和“争美荷遮图”两个特写镜头，状写景致秀美如在目前，写人形神兼备、栩栩如生，做到了词中有画。

定风波

志在烟霞慕隐沦①，功成归看五湖春②。一叶舟中吟复醉，云水，此时方认自由身③。花岛为邻鸥作侣④，深处，经年不见市朝人⑤。已得希夷微妙旨⑥，潜喜⑦，荷衣蕙带绝纤尘⑧。

注释

① 烟霞：这里指代山水。隐沦：这里指代隐士。

② 功成归看五湖春：说的是吴越争霸时，越国范蠡辅助勾践灭吴后功成身退，隐居五湖之典。

③ 自由身：指不受朝廷和世俗约束的自由人。

④ 鸥作侣：以海鸥为伴。

⑤ 市朝：指一般人聚集的地方。

⑥ 希夷微妙旨：指道家学说关于空虚寂静的深奥道理。

⑦ 潜：暗地里，暗暗。

⑧ 荷衣蕙带：用荷叶做衣服，用蕙草做衣带。

题解

这首以历史典故抒写心志的词，当作于前蜀被灭之后。词人李珣无意于朝班，决然闯荡江湖，隐逸终生。他崇尚“乐道而忘贱，安德而忘贫”（汉·刘安《淮南子·精神训》）之安贫乐道的人生追求，于是写下此词。词人借用范蠡功成不仕的故事，表达了自己国亡不仕、归隐山水、无意涉世之情志。此词语言清丽，表意明确，毫不隐讳自己的人生追求，这种直抒胸臆的写法，在“花间”词里所独有，“洒然高逸”“可成一派”（李冰若《栩庄漫记》）。

赏 析

词之上片，着重于借典明志。

“志在烟霞慕隐沦，功成归看五湖春”，词人开宗明义，直言心志：我一直仰慕那些志在山水泉石的隐逸之士，就像当年的范蠡那样，为国建功、功成名就之后便隐姓埋名，寄情于五湖那烟波浩渺的春水之中。词之首句，词人开门见山，直截了当地表明自己志在山水、志在江湖的心愿。之后，直接引出范蠡功成身退、泛舟五湖、饱赏湖光春色之事，寓词人归隐山水之志，有一种热切之渴望和追求在其中。

上片后三句“一叶舟中吟复醉，云水，此时方认自由身”，抒写自己无官一身轻之愉悦：云水之中，驾一叶扁舟，又是吟诗又是醉酒，无牵无挂，身心愉悦地徜徉逍遥于大自然，这时才感到自由是如此可贵，身心两忘是多么难得。“吟复醉”三字，写出了隐退之后如释重负的轻松感充溢身心之舒适、快慰。“云水”二字，表达了词人“无论海角与天涯，大抵心安即是家”（唐·白居易《种桃杏》）之去官离职的快心惬意。

词之下片，着重于直抒胸臆。

过片三句“花岛为邻鸥作侣，深处，经年不见市朝人”，词人抒写隐居山水的安闲与恬适：我与繁花似锦的小岛相邻，我与那自由飞翔的海鸥为伴侣，退居在烟霞深处，经年累月不见那些奔忙于市朝的人们。这里，词人引用《列子·黄帝》中海上隐者的典故，表达在大自然中得到了无尽的快意和舒适。

词末三句“已得希夷微妙旨，潜喜，荷衣蕙带绝纤尘”，表达了词人超凡脱俗、不染纤尘的忠贞不贰之心：我已经深得无声无色无形的妙言要义，心中暗自欢喜，荷衣蕙带不染世俗的一点尘垢。这里，词人化用老子《道德经》“视之不见名曰夷，听之不闻名曰希”之意，表达自己对此语深会于心而暗喜不已，故而应像屈原那样“制芰荷以为衣”“纫秋兰以为佩”（战国楚·屈原《离骚》），超凡脱俗，纤尘不染，坚持蜀亡不仕、不与新政合作之意愿。这就把词人的高洁雅趣表现了出来。

这首词最大的特点是议论入词，表达心志。尽管词中亦有“烟霞”“云水”“花岛”等意象，但都是为表达词人忠贞不贰的心志，或以典，或以景，或以想象。这在“花间”词中是颇为独特的。

李 存 勖

李存勖（xù，一作“勗”）（885—926），字亚子，应州金城（今山西应县）人。五代时后唐开国皇帝——后唐庄宗。喜好诗词。《尊前集》收录有他的四首词作。

忆 仙 姿[①]

曾宴桃源深洞[②]，一曲清歌舞凤[③]。长记欲别时，和泪出门相送[④]。如梦，如梦，残月落花烟重。

注 释

① 忆仙姿：词牌名，由后唐庄宗李存勖所创，后改为“如梦令”。单调，七句三十三字，六仄韵。

② 宴：宴请。桃源深洞：典出陶渊明《桃花源记》，后指代歌舞场所。

③ 清歌舞凤：形容歌舞优美动听。

④ 和泪：含泪。

题解

词人李存勖借用南朝宋文学家刘义庆所著《幽明录》中的神话传说，以刘晨、阮肇入山林采药遇仙女的不忍别离之意，来表达自己与歌楼女子深思挚念之情。此词语言优美，既写与佳人相聚于世外桃源之梦境，又写月残、花落的凄清、凄凉之现实，给全词笼上了一层迷离、孤寂的气氛。“以闲淡之景，寓浓丽之情，遂启后代词家之秘钥”（俞陛云《唐五代两宋词选释》）。

赏析

“曾宴桃源深洞，一曲清歌舞凤”，词人紧扣词牌“忆仙姿”之意，直写刘晨、阮肇偶遇仙女之事：曾记得欢宴于桃花源的深洞，观赏过那一曲清歌伴着凤鸟般的舞姿飞动之场景。乍一起笔，词人便着上“曾宴”二字，点明刘、阮遇仙女之本事，由虚幻的仙境入笔，给人以恍然入梦的感觉。“桃源深洞”更是以《幽明录》中的仙洞直接出之。“清歌舞凤”则是对仙女美姿的具体描写。这样，就把刘、阮遇仙的故事通过想象展示出来，为后面的进一步抒写做了很好的铺垫。当然，唐五代词牌中，多有“仙”字，如《天仙子》《别仙子》《临江仙》等，其中只有极个别实咏仙女，大多数都是别有所指、别有所意。此词亦不例外。

接下来二句“长记欲别时，和泪出门相送”，描写别时美人相恋难舍的凄苦情状：久久难忘将要分手的时候，她两眼水汪汪地送心上人出门，像是有千言万语要说，可又伤心得无法说出。这是一个“和泪相送”的特写镜头，与词首的美女清歌佐酒、曼舞助兴之热闹、欢乐场景形成了鲜明的对照。“长记”二字，似是叙遇仙之古事，实则是词人与一歌楼女子交往之真事，故而这二字十分重要，是本词的关键所在。那女子的痴情挚意给词人留下了难以磨灭的深刻印象，那情那景，那恩那爱，真如梦幻一般，常浮现于词人的眼前。然而，一遇而未能再见，不就如刘、阮之遇仙女？！这也正是词人以“曾宴”起首之原因了。另外，一首小词字数有限，要尽可能“片言可以明百意，坐驰可以役万景”（唐·刘禹锡《董氏武陵集记》），故而词人只能撷取送别这一情感之高潮场面，来表达心中的离情别绪。

词末三句“如梦，如梦，残月落花烟重”，实则是词人发自肺腑的、痛心疾首的声音：这简直是一场春梦！这实在是一场春梦！残月在天，落花遍地，云烟迷漫，雾气重重。词人叠用“如梦”二字，把昔年之事与今之梦境叠加，把“相见时难别亦难，东风无力百花残”（唐·李商隐《无题》）的无尽伤感皆含其中。可说这四字实为本词之词眼，将词人心中之凄楚、之遗恨尽含其中。想那庄宗，以武将而破燕灭梁，成为后唐之主，能以如此文墨，表达对一歌楼女子的痴情真意，也算得是风流帝子也！

此词最显著的特点是情意深挚，手法精妙。全词采用虚中有实、虚实相兼、以虚写实的手法，借神话传说之虚，来抒写对歌楼女子的苦苦思念之实情，在看似闲淡的景致中，融入了浓浓的真情挚意，确是词短情长之佳作。

冯 延 巳

冯延巳（903—960），字正中，广陵（今江苏扬州）人。五代十国时期著名词人，官至宰相。工于词，多写闲情逸致，词作文人气息浓厚，他的词风对北宋早期词坛产生了直接的影响。有词集《阳春集》传世。

归 国 遥①

春艳艳，江上晚山三四点，柳丝如剪花如染②。　　香闺寂寂门半掩，愁眉敛，泪珠滴破胭脂脸。

注 释

① 归国遥：唐教坊曲名，后用作词牌名。双调，六句三十四字。
② 柳丝如剪：典出贺知章《咏柳》，指春天的景色。

题 解

此词以极小的篇幅状景言情，语言优美，朗朗上口。尤是描绘出“杨柳风轻，展尽黄金缕”（冯延巳《蝶恋花》）之春天美景。然后，展现了一个特写的静景：香闺之人，不敢把门敞开，愁眉不展，泪珠滴落在脸上。这就给人一种极为沉抑的感受，使人如女主人公一般忧虑。

赏 析

词之上片，用来状景。

“春艳艳”看似三字，内容却极为丰富：春色鲜艳。用“春”字点明季节，用“艳艳”突出春之特点，给读者以丰富的想象空间。可以是“春日游，杏花吹满头”（五代前蜀·韦庄《思帝乡》）之“春已归来，看美人头上”（宋·辛弃疾《汉宫春》），亦可是“春风得意马蹄疾”之“一日看尽长安花”（唐·孟郊《登科后》），还可以是“春色满园关不住”之“一枝红杏出墙来”（宋·叶绍翁《游园不值》），等等。

上片后二句“江上晚山三四点，柳丝如剪花如染”，紧承上句，抒写词人望中之所见：暮色中那江上的远山，宛如三四个小点；那柳丝细柔就如剪刀剪出的一样，那鲜花清新鲜艳就像染就的一般。这里，上句写望中远景，巍巍的春山在浩瀚的大江中只是三四个小点，其视野极其广阔。下句写眼前近景，词人巧用比喻和化用唐代贺知章《咏柳》“不知细叶谁裁出，二月春风似剪刀”的写作手法，描绘出一个柳、花相映相衬的“春艳艳”之美景。

词之下片，重在言情。

“香闺寂寂门半掩”，词人给读者展现了一个颇具特色的特写镜头：静静的香闺中，门儿却半开半掩。由“寂寂”二字，便可见出闺中人之情态：她从半开半掩的门里朝外瞧望。由此可知，上片所写之景，大概正是她望中所见。这样，就使上片春景中有了人之情感，使上、下片勾连成一个整体。

下片的后二句“愁眉敛，泪珠滴破胭脂脸”，正是词人对上句“寂寂”的具体描写：只见她秀眉愁聚，泪珠儿滴滴落下，把她刚刚搽好的胭脂脸也弄花了。这里，词人用精细的笔墨，刻画了女主人公“眉敛”“泪滴”的愁苦满面的形象。这就告诉读者，她严妆等待心上人在春风中归来，但人却无影无踪，故而“泪珠”滴落，“愁眉”难展。这就把闺中少妇的相思之愁苦极形象地展现出来。

这首词构思匠心独具，手法极为精妙。词人采用上片状景、下片言情的写法，以丽景而衬“愁”情，真正达到并获得了“以乐景写哀景”“倍增其哀”（清·王夫之《姜斋诗话》）之艺术效果，确为唐五代词中的一朵奇葩。

芳 草 渡[①]

梧桐落，蓼花秋[②]。烟初冷，雨才收，萧条风物正堪愁[③]。人去后，多少恨，在心头。　燕鸿远，羌笛怨[④]，渺渺澄江一片[⑤]。山如黛，月如钩，笙歌散，魂梦断，倚高楼。

注 释

① 芳草渡：词牌名，双调，十六句五十五字。

② 蓼（liǎo）：一年生草本植物，多生长水中，秋季开花，花淡红色或白色，味苦，可作药用。

③ 萧条：寂寞冷落。

④ 羌笛：古代羌族的管乐器，声音哀怨婉转。

⑤ 渺渺：水空远辽阔的样子。

题 解

这首词描写深秋离人去后词人独倚高楼暗自心伤的情景，为冯延巳所作。在“秋风萧瑟天气凉，草木摇落露为霜”（三国魏·曹丕《燕歌行》）的深秋时节，词人送走离人之后，独自倚楼，见那寂寥凄清之景，不禁愁上心来。真个是“何处合成愁？离人心上秋。纵芭蕉、不雨也飕飕”（宋·吴文英《唐多令》）啊！词人为了驱遣这无尽的愁思，写下了这首词。

赏 析

词的上片，重在借景抒情。

“梧桐落，蓼花秋”，状写深秋时节，词人送走离人之后，独自倚靠高楼栏杆之上，只看到一片寂寥凄清之景：那梧桐树叶落纷纷，那水蓼花正开着或白或淡红的花。乍一落笔，词人就着上“梧桐落”三字，这就把“梧桐树，三更雨，不道离情正苦，一叶叶，一声声，空阶滴到明”（唐·温庭筠《更漏子》）之悲戚、悲愁之情蕴含其中。“蓼花秋”三字，把见萧瑟之景而别离之情怀更为悲凄的内心感受融于其中。双重的萧然之秋景，使词人别离的心境更加悲苦。

接下来的三句“烟初冷，雨才收，萧条风物正堪愁”，继续写景并陈说内心的感受：那迷蒙的雾气初冷，那飘洒的细雨才收，眼前萧瑟的风光景物令人心中更加忧愁。这里，词人又以“烟冷”“雨收”的双重悲楚之秋景写出心境的凄恻。“萧条风物”是对前面多重凄凉之景的概括。“正堪愁”是词人最深切的感受。词人明确点出词旨——“愁”，并以“正堪”二字，把“多情自古伤离别，更那堪，冷落清秋节”（宋·柳永《雨霖铃》）的无限悲愁直接表达出来，且有一种“愁无际，暮云过了，秋光老尽，故人千里，竟日空凝睇”（宋·柳永《诉衷情》）之无法忍受的愁苦蕴含其中。

上片末三句“人去后，多少恨，在心头”，是词人直接抒情：自从人去后，有多少的怨恨，凝聚在心头。“人去后”三字，点出“愁”的原因。由此可见，景本已“堪愁”，离人又去，别更添“恨”，“愁”“恨”交加，怎能忍受？！这种凄惋、凄伤，真的是“剪不断，理还乱，是离愁，别是一般滋味在心头”（五代南唐·李煜《相见欢》）啊！

词的下片，重在以景融情。

过片处三句“燕鸿远，羌笛怨，渺渺澄江一片”，词人又以眼前之景渲染离别之幽怨和悲哀：那春来秋去的燕子和大雁已经飞远，那远处传来的羌笛之声如泣如诉，那清澈的江上是浩浩渺渺的一片。这里，词人以“燕鸿远”三字，写出了时间之推移，“羌笛”声声，衔“愁”含“恨”，令人难以忍受。这就把“羌管不须吹别怨，无肠更为新声断”（宋·欧阳修《蝶恋花》）之凄哀写了出来。词人再以“渺渺澄江一片”的实景加以衬托，喻指词人无法驱遣的哀怨心境。

“山如黛，月如钩，笙歌散，魂梦断，倚高楼”，词末五句，照应上片离愁别恨，再以景融情：那青山如眉黛，明月似帘钩，笙乐歌舞一时之间已经消散，那悠悠的相思之梦魂已断，只能独自倚在高高的楼前。这里，词人抒写的已是夜间的情景。离愁别恨在心，辗转反侧，难以入睡。倏尔入梦，又被惊醒，再次倚楼，愁恨更深更重。尤是照应上片，十分巧妙。“笙歌散”回应“人去后”，“魂梦断”补足“多少恨”，“倚高楼”则暗示“在心头”，这就把别离之愁怨难以挥去之情景写了出来，真的是“恨旧愁新，有泪无言对山月（原句是‘晚春’）”（宋·淮上女《减字木兰花》）！

这首词旨意明确，手法巧妙。词人运用借景抒情、以景融情的手法，构思全词，且以若断却连、似散还合、相互照应的绵密之法来写作，一昼一夜，蕴意深长，确有“音节绵邈”“语短韵长”（清·陈廷焯《别调集》）之特色。

三 台 令[①]

春色，春色，依旧青门紫陌[②]。日斜柳暗花蔫[③]，醉卧谁家少年？年少，年少，行乐直须及早。

注 释

① 三台令：唐教坊舞曲名，后用作词牌名。单调，八句三十二字。

② 青门：汉代长安城的东南门，因其颜色为青色而称为青门，泛指城门。紫陌：泛指京城郊外的道路。

③ 蔫：花草因为缺水而出现色彩变淡或形态萎缩。

题 解

词人冯延巳博学善辩，深得南唐中主李璟宠信，官至宰相。后因兵败周师，被罢相，黜为太子太傅。此词当是词人晚年所作，以表对人生的感慨。此词语言清丽，以委婉的手法抒写了触春景而生发的伤春迟暮之感，表达了颇为强烈的惜春之意。并无曹孟德“老骥伏枥，志在千里”（三国魏·曹操《步出夏门行·龟虽寿》）的雄心壮志，但却提醒人们“行乐直须及早”。尽管“行乐”的含义各有理解，但其中的不负青春、有所作为，还是值得肯定的。

赏 析

起首三句“春色，春色，依旧青门紫陌”，词人以叹赏的口气表达对春色的留恋：无边的春色啊，春色无边！金陵城依然是青色的城门、紫尘的阡陌。乍一落笔，词人连用叠字“春色”“春色”，既歌又叹，写景抒情兼而有之，其喜不自胜之情形不难想见。“依旧”二字，便是对这种“年年岁岁花相似”（唐·刘希夷《代悲白头翁》）之春景的描述。“青门”二字，化用了“青门柳枝软无力，东风吹作黄金色”（唐·白居易《长安春》）之诗意；“紫陌”化用了“紫陌红尘拂面来，无人不道看花回”（唐·刘禹锡《元和十一年自朗州召至京戏赠看花诸君子》）之诗意，写出了花枝招展、万物争荣的春日盛景。也将一种“芳草年年与恨长”（冯延巳《南乡子》）的垂暮之年的伤感寓于之中。

中间二句“日斜柳暗花蔫，醉卧谁家少年”，虽则词人老眼昏花，但还是捕捉到好的风景：夕阳斜挂，柳色深暗，花儿的颜色有些浅淡；不知谁家的少年，竟醉卧在这夕阳斜照的春景之中。上句，词人似乎写出了一个日暮“柳暗花蔫”的景致，融入了人生迟暮的喟叹。下句，却是一道风光无限的亮丽风景：夕阳晚照，但活力无限的少年却特享受这一时光！这时的词人，眼里满是羡慕，羡慕少年的无忧无虑和来日方长，亦把自伤迟暮、青春难再的悲哀寓于之中。

词末三句“年少，年少，行乐直须及早”，是词人发自肺腑、真心实意的劝告：年少可贵，可贵年少，人生行乐真的要及时趁早。词末与词首相照应，同样叠字连用，既有真诚的告诫，又有不尽的悔恨和感伤。尤是“行乐”二字，绝非字面之意。作为一代宰相，当然是把有所作为看作“行乐”的一个重要内容。

这首词的特点有二：一是形式上的首尾呼应。词首以“春色”之叠词起笔，咏叹春色之好，词末以“年少”之叠词收结，将语重心长的劝导直言说出，首尾圆合，意脉完整。二是内容上的正话反说，意在言外。词人把自己的人生经历、体验融汇于三十多字的小词之中，表面说“春色”“依旧”“行乐”“及早”，实则是表达春色难留、青春易逝的人生经验和教训，告诫人们“人生一世，如白驹之过隙”（汉·班固《汉书·张良传》），千万要珍重、珍惜！

李 璟

李璟（916—961），字伯玉，徐州彭城（今江苏徐州）人。南唐第二位皇帝。喜好诗书，多才艺。其词感情真挚，用词精练，语言不事雕琢。

望 远 行①

玉砌花光锦绣明②，朱扉长日镇长扃③。夜寒不去寝难成，炉香烟冷自亭亭④。　　辽阳月⑤，秣陵砧⑥，不传消息但传情⑦。黄金窗下忽然惊⑧，征人归日二毛生⑨。

注 释

① 望远行：唐教坊曲名，后用作词牌名。双调，九句五十五字。

② 玉砌：用白玉砌成的台阶。锦绣明：形容花光像织锦刺绣一样明丽。

③ 朱扉：朱红色的大门。长日：整天。扃（jiōng）：门闩，这里用作动词，关闭。

④ 亭亭：香炉的烟直立的样子。

⑤ 辽阳：今辽宁辽阳县，泛指东北地区。

⑥ 秣（mò）陵：今南京。砧（zhēn）：捣衣用的垫石。

⑦ 但：只，仅仅。

⑧ 黄金窗：用金属装饰的窗户。

⑨ 二毛：指黑白两种颜色的毛发。常用以指人衰老。

题 解

这首词当是作于词人李璟迫于军事压力向周称臣之后的晚年。词人政治上平庸无能，恣意享受，荒于国事。故而当他去帝号、割地称臣之时，对政治、人生皆感空虚和幻灭，只能借闺中思妇思念征夫来寄托他难以言说的苦闷和失望。这首词最大的特点是用环境来衬托出思归的忧愁情怀。此词语言生动、形象，善于运用点染、烘托和联想等多种手法，把思妇念远盼归之情表现得真切而感人，其中充满浓郁的生活气息。

赏 析

词之上片，着重以景色和环境写情。

“玉砌花光锦绣明，朱扉长日镇长扃”，是思妇眼前所见之景：碧玉般的台阶旁，那流光溢彩的花儿像铺锦列绣般的明丽，朱红的门扇却整日总是紧闭。乍一落笔，词人就呈现了一个让人疑窦顿生的景况：环境优雅，鲜花盛开，按说，女主人公——闺中少妇，一定会赏花散步，出门游春，要么便“春日凝妆上翠楼”（唐·王昌龄《闺怨》），览胜观景。然而，她却既未出闺房看花，出门赏景，又未登楼览胜，而是将朱红大门紧紧关闭。这里面一定是有着特别的原因，顺理成章引出下文。

上片末二句“夜寒不去寝难成，炉香烟冷自亭亭”，似乎给了读者颇为明确的暗示：漫漫长夜来临，闺房中的寒气还未散尽，想梦见心上人却久久难以入眠；袅袅婷婷的炉香已经燃尽，只有那剩留的青烟独自飘荡。很显然，女主人公是独守闺房，她正为离别而日夜苦恼、愁伤不已。透过语句，我们似乎看见，女主人公难以安睡，一会儿，“夜长人自起”，隔窗遥看那“星月满天空（原句为‘满空江’）”（唐·李益《水宿闻雁》）；一会儿，“夜长春梦短”，她仰望窗外，只觉得“人远天涯近”（宋·欧阳修《千秋岁》）；一会儿，“夜深风竹敲窗棂（原句为‘秋韵’），她愁看窗口，只觉得“万叶千声皆是恨”（宋·欧阳修

《玉楼春》）……就是这样，无尽的思念日日夜夜地消磨着她。

词之下片，着重用行动和心理写情。

过片三句“辽阳月，秣陵砧，不传消息但传情”，词人用“话分两头，各表一枝”的写法，分别写闺妇所思征人在“辽阳”边地和闺妇在“秣陵”闺中相思相念之情景。在那遥远的辽阳，她的心上人夜深未眠，他仰望着苍穹之上的明月，思念着闺中的妻子；而在秣陵，他的妻子——闺中少妇，在河畔浣纱洗衣，敲打着砧石。他们不能传递彼此的消息，只能以“明月”和“砧声”递送各自的深情。这三句可说是本词的神来之笔。词人营造了一个完整的意境——“辽阳”之征夫和“秣陵”之思妇，虽相隔千里之遥，但历代诗文中的游子、征夫之“月”和闺中思人之“砧”，却能遥传情意、寄托情思。本来，“月”和“砧”是可以传递信息的：“月”两地皆可看见，你“望”她亦“望”；“砧”却需要通过“寒衣”传递方能为征人所知。然而，不论双方皆可“望”见之“月”，还是单方传递寒衣之“砧”，皆是那样的冷酷无情——“不传消息”！那就只剩下双方“恨无兮羽翼，高飞兮相追”（汉·徐淑《答秦嘉诗》）之苦苦的、刻骨铭心的思念了！词人妙用拟人手法，以奇思妙想为传统的相思创造了一个新的意境。

词末二句“黄金窗下忽然惊，征人归日二毛生”，是闺中少妇的自思自叹：就算有一天，华美的窗下忽然响起你凯旋的惊唤，可那时的我却已是头发斑白！这里，词人通过思妇的心理描写，表达出对时光流逝的警觉和痛惜，有一种“日月逝矣，岁不我与”（《论语·阳货》）的喟叹。这大概正是词人的本意所在：自己的人生之路就是这样一个追求、企盼、幻灭的过程！

这首词最显著的特点是手法精妙。词人运用以景融情和拟人、想象等多种手法，假托念远盼归的思妇，表达了一代帝王失政误国的苦闷和怨恨。词人告诫我们：把人生最美好的时光，都抛撒在没有限期的企盼和等待之中，必将是一场悲剧！

李 煜

李煜（937—978），原名从嘉，字重光，号钟山隐士等，江宁（今江苏南京）人。南唐末代君主，在位十五年。精书法、通音律、工诗词，尤以词的成就最高。前期风格柔靡，后期题材扩大，含意深沉，感情真挚，对后世词坛产生深远的影响。

一斛珠[①]

晓妆初过，沈檀轻注些儿个[②]。向人微露丁香颗[③]。一曲清歌，暂引樱桃破[④]。　罗袖裛残殷色可[⑤]，杯深旋被香醪涴[⑥]。绣床斜凭娇无那[⑦]，烂嚼红茸[⑧]，笑向檀郎唾[⑨]。

注 释

① 一斛珠：唐教坊曲名，后用作词牌名。双调，十句五十七字。

② 沈檀（tán）：亦作“沉檀”，指妆饰用的颜料。轻注：轻点。些儿个：方言，一点儿。

③ 丁香颗：古人常把丁香含在口中以消除秽气，这里指代女子的舌头。

④ 樱桃破：这里指歌女张开樱桃般红润的小口。

⑤ 裛（yì）：沾湿。殷色：这里指红色湿润后成了深红色。可：犹可，不在乎。

⑥ 香醪（láo）：这里指美酒。涴（wò）：污染。

⑦ 绣床：刺绣用的工具，用来固定绣品。娇无那：娇美柔弱的样子。无那：无可奈何，难以自持的意思。

⑧ 红茸：红色的绒线。

⑨ 檀郎：古代女子对情人的昵称。

题解

词人李煜擅长诗文，精通书画，洞晓音律，尤以词名世。其前期作品，描绘宫廷享乐腐化的生活，表现伤时怀人、离愁别恨的情调，风格柔靡。其被俘后所作，一变而为“故国之思”“亡国之痛”，主要抒写对昔日帝王生活的眷恋和对眼前囚徒生活的哀叹，风格沉痛。此词当是词人前期所作。

赏析

词之上片，着重描写妻子歌唱之情景。

“晓妆初过，沈檀轻注些儿个”，词人描写妻子晨起临镜点唇之情景：晨起刚刚梳妆过，她把那红红的沈檀再往唇上轻轻地抹了些。乍一落笔，词人便以简省的笔墨，写上“晓妆初过”四字，既点明了时间，又把梳头、佩饰、着衣等具体的内容略去，只以“妆初过”三字一笔带过。然后，仅仅选取了“点唇”的细节，具体描写了她点唇的动作。“轻注”二字，就把她纤手轻抹的柔媚之姿写了出来。尤是口语“些儿个”的入词，更增加了情趣，亦可能是她边抹边自言自语，边抛媚眼给丈夫。这就给人留下了想象的空间，初步展现了她活泼、调皮和爱美的性格。

接着，词人又用“向人微露丁香颗”一句，描写她之妩媚动人：只见她那含香的舌儿向人微微吐露。这里，词人描写了妻子妆毕之后的一个细节：她显然对自己的容貌、装束极为满意，故而特意做出一个甜美的动作——向心上人微露舌尖，似乎在问：“美吧，美爆了吧！”那种自信自得，宛在目前。“丁香颗”三字，用借喻的手法，喻指舌尖，显得清新不俗，加之“微露”二字，更见其美。

末二句“一曲清歌，暂引樱桃破”，描写妻子的歌唱之美：一曲清脆动听的歌声，从她那美丽的樱桃小口中飘然而出，真是动人心弦啊！这里，词人巧妙化用“樱桃樊素口”（唐·白居易《咏侍姬》）之诗意，再以“樱桃”借喻妻子之口，雅而不俗，且极有风采。

词之下片，着重描写夫妻欢会调笑之情态。

过片二句“罗袖裛残殷色可，杯深旋被香醪涴”，描写宴饮醉酒之情形：宴饮酒会，她的红罗衣袖沾湿变深，她全不在乎；小盅微啜似不过瘾，她换过深口大杯接连又饮，哪里还在意污染了罗衣？！这里，词人又用宴饮时的几个细节——她全然不顾惜新换的罗衣，任其被酒沾湿、变了颜变；她毫无顾忌地碰杯饮酒，小盅换了大杯，只是尽情恣意地作乐。这固然与她优裕的生活条件不无关系，但更表现出她风流浪漫、活泼开放、不拘小节的性格，尤是在丈夫面前的放肆、任性、不拘小节，亦显示了夫妻关系的和美，真如词人笔下的“浪花有意千里雪，桃花无言一队春”（李煜《渔父》）那样和谐、美好。

词末“绣床斜凭娇无那，烂嚼红茸，笑向檀郎唾”三句，词人描写出一幅美人醉酒图：她斜靠着绣床，力不自胜，却还百般撒娇；她嚼烂了那红丝缕，唾向丈夫又咯咯地笑。这里，词人又写出了两个颇有意味的细节：“斜凭”和“唾郎”。前者写出了她酒醉三分的娇弱无力之态，后者写出了她之娇丽和娇媚。尤是后者，与“一面发娇嗔，碎挼花打人”（唐·无名氏《菩萨蛮》）有异曲同工之妙。

这首词最突出的特点是细节传神。“沈檀轻注些儿个”之柔媚，“向人微露丁香颗”之娇美，还有那罗衣污染不顾惜之风流浪漫，小盅换大杯之豪爽开放，更有那“绣床斜凭娇无那”之娇弱、娇痴，“烂嚼红茸，笑向檀郎唾”之娇丽、娇宠，把一个真实、真切、真率的女子刻画出来，用笔真乃出神入化。

子夜歌①

寻春须是先春早，看花莫待花枝老。缥色玉柔擎②，醅浮盏面清③。　何妨频笑粲④，禁苑春归晚⑤。同醉与闲评⑥，诗随羯鼓成⑦。

注释

① 子夜歌：晋代曲名，后用作词牌名。五代时演变成长短句，体式同“菩萨蛮”。

② 缥（piǎo）色：淡青色，这里指淡青色的酒杯。玉柔：女子白嫩的手。擎（qíng）：举。

③ 醅（pēi）：没有经过过滤的酒，泛指美酒。

④ 笑粲（càn）：女子笑而露齿的样子。

⑤ 禁苑：皇家园林。

⑥ 闲评：随便谈论。

⑦ 羯（jié）鼓：源自西域的一种打击乐器，形状像漆桶，唐代时非常流行。

题解

这是南唐后主李煜创作的一首词，描写的是君主与后宫嫔妃在宫廷赏花饮酒的享乐生活。当是词人在位的前期作品。此词语言明快，自然朴实。在娓娓相劝之中，表达出“一晌贪欢”（李煜《浪淘沙》）、及时行乐的思想。这亦为他后来的亡国为囚埋下了祸根。

赏 析

词的上片，提出“及时行乐”的观点，并以具体的场景来印证。

开篇二句“寻春须是先春早，看花莫待花枝老”，词人从正、反两面提出自己的主张：寻觅春天的踪迹，就应当在春天到来之前；观赏春花，就不要等到花枝已老的时候。词人直抒胸臆，明确提出并强调寻春赏花要抓住时机，不可错失了大好时光。如果抛开词人当时的地位、身份和背景等因素，这两句还是很富有生活哲理和进取意义的。与“花开堪折直须折，莫待无花空折枝”（唐·杜秋娘《金缕衣》）之诗意相同。也就是说，在春天到来之前寻觅春之踪迹，才能使自己的努力有价值、有意义；在花枝还未衰老之时尽情观赏，才能真正感受到花的鲜艳和馨香。因为机不可失、失不再来。这里，词人以“春”“花”喻指良辰美景和青春美貌，为以下的饮酒作乐做铺垫。

上片末二句“缥色玉柔擎，醅浮盏面清”，词人直接描写饮酒作乐的具体场景：佳人的纤纤玉手举看那浅绿色的酒杯，杯中那清澈的美酒浮上了杯口。词人以“缥色”和“玉柔”写出了酒美人更美之佳境，有一种“红酥手，黄縢酒”（宋·陆游《钗头凤》）之氛围。

词的下片，细致描写饮酒赋诗、调笑取乐之情景。

过片二句“何妨频笑粲，禁苑春归晚”，描写与美人谈笑之情形：频频开怀畅饮、开口欢笑又有何妨，尽情地欣赏皇宫禁苑里的大好春光，这里的春天过去得比较晚。词人着上“何妨”二字，就把那种放浪形骸、饮酒取乐之恣情写了出来。“频笑粲”和“春归晚”，又有一种抓住了春天美景之愉悦，正好回应了词首的“先春早”之意。

词末“同醉与闲评，诗随羯鼓成”，描写醉中闲聊、击鼓催诗之情景：醉眼蒙眬之中，大家随意雅论闲谈，觥筹交错；那上乘的好诗，也在羯鼓声声中即兴吟成。这两句，充分体现出词人崇尚享乐的性行。这亦是一国之主的他，为之后的囚禁之清苦、屈辱及至饮鸩而亡所“埋”的单！

这首词有两大特点：一是语言清新自然。描写不事雕饰，且妙将口语入词，形成了既明白晓畅、质朴亲切又准确生动的语言特色。二是层次清晰，颇具匠心。词首提出观点，然后用具体的场景来印证，不枝不蔓，纲举目张。这也正体现出词人治国之无能、为词却超强之人生特点。